STEFANIE HASSE

LUCA & ALLEGRA

KÜSSE KEINE CAPULET

im.press

Luca & Allegra, Band 2: Küsse keine Capulet

Im.press
Dezember 2016

Lektorat: Elisabeth Mahler
Umschlagbild: shutterstock.com / © vita khorzhevska / © ruzanna / © Denis Rozhnovsky / © Yeko Photo Studio / © Jozef Sowa
Umschlaggestaltung: Rica Aitzetmüller Cover & Books Design, formlabor
Schrift: Alegreya, gestaltet von Juan Pablo del Peral
Satz und Umsetzung: readbox publishing, Dortmund
Druck und Bindung: BoD, Hamburg
ISBN 978-3-551-30068-3
Printed in Germany
www.carlsen.de/impress

Alle Bücher im Internet: www.carlsen.de

Für Kay, meinen Luca/Romeo ...

... und Bryan Adams, dessen »Everything I do« nicht nur unser Hochzeitslied ist, sondern auch in Lucas und Allegras Geschichte eine wichtige Rolle spielt.

PROLOG

Der alte Mann schlug wütend auf den Altar aus roséfarbenem Granit ein. Soeben war er von dem Treffen zurückgekehrt. Ein Treffen, wie es vor vielen tausend Jahren bereits einmal stattgefunden hatte, ehe Jupiter Amors Geliebter den Becher mit Ambrosia gereicht und sie zur Göttin erhoben hatte. Eine scheinbar kleine Geste, die den Zorn der Venus jedoch noch mehr entfacht hatte. Sie hatte die Nachfahren von Amor und Psyche verflucht, nachdem sich ihr Sohn Amor ihrer Anweisung widersetzt hatte. Denn anstatt den Pfeil der Liebe eines ›schlechten Mannes‹ auf die Frau zu schießen, die aufgrund ihrer Schönheit den Zorn der Göttin auf sich gezogen hatte, hatte er sich in sie verliebt.

Letztendlich hatte ihre Liebe gesiegt – doch zu welchem Preis? Ihre Nachfahren trugen seither die Bürde der Liebe. Die letzten beiden Familien ihres Stammbaumes waren die Häuser Montague und Capulet, die sich seither erbittert bekämpft hatten. Nur einem einzigen Paar wäre es beinahe gelungen, den Fluch der Venus zu brechen. Sie endeten als das tragischste Liebespaar der Literaturgeschichte.

So viele Jahrhunderte hatte der alte Mann warten müssen, ehe er eine neue Chance kommen sah – aber der Dunkle war ihm stets einen Schritt voraus. Venus' Statthalter hatte erneut das Glück zweier Liebenden zerstört. Luca und Allegra hatten es geschafft, den Fluch zu bannen, und sie hatten mit dem Leben dafür bezahlt.

Die Granatapfelkerne, die einst Proserpina an Plutos Unterwelt gefesselt hatten, hatten auch das Schicksal dieser beiden Liebenden besiegelt.

Doch der alte Mann hatte Einspruch erhoben. Der Fluch war gebrochen, Pluto hatte kein Recht auf ihre Seelen. Dem stimmte auch Göttervater Jupiter zu, der Pluto überzeugte, einen der beiden Liebenden freizugeben. Doch wie könnte einer ohne den anderen überleben? Der Dunkle und der Padre hatten gekämpft und Jupiter letztendlich überzeugt, eine erneute Prüfung der Liebe zuzulassen. Bei Bestehen sollte Pluto beide Seelen aus der Unterwelt entlassen.

Den Kuss der wahren Liebe hatte Proserpina sie genannt. Allegra hatte bereits bewiesen, dass sie die wahre Liebe erkannte, ganz gleich, in welcher Gestalt sie ihr gegenübertrat. Also war es dieses Mal an Luca Montague, sich der Prüfung zu stellen und Allegra, der alles Wissen an die vergangenen Wochen genommen wurde, zu küssen, ehe sie ihr zwanzigstes Lebensjahr vollendete.

Zwei Wochen Zeit für den Allegra unbekannten Jungen, ihr Herz zu erobern.

I. AKT

1. SZENE

Some say love, it is a razor, that leaves your soul to bleed. Allegra standen Tränen in den Augen, während Bette Midlers Song durch ihr Zimmer hallte. Wie Recht die Frau doch hatte. Zumindest mit dem ersten Teil des Liedes, das vom Schmerz der Liebe erzählt und davon, was Liebe bedeutet. Bei den letzten Zeilen bekam Allegra wie immer eine Gänsehaut.

Wie sehr wünschte sie sich, endlich die wahre Liebe zu finden. Etwas Echtes, Tiefergehendes. Das Gegenteil von dem, was sie jetzt wieder erlebt hatte.

Max hieß der Junge, der genau so war wie all die anderen Typen vor ihm. Oberflächlich, lediglich an Allegras gutem Aussehen interessiert. Einer von Hunderten, der ihr mit Blicken gefolgt war, dessen Kampfgeist und Drang, Allegra für sich zu gewinnen, gesiegt hatte. Wieder einer, der sie nur als schmuckes Beiwerk, als Trophäe gesehen hatte. Bei dem Allegra nur ein einziges Treffen gereicht hatte, um ihn einschätzen zu können.

Allegra glaubte nicht mehr an die Liebe. In zwei Wochen würde sie zwanzig werden. Bis dahin sollte man sich doch einmal wirklich verliebt haben, oder nicht? Doch mehr als Neugierde hatte sie gegenüber den zahlreichen Jungs, die sich für sie interessiert hatten, nie empfunden. Nicht jenes Bauchkribbeln, das quer durch die Jahrhunderte zu Schmetterlingen oder gar Flugzeugen im Bauch stilisiert worden war. Das Gefühl, für das man durch die Hölle und wieder zurückgehen, lügen und sogar sterben würde – über das so viele Lieder zu berichten wissen. Allegra selbst kannte das, was andere Liebe nannten, lediglich als Enttäuschung. Wenn es überhaupt zu einem ersten Date kam, endete es niemals so, wie sie es aus Büchern und Filmen kannte.

Die Sonnenstrahlen, die wie im Zeitraffer über den Garten krochen, schienen ihre Welt aufhellen zu wollen. Allegra blickte aus dem Fenster und schüttelte nur den Kopf. Eher war es eine Ermahnung, endlich runterzugehen, bevor das Mittagsgeschäft begann und die vielen kleinen Tischgruppen dort unten von Gästen belagert sein würden. Doch Max und ihre Enttäuschung ließen sich nicht so leicht abschütteln.

Ihre beste Freundin Jen ermahnte sie immer wieder, nicht zu hohe Erwartungen zu haben, ihre Ansprüche zu senken. Aber war es wirklich zu viel verlangt, nicht nach seinem Äußeren beurteilt zu werden, sondern nach Intelligenz, Humor, Charme? Schon lange empfand Allegra ihr gutes Aussehen als Fluch, nicht als Segen.

Nach dem ersten Ärger war sie froh über das Verbot ihrer Mutter Maria gewesen. Sie wollte gar nicht mehr als Model arbeiten wie Jen, die mit ihren weißblonden Haaren und den hellen blauen Augen das perfekte Gegenteil zu Allegras schwarzbraunen Wellen und den beinahe schwarzen Augen bildete. Maria war kurz nach Allegras Geburt mit ihr von Italien nach Deutschland gezogen. Vor Jahren hatte sie sich hier in dem kleinen süddeutschen Städtchen ihren Traum von einem eigenen Restaurant erfüllt. Allegra stockte sich ihr Taschengeld mit Bedienen auf – weit weniger lukrativ als Jens Nebenjob, der sie in dieser Woche nach London geführt hatte.

Allegra seufzte, als sie daran dachte, wie sehr sie ihre Freundin jetzt brauchen könnte. Ganze drei Mal hatte sie sich mit Max getroffen, ehe sie ihre Wunschvorstellung aufgegeben hatte, endlich den Richtigen gefunden zu haben. Jen zuliebe hatte sie versucht, ihn näher kennenzulernen. Ihre Freundin war sich sicher gewesen, dass Max mehr zu bieten hatte und weniger oberflächlich war als andere. Sie hatte sich getäuscht.

Allegra stoppte die Endlosschleife von »The Rose« und die plötzliche Stille im Raum drückte ihr schwer auf die Brust. Sie ging zum Schreibtisch und schickte Jen eine SMS.

Die Antwort ließ nicht lange auf sich warten: Ein kurzer Bericht über das gestrige Shooting, dann unzählige Screenshots von Liebeserklärungen des ›heißesten Italieners der Welt‹. Den hatte Jen erst neulich bei ihrem Kurztrip an den Gardasee kennengelernt. Maria hatte Allegra eindringlich gebeten, nicht mit nach Italien zu fahren. Natürlich war Allegra alt genug und hätte auch ohne Erlaubnis fahren können, doch die Beziehung zu ihrer Mutter war eine ganz besondere und sie wollte Maria nicht an den stressigen Sommerwochenenden allein lassen. Daher war Jen ohne sie gefahren.

Allegra lächelte. Ihre beste Freundin verliebte sich wöchentlich neu, glaubte jedes Mal wieder an die Liebe ihres Lebens und immer endete es in Kummer und Mädelsabenden mit sehr viel Eis und Schokolade. Auch für Jen war ihr Aussehen ein Fluch. Doch im Gegensatz zu Allegra ging sie anders damit um und suchte immer weiter. Dieser Alessandro musste es ihr wirklich angetan haben. Sobald Jen aus London zurück sein würde, sollte Allegra ihn kennenlernen. So war es abgemacht. Und mit einem zwinkernden Smiley hatte Jen hinzugefügt, dass sie noch genügend hübsche Italiener für Allegra übriggelassen hatte. Allegra hoffte nur, dass nicht auch ihre Freundin wieder enttäuscht werden würde. Sie gönnte ihr alles Glück der Welt, und sollte sie es tatsächlich finden, wäre dies auch ein Zeichen für Allegra, nicht aufzugeben.

Sie steckte sich gerade die Haare mit einer Klammer zusammen, als ihre Mutter nach oben rief. Allegra schob das Handy in die Gesäßtasche ihrer Jeans und verließ das Zimmer. Im Treppenhaus roch es bereits nach Essen. Sie lief schnell die Stufen nach unten zum Restaurant.

Ihre Mutter war bereits in der Küche und werkelte herum. »Könntest du draußen alles vorbereiten?«, bat sie ihre Tochter.

Allegra sah sie fragend an. Es war erst kurz vor zehn Uhr, die ersten Gäste würden frühestens in einer Stunde kommen. »Warum die Eile?«

»Gleich kommt noch ein junger Mann vorbei«, antwortete Maria gedankenverloren und rührte in einem dampfenden Topf. Daher sah sie auch nicht, wie Allegra argwöhnisch die Augen zusammenkniff. Erst als Allegra nicht reagierte, sah Maria auf. »Die Anzeige in der Zeitung«, half sie ihrer Tochter auf die Sprünge.

Erleichtert atmete Allegra aus. Sie hatte befürchtet, ihre Mutter würde wieder mal versuchen, sie zu verkuppeln – mit dem ›wundervollen Sohn‹ eines Gastes oder von Bekannten. Allegra schüttelte den Kopf, als sie an die jüngste dieser Verkupplungsaktionen dachte: Der arme Junge war so eingeschüchtert von Allegra gewesen, dass er den ganzen Nachmittag kein vernünftiges Wort herausgebracht hatte. Allegra fühlte sich bei diesen Aktionen wie eine billige Sklavin, die man verramschen musste. Was das anging, war Maria einfach noch nicht im 21. Jahrhundert angekommen. Heutzutage konnte man auch als Frau ganz gut allein bleiben und Karriere machen. »Hat sich nur ein Einziger gemeldet?«, fragte sie.

Der Koch, der ansonsten hier in der Küche half, hatte vergangene Woche gekündigt und Maria war jetzt schon überfordert. Einkäufe, Service, Planung, Buchhaltung und tägliches Kochen waren ein Ding der Unmöglichkeit. Glücklicherweise hatte Allegra gerade Ferien, ehe im Herbst ihr Studium beginnen sollte. Sie war ein Jahr später eingeschult worden, weil Maria ihr noch ein Jahr im Kindergarten hatte gönnen wollen, ehe der Ernst des Lebens begann. Daher war Allegra erst jetzt, mit neunzehn, mit der Schule fertig geworden – gemeinsam mit der anderthalb Jahre jüngeren Jen.

Maria sah Allegra an und schüttelte traurig den Kopf. »Um die Jahreszeit werden überall Saisonkräfte gebraucht. Im Herbst werden wir vermutlich mehr Glück haben. Ich hoffe aber«, sie schwenkte den großen Kochlöffel vor dem Gesicht herum, »dass dieser Fabio uns trotzdem unterstützen kann. Selbst wenn er nur den Service übernimmt … Ich kann hier hinten arbeiten. Und ich vertraue dir, dass du für Ordnung sorgst.« Sie lächelte Allegra so strahlend an, ihre Augen so voller Hoffnung, dass alles gut werden würde, dass Allegra selbst ebenfalls nur zuversichtlich in die Zukunft schauen konnte.

»Wann kommt er denn?«, fragte sie, nachdem sie einen Löffel in einen der Töpfe gesteckt und von der Soße probiert hatte.

Maria sah hoch zu der Uhr über der Tür und ließ beinahe den Deckel des Topfes fallen, den sie gerade hochhielt. »Jetzt!«, rief sie auf. »Könntest du nach vorne gehen und ihn reinlassen?«

Allegra nickte, griff den Schlüssel neben der Tür und verließ die Küche durch den Zugang zum Gastraum. Mit schnellen Schritten durchquerte sie den Raum mit seinen wenigen Tischgruppen. Das ›Da Casari‹ war ein kleines Restaurant, aber der ganze Stolz ihrer Mutter.

Sie drehte den Schlüssel im Schloss der schweren Restauranttür und zog sie nach innen auf. Als sie den Blick nach draußen richtete, sah sie in die

Augen eines jungen Mannes. In Augen, wie Allegra sie noch nie zuvor gesehen hatte. Das strahlende Blau der Iris war beinahe Violett, ihm wohnte ein Glanz inne, den sie nur von Babys kannte. Sie wäre am liebsten darin versunken. Etwas regte sich in ihrem Inneren, beinahe ein Gefühl von Déjà-vu, doch sie bekam die vermeintliche Erinnerung nicht zu fassen.

Ein Räuspern ließ sie hochfahren und Röte schoss ihr in die Wangen. Wie lange hatte sie in diese Augen gestarrt? Dabei war der Rest des Gesichts auch nicht zu verachten. Der junge Mann vor ihr sah nicht überdurchschnittlich gut aus, aber doch alles andere als gewöhnlich. Seine braunen Haare waren kurz geschnitten, vermutlich um die Locken im Zaum zu halten, die sich an den Schläfen andeuteten. Er war ein Stück größer als Allegra mit ihren eins achtundsiebzig, hatte glattrasierte Haut, war nicht gerade muskulös, aber gut gebaut. Die Augen waren es, die aus ihm eine beinahe übernatürliche Erscheinung machten.

Sie erkannte jedoch einen Zug in seiner Mimik, der dem Lächeln widersprach, das er aufgelegt hatte. War es Melancholie? Trauer? Allegra war immer sehr gut darin gewesen, in Gesichtern zu lesen. Jen behauptete, dass Allegra die Mikroexpressionen, diese kleinsten Anzeichen für Gefühlsregungen, die Menschen nicht wissentlich beeinflussen konnten, lesen konnte und daher immer zu wissen schien, was andere Leute fühlten. Für Allegra hingegen war es so normal, dass sie sich nie darüber Gedanken machte. Sie fand es eher seltsam, dass Jen oder andere diese Gefühle nicht *spüren* konnten.

Der junge Mann räusperte sich erneut und holte Allegra ein weiteres Mal in die Gegenwart. Um die peinliche Stille zu überbrücken, hielt er ihr die Hand hin. »Fabio Speranza.«

Es dauerte etwas, bis Allegra ihre Hand ebenfalls hinhielt. »Allegra Casari«, sagte sie dann schnell. Sein Händedruck war sanft und Allegra registrierte, dass sie ihre Hand nicht so schnell zurückzog, wie es sich gehörte.

»Ich nehme an, das ist nicht dein Restaurant?«, fragte er und lächelte Allegra vorsichtig an.

Doch ehe sie antworten konnte, trat Maria zu ihnen. Sie hatte ihre Schürze ausgezogen und das dekorativ drapierte Kopftuch, das sie in der Küche immer trug, um ihre Haare zu bändigen, war neu gebunden.

»*Signore Speranza?*«, fragte Maria mit zusammengekniffenen Augen. Allegra sah, wie ihr Blick ebenfalls an Fabios Augen hängen blieb.

»*Sì.*«

»Ich hatte Sie für etwas älter gehalten«, wechselte ihre Mutter nun ins Deutsche.

»Wenn das ein Problem ist, *Signora Casari* ...«, setzte Fabio an und hob mit einer entschuldigenden Geste die Hände.

Maria schüttelte den Kopf. »Nein, nein. Kommen Sie doch rein.« Sie trat zur Seite und ließ den Gast passieren. Mit einer Hand deutete sie auf die Theke und die Barhocker davor. Fabio ging voraus und Allegra folgte ihm. Hinter sich hörte sie das Klirren der Schlüssel, als Maria abschloss. Maria bot ihrem Gast einen Kaffee an, ehe sie ihn nahezu ausfragte, was Allegra irgendwann fast peinlich wurde. Sie fragte ihn nach seiner Ausbildung, seinen Plänen und warf immer wieder einen bedeutsamen Blick zu Allegra. Ganz besonders, als sie auf seinen Beziehungsstand zu sprechen kam.

Allegra an Fabios Stelle hätte das ›Bewerbungsgespräch‹ an dieser Stelle abgebrochen. Fabio jedoch schien amüsiert und beantwortete freundlich alle Fragen.

»Bei den Frauen habe ich nicht allzu viel Glück«, sagte er beschämt und sah auf die leere Tasse vor sich. »Aber ich glaube fest daran, dass sich das eines Tages ändern wird. Mit zwanzig ist man doch noch jung, oder?« Er zwinkerte Maria zu, die sofort noch strahlender lächelte, einen weiteren vielsagenden Blick zu Allegra warf und nickte.

»Bei Ihrem Namen werden Sie die Hoffnung nie verlieren.«

Fabio zog die Augenbrauen zusammen, so dass sich eine leichte Falte über seiner Nase bildete.

»Speranza«, half Maria ihm auf die Sprünge. *Speranza* war das italienische Wort für Hoffnung.

Nun entspannte sich Fabio wieder. »Bisher hat mir dieser Name auch nicht geholfen. Hoffnung ist das Einzige, das mir bleibt.« Ein Schatten fiel über sein Gesicht. Es wirkte plötzlich so verändert, dass Allegra ein Ziehen in ihrem Inneren verspürte. Den Drang, ihn zu trösten – einen Fremden!

»Wann können Sie anfangen?«, fragte Maria und der Schatten auf Fabios Gesicht verschwand.

»Das heißt, ich habe den Job?«

»Natürlich. Wir könnten uns keinen besseren jungen Mann wünschen, nicht wahr?« Maria zwinkerte Allegra zu.

»*Grazie, Signora*. Sie werden es nicht bereuen. Wenn Sie wollen, kann ich gleich hierbleiben.«

»Das wäre wunderbar. Aber bitte nenn mich nicht mehr *Signora*. Ich bin Maria.« Sie reichte ihm die Hand.

Fabio nahm dankend an. »Fabio.«

Seine Augen strahlten, als hätte er soeben im Lotto gewonnen und etwas in Allegras Inneren flüsterte ihr zu, dass sich doch niemand so sehr über einen Aushilfsjob in einem kleinen italienischen Restaurant freuen konnte. Ihre Skepsis war geweckt – gemeinsam mit der Neugierde. Fabio schien ein interessanter Mensch zu sein und Allegra freute sich irgendwie auf die gemeinsame Arbeit. Vielleicht würde sie dann herausfinden können, woher dieses Gefühl kam, Fabio bereits zu kennen.

2. SZENE

Diese Augen! Wie immer, wenn Allegra von jenen eisblauen Augen träumte, blieb sie noch ein wenig länger in dieser Phase zwischen Schlafen und Wachen und versuchte, den Moment auszudehnen, der sonst nur den Bruchteil einer Sekunde andauerte.

Schon seit einer ganzen Weile sah sie diese Augen im Traum. Sie kannte kein Gesicht dazu, konnte nicht einmal mit Bestimmtheit sagen, ob sie zu einem Mann oder einer Frau gehörten – aber sie mussten etwas zu bedeuten haben, da war sich Allegra sicher. Vielleicht war sie deshalb so fixiert auf Augen und hatte Fabio so lange angestarrt? Mit noch geschlossenen Lidern schüttelte sie den Kopf und ihre Wangen wurden schon beim Gedanken daran heiß. Wie peinlich sie sich benommen hatte! Dabei waren es nicht die Augen, die sie suchte.

Es hatte lange gedauert, bis sie sich eingestanden hatte, was ihr Unterbewusstsein schon lange zuvor gewusst hatte. Seitdem suchte sie nicht mehr nur instinktiv, sondern ganz absichtlich nach diesen eisblauen Augen. In der Stadt, im Bus, in Cafés ... einfach ständig.

Im Traum wechselten sie sich mit ihren eigenen Augen ab – oder zumindest mit Augen in derselben Farbe. Erst dieses Eisblau, dann wieder ein so dunkles Braun, dass es fast schwarz wirkte, ihren eigenen Augen ganz ähnlich, aber doch anders. Etwas tief in Allegras Inneren sagte ihr, dass das alles etwas zu bedeuten hatte, dass sie nach diesen Augen suchen musste, um Antworten zu finden. Worauf, wusste sie jedoch selbst nicht einmal.

Sie hielt das Bild der eisblauen Augen noch für einen kleinen Moment fest, ehe es davonglitt und der Dunkelheit in ihrem Zimmer Platz machte. Allegra seufzte, tastete nach der kleinen Lampe auf ihrem Nachttisch und schaltete das Licht an. Für einen Moment war sie wie geblendet und glaubte, die Augen aus ihrem Traum inmitten des Raumes schweben zu sehen. Mit einem Zwinkern war das Bild verschwunden.

Aus Gewohnheit nahm sie ihr Handy in die Hand. Jen schrieb immer mitten in der Nacht noch Nachrichten, meist, wenn sie von einer der zahlreichen Partys heimkam, zu denen sie und ihre Model-Kolleginnen eingeladen wurden. Mit einem Lächeln ließ Allegra sich zurück auf den Rücken fallen und öffnete den Nachrichteneingang. Sie hätte wetten können, dass sie wieder Lobeshymnen auf Jens neuen Freund vorfinden würde – doch im Posteingang befand sich keine SMS von Jen, sondern die von einer unbekannten Nummer.

Allegra vermutete eine dieser unzähligen Werbenachrichten und wollte sie schon automatisch löschen, aber irgendetwas hielt sie zurück. Sie starrte noch eine ganze Weile auf die Nummer, ehe sie kopfschüttelnd das Lösch-Symbol drückte. Anschließend schrieb sie Jen und wünschte ihr einen guten Morgen. Mit einem Blick auf die Uhrzeit wusste sie, dass es noch mindestens zwei Stunden dauern würde, ehe ihre beste Freundin ausgeschlafen hatte und antworten würde. Bis dahin würde Allegra schon längst wieder unten im Ristorante sein und Maria helfen, alles für die Gäste vorzubereiten. Vor allem musste Fabio heute in die tägliche Routine eingearbeitet werden. Am vergangenen Tag hatte er eher im Weg gestanden, als dass er hilfreich gewesen wäre, auch wenn er sich sehr bemüht hatte.

Mit seinem Charme kam er aber insbesondere bei den weiblichen Gästen so gut an, dass sich niemand über die kleinen Verzögerungen beschwerte. Heute hingegen war Markttag und das hieß, dass mindestens doppelt so viele Gäste ins ›Da Casari‹ kommen würden wie an den anderen Wochentagen. Daher musste Allegra Fabio vorher in ein paar feste Abläufe einweisen.

Sie stand gerade auf, als sie im Augenwinkel das Display ihres iPhones aufleuchten sah. War Jen tatsächlich schon wach? Noch während Allegra mit ihrem Kopf in den Pullover schlüpfte, griff sie nach dem Handy. Erneut die Nummer von vorhin. Allegra hatte sie so lange angestarrt, dass sie sich ganz sicher war, dass es sich um dieselbe Nummer handelte. Nun wurde sie doch neugierig und öffnete die Nachricht.

Agnosce amorem.

Das war Latein und bedeutete so viel wie ›Erkenne die Liebe‹. Irritiert starrte Allegra auf das Display. Warum schickte ihr jemand so etwas? Woher hatte diese Person ihre Handynummer? Vermutlich würde bald eine Werbebotschaft folgen und diese Nachricht sollte nur neugierig machen.

Als würde sie die Liebe nicht erkennen, wenn sie vor ihr stünde! War das nicht dieses Kribbeln, das sie sich immer erhofft hatte? Ein Blick und die Welt um einen herum rückte in den Hintergrund? Sie lachte auf. Allegra glaubte nicht an die Liebe auf den ersten Blick. Sie war sich sicher, dass sich ein so starkes Gefühl entwickeln musste. Aber sie hoffte doch sehr, dass sich eine potenzielle Liebe bemerkbar machen würde – irgendwie zumindest. Ein Gefühl der Schwerelosigkeit im Magen vielleicht? Vergleichbar mit einer Achterbahnfahrt, ehe es von der höchsten Stelle an abwärtsging? Dieser Moment der Erwartung und des Wissens, dass gleich etwas passieren würde. Dasselbe Gefühl, das sie hatte, wenn sie von den eisblauen Augen träumte ... Kopfschüttelnd löschte Allegra auch diese Nachricht, dann steckte sie das Handy in die Gesäßtasche ihrer Jeans und ging nach unten.

Maria war schon in der Küche und der Duft nach Kräutern und Soßen lag in der Luft. Als Allegra nähertrat, hörte sie ihre Mutter reden.

»Wir sind so froh, dass du so kurzfristig anfangen konntest. Die Gäste scheinen dich zu mögen, wie Allegra mir erzählt hat.«

Allegra blieb hinter der angelehnten Tür stehen und lauschte. Maria erhielt jedoch keine Antwort. Oder Allegra konnte sie unter all dem Lärm der Küche nicht hören.

»Sie scheint dich auch zu mögen«, fuhr Maria unbeirrt fort. »Sie hat so wenig Glück mit Männern, dass es mich ganz traurig macht.«

Das war der Moment, in dem Allegra die Küche stürmte. Sie ahnte bereits, dass Maria wieder einmal Amor spielen wollte – ein Job, für den sie definitiv nicht geeignet war.

Mit einem Blick auf ihre Tochter wurde Maria dann auch prompt rot im Gesicht. Sie sah unglaublich jung aus und blickte wie ein in flagranti erwischter Teenager zur Seite. Ihrem Gegenüber schien die Situation nicht minder peinlich zu sein: Auch Fabio hatte knallrote Wangen. Mehr konnte Allegra nicht sehen, denn er hatte das Gesicht ebenfalls abgewandt. Allegras Bauch erwärmte sich bei dem Anblick, auch wenn sie es sich nicht erklären konnte. Fabio schien eindeutig überfordert und hatte plötzlich ganz geschäftig irgendetwas mit seinen Händen zu tun. Allegra musste unwillkürlich lächeln.

»Guten Morgen, Kleines«, sagte ihre Mutter, als sie sah, dass Allegra ihr nicht böse war. »Du solltest gleich mit Fabio nach vorne gehen und alles vorbereiten.«

»Mach ich«, antwortete Allegra nur, trat zum Durchgang zum Restaurant und schnappte sich den Schlüssel. Als Fabio keine Anstalten machte, ihr zu folgen, weil er immer noch auf seine Hände starrte, rief sie ihn. »Kommst du, Fabio?«

»*Sì*«, antwortete er mit nach wie vor geröteten Wangen. Er konnte ihr immer noch nicht in die Augen sehen und umrundete die Kochinsel in der Mitte der Küche mit gesenktem Kopf.

Allegra unterdrückte ein Schmunzeln. Jemand wie Fabio war ihr bislang wirklich nicht untergekommen. Sie kannte nur die anderen Extreme: die Möchtegern-Machos oder diejenigen, die sie mit offenem Mund anstarrten, aber kein Wort herausbrachten. Fabio hingegen wirkte so herrlich normal, dass es sich einfach gut anfühlte, in seiner Nähe zu sein.

Dieses Gefühl hielt den gesamten Vormittag an, während sie mit ihm alles für den Restaurant-Betrieb vorbereitete. Er folgte bereitwillig ihren Anweisungen, lächelte sie zwischendurch immer wieder an und steckte Allegra irgendwann mit seiner guten Laune an. Nachdem sie auch Maria bei den letzten Vorbereitungen für die Salate geholfen hatten – wobei Allegra konsequent Marias bedeutsame Blicke und das Kopfnicken in Richtung Fabio ignorierte –, setzten sie sich noch gemeinsam in den Garten des Restaurants und tranken einen Caffè Latte.

Allegra zog ihr Handy hervor. Die wahre Flut an Nachrichten war normal, sobald Jen aufgewacht war. Allegra wollte gerade anfangen zu lesen, spürte dann jedoch Fabios Blick auf sich und sah auf. Fabios Augen leuchteten im Sonnenlicht, was sie noch übernatürlicher wirken ließ. Das Blauviolett seiner Iris wirkte so ... bekannt. Da war es wieder, dieses Gefühl von Déjà-vu. Allegra stolperte über diesen Gedanken. War sie sich nicht sicher gewesen, dass sie solche Augen nie zuvor gesehen hatte? Wären es die eisblauen Augen aus ihren Träumen gewesen, hätte sie den Gedanken verstanden, den ihr Unterbewusstsein ihr anscheinend hatte signalisieren wollen. Fabios Augen hingegen waren ihr unbekannt.

»Lies ruhig weiter«, sagte Fabio und riss Allegra damit aus ihren Überlegungen.

»Hm?«, fragte sie nur.

»Dein Handy. Ich finde es nicht unhöflich oder so. Ich lese inzwischen einfach.« Fabio zog eine zerfledderte Ausgabe von ›Romeo und Julia‹ hervor.

»Das ist nicht dein Ernst«, sagte Allegra kopfschüttelnd.

»Wieso?«, fragte Fabio ernst, ehe er aus dem Buch zitierte: »›Vor ihnen hüllt mich Nacht in ihren Mantel. Liebst du mich nicht, so lass sie nur mich finden; durch ihren Hass zu sterben wär mir besser als ohne deine Liebe Lebensfrist.‹«

Er hatte nahezu seine komplette Mimik verändert und sah plötzlich aus wie ein völlig anderer Mensch. Seine Worte, voller Inbrunst, berührten Allegra an einer Stelle in ihrem Herzen, von der sie bislang nicht gewusst hatte. Natürlich kannte sie ›Romeo und Julia‹, hatte es sogar im Original sowie auf Italienisch gelesen und wie so viele andere in der Schule durchgekaut. Nie jedoch hatte sie dieses Gefühl verspürt. Mehrere Minuten vergingen, in denen sie das Gesprochene auf sich wirken ließ.

Irgendwann räusperte sich Fabio verlegen. »Ich weiß, es ist kitschig. Aber in der Theatergruppe ist bald das Vorsprechen für Romeo und ich ...« Er gestikulierte wild mit den Händen.

»Es ist nicht kitschig«, unterbrach ihn Allegra. »Ich glaube, ich habe diese Sätze noch nie zuvor so authentisch gesprochen gehört.«

Fabio strahlte bis über beide Ohren. Die zarte Melancholie, die ansonsten über seinem Gesicht lag, sobald das Wort Liebe auch nur erwähnt wurde, war wie ausgelöscht. Vor Allegra saß nun ein junger Mann, der wirklich überzeugt war, dass er seine große Liebe noch finden würde – ganz gleich in welcher Gestalt sie zu ihm kommen würde. Diese Überzeugung war ansteckend und in Allegras Inneren keimte in diesem Moment ebenfalls Hoffnung.

»Also wenn du nicht der perfekte Romeo bist, dann hat der Regisseur keine Ahnung«, sagte sie voller Überzeugung.

»Und du wärst die perfekte Julia«, nuschelte er mit auf den Text gerichtetem Gesicht.

Allegra war sich nicht sicher, ob sie richtig verstanden hatte, wollte jedoch nicht nachfragen, sondern das Thema auf sich beruhen lassen. Sie konnte sich nicht vorstellen, so überzeugt von der Liebe zu einer bestimmten Person zu sein, dass sie sich deshalb umbringen würde. In ihren Augen nahm das eher krankhafte Züge an und hatte nichts mehr mit *Liebe* zu tun, roch eher nach so etwas wie Abhängigkeit. Etwas, das sie niemals für sich wollte.

Fabio sah sie wieder mit festem Blick an und nun war es an Allegra, den Kopf zu senken. Sie wusste nicht, wie sie reagieren sollte, und öffnete daher den Nachrichteneingang ihres Handys. Sie hoffte, nicht zu gefühlskalt oder abweisend zu wirken, fand für sich in dieser Situation jedoch keinen besseren Ausweg. Und schließlich hatte Fabio ja behauptet, dass es ihn nicht stören würde. Oder war das gelogen gewesen? Hatte er sie mit seiner romantischen Ader nur beeindrucken wollen? Mit einem leichten Kopfschütteln beantwortete sie die Frage für sich. Sie durfte nicht jedem Mann, der in ihr Leben kam, das Schlimmste unterstellen. Fabio hatte bislang keine Anstalten gemacht mit ihr zu flirten. Der Spruch mit Julia konnte ganz harmlos gewesen sein. Vielleicht stellte sich Fabio Julia Capulet einfach so vor wie Allegra? Schließlich war sie Italienerin und würde perfekt ins Bild passen.

Hastig vertrieb sie die Gedanken und las sich durch Jens Nachrichtenflut. Wie erwartet bestand mindestens die Hälfte aus Schwärmereien über ihren neuen Liebsten. *Ihr* Alessandro war ebenfalls achtzehn und den Beschreibungen nach zu urteilen sah er aus wie die junge Version von Orlando Bloom alias Will Turner in *Fluch der Karibik*. Die Bilder, die Jen ihr geschickt hatte, kamen dieser Beschreibung sogar ziemlich nahe. Allegra seufzte, als sie daran dachte, wie enthusiastisch Jen auf jede neue Liebe einging und auf Wolke Sieben schwebte – und wie sie immer und immer wieder hart auf dem Boden der Realität aufschlug. Doch all die zahlreichen Rückschläge hatten sie nur stärker gemacht und sie hatte den Glauben an die Liebe nie verloren. Vielleicht war dieser Alessandro ja all die früheren Enttäuschungen wert. Allegra hoffte es sehr.

Nachdem sie gewissenhaft alle Nachrichten von Jen beantwortet hatte – und betete, dass sie nichts übersehen hatte –, sah sie, dass erneut eine Nachricht von der unbekannten Nummer eingegangen war. Kein Latein, sondern auf Deutsch:

Erkenne die Liebe.

Allegra war nahe dran etwas zu antworten wie ›Lass mich in Ruhe‹, wollte dem Absender jedoch nicht bestätigen, dass seine dubiosen Nachrichten gelesen wurden. Schnell drückte sie auf das Mülleimer-Symbol und nahm sich vor, weitere Nachrichten gar nicht erst zu öffnen.

Maria trat eben mit einer Espressotasse in den Garten, als Allegra das Display ausschaltete und das Handy zurück auf den Tisch legte.

»Ist euch beiden der Gesprächsstoff schon ausgegangen?«, sagte sie beinahe niedergeschlagen und die kleine Falte zwischen ihren Augenbrauen zeigte sich.

»*No, Signora*«, antwortete Fabio, klappte ›Romeo und Julia‹ zu und legte es neben seine Kaffee-Tasse.

Maria war ganz entzückt, als sie den Titel las. »›O Romeo! Warum denn Romeo? Verleugne deinen Vater, deinen Namen! Willst du das nicht, schwör dich zu meinem Liebsten, und ich bin länger keine Capulet.‹« Sie presste sich die Hand an die Brust, eine so übertrieben theatralische Geste, die Allegra zum Lachen brachte.

»Allegra!«, sagte Maria – empört darüber, dass ihre schauspielerische Leistung nicht anerkannt wurde.

»Hast du irgendwann einmal die Julia gespielt oder kennst du nur dieses eine Zitat?«, fragte Allegra noch immer schmunzelnd und sofort verschwand der Enthusiasmus aus Marias Gesicht.

»Dort, wo ich herkomme, kennt jeder die Geschichte auswendig. Nirgendwo sind die Montagues und die Capulets noch immer so präsent.« Sie runzelte die Stirn und schüttelte den Kopf.

Allegra wartete auf weitere Erklärungen, die jedoch nicht kamen. Maria sprach nie über die Zeit vor Deutschland. Die Zeit, bevor sie mit dem Säugling Allegra Italien verlassen hatte. Allegra vermutete, dass es die Liebe war, die das zu verantworten hatte. Eine enttäuschte Liebe, vielleicht zahlreiche Spekulationen über das Neugeborene ... Allegra malte sich die schlimmsten Szenarien aus, weil Maria ihr nie auf ihre Fragen antwortete und sie nur mit Halbwahrheiten abspeiste.

Fabios Blick lag fragend auf Maria. Vielleicht hätte auch er gerne eine Erklärung gehabt. Auf die würde er jedoch lange warten müssen.

»Lasst uns aufschließen. Gleich werden die ersten Gäste kommen«, beendete Maria das Thema, trank im Gehen ihren Espresso aus und trat ins Restaurant. Fabio stand hastig auf, steckte das zerfledderte Buch in die Tasche und sammelte seine und Allegras Tasse ein, ehe er Maria nach drinnen folgte.

Allegra erhob sich gemächlicher, eine neue Frage brannte in ihrem Inneren. Warum hatte sich ihr Herzschlag so stark beschleunigt, als Maria die Capulets erwähnte?

***

Während des Mittagsgeschäfts hatte Allegra keine freie Sekunde, um sich weitere Gedanken über Romeo und Julia zu machen. Sie bediente die Gäste, lächelte freundlich, aber abwesend, servierte und räumte die Tische anschließend ab, um neue Kundschaft zu empfangen. Sie bemerkte selbst, dass sie nicht ganz bei der Sache war, ihr Unterbewusstsein war zu beschäftigt mit der Frage, warum etwas in ihrem Inneren bei der Erwähnung des Namens Capulet angeschlagen hatte.

Erst als sie und Fabio die letzten Gäste verabschiedet und alles für die Abendgäste vorbereitet hatten und Maria noch mit dem Aufräumen der Küche beschäftigt war, bekam sie endlich die von ihrem Hirn gewünschte Erklärung. In Form von weiteren Lobeshymnen auf Alessandro.

Wie beiläufig erwähnte Jen, dass ein Bote ihr einen großen Strauß roter Rosen gebracht hatte – das Symbol der Capulets. Was Jen zum Dahinschmelzen gebracht hatte, fand Allegra eher kitschig. Doch die Geste selbst interessierte sie weniger. Sie blieb an der Bezeichnung ›Symbol der Capulets‹ hängen und hakte nach, wie dies in Zusammenhang mit Alessandro stand. Kurz darauf klingelte das Telefon.

»Hatte ich dir nicht erzählt, dass Alessandro mit Nachnamen Capulet heißt?«, fragte ihre Freundin ohne Begrüßung.

»Ich glaube nicht«, antwortete Allegra zögernd, klemmte sich das Handy zwischen Schulter und Ohr und sammelte die letzten Gläser und Tassen vom Tresen auf ihrem Tablett. »Das hätte ich mir gemerkt. Ganz alltäglich ist der Name Capulet ja nicht.«

In diesem Moment ging hinter Allegra ein Glas zu Bruch. Sie fuhr herum und sah Fabio zwei Tische weiter in der Hocke Scherben einsammeln. Sie wollte zu ihm, doch er hob abwehrend die Hände. Ihm schien es schon peinlich zu sein, dass er *ein* Glas hatte fallen lassen. Dabei würde es nicht bei einem bleiben, da war sich Allegra sicher. Sie hatte in all der Zeit sicher schon eine ganze Palette zerstört. Das gehörte wohl zur Jobbeschreibung. Nach ihrem Telefonat würde sie ihm das erklären.

»*Merda*«, fluchte Fabio plötzlich lautstark und Allegra sah, wie Blut seine Handfläche rot färbte.

»Jen, wir müssen später weiterreden«, sagte sie hastig ins Handy.

»Was ist passiert?« Jen ließ sich nicht beirren.

»Unsere neue Aushilfe hat sich gerade an Glasscherben geschnitten.« Allegra wollte schon auflegen, doch ihre Freundin ließ sich nicht abschütteln.

»Männlich oder weiblich?«

Allegra seufzte. »Männlich. Fabio. Wir telefonieren später, okay?«

»Dann eile ihm schnell zu Hilfe. Das Krankenschwester-Ding zieht bei Jungs doch immer.«

Allegra konnte regelrecht vor sich sehen, wie Jen verheißungsvoll mit den Augenbrauen zuckte. Sie selbst hingegen schüttelte den Kopf. Nach einem kurzen »*Ciao*« legte sie auf und ging mit schnellen Schritten zu Fabio.

Vor ihm lag das zerbrochene Glas. Wenn Allegra es nicht besser gewusst hätte, hätte sie vermutet, dass noch ein Rest Kirschsaft oder etwas in der

Art im Glas gewesen war. Zu viel der dunkelroten Flüssigkeit breitete sich um die Scherben herum auf dem hellen Boden aus, als dass es von einem kleinen Schnitt hätte stammen können. Allegra wurde flau im Magen. Instinktiv hob sie die Hände zum Mund und ging neben Fabio in die Knie.

»Schnell, zeig her«, forderte sie streng.

Fabio hatte die Lippen zusammengepresst und schüttelte den Kopf. Er hatte die linke Hand zur Faust geballt. Noch mehr Blut quoll daraus hervor. »Es ist nichts«, sagte er.

»Nichts?« Allegras Stimme überschlug sich beinahe, als sie auf das viele Blut zwischen ihnen deutete. Ohne weitere Aufforderung zog sie Fabios Hand vorsichtig zu sich und bat ihn in einer stummen Geste, ihr die Handfläche zu zeigen. Fabio reagierte wie vermutlich die meisten Männer: Er weigerte sich. Dieses Helden-Gebaren nervte Allegra tierisch und ihr Blick wechselte von mitleidig zu genervt. Sie ließ jedoch nicht locker und bettete Fabios Hand auf ihre. Behutsam bog sie Fabios Daumen zur Seite, ehe er seufzend aufgab und auch die anderen Finger öffnete.

Allegra sog scharf die Luft ein. Allerdings nicht wegen des vielen Blutes, das die gesamte Handfläche rot gefärbt hatte, sondern wegen des Fehlens der Ursache. Stirnrunzelnd suchte Allegra nach der tiefen Schnittwunde, die sie sich im Kopf ausgemalt hatte. Eine so tiefe Wunde, dass das Blut nur so daraus hervorquoll, im Rhythmus des Herzschlages. Sie stand auf und zerrte Fabio nach oben, um mehr Licht zu haben. Doch ganz gleich, von welcher Seite sie seine Hand betrachtete –sie fand nur das mittlerweile angetrocknete Blut, das seiner Hand einen roten Glanz gab.

»Was ...«, stammelte sie und sah von seiner Hand zu ihm auf. Erst jetzt registrierte sie, wie dicht sie voreinander standen. Fabios Gesicht war keine dreißig Zentimeter von ihr entfernt, seine Augen waren größer und eindrucksvoller als jemals zuvor. Allegras Puls beschleunigte sich, ihr Herz klopfte so schnell wie nach einer Stunde Joggen.

»Es war nichts«, versuchte sich Fabio an einer Erklärung. Die Worte kamen stockend, er hatte Mühe seine Atmung zu kontrollieren.

»Aber all das Blut«, setzte Allegra an, doch mit diesem Flattern, das in ihrem Magen Einzug gehalten hatte, war sie nicht in der Lage, ihren Satz zu vollenden.

»Es ist nichts«, wiederholte Fabio und sah sie dabei so eindringlich an, dass sie Gefahr lief, sich in seinen Augen zu verlieren.

War er noch näher gekommen? Sie spürte seinen warmen Atem im Gesicht. Ein sanfter Lufthauch, der zärtlich über ihre Wange strich.

»Ein kleiner Schnitt, der sich bereits wieder geschlossen hat?« Seine Worte kamen stockend, waren mehr Frage als Erklärung, als probiere er selbst, wie sie sich anhörten.

Allegra konnte sie über ihren donnernden Herzschlag hinweg kaum hören. Das Restaurant, ja die gesamte Umgebung, war in weite Ferne gerückt. Im Gegensatz zu Fabio, dessen Lippen nun so nah waren, dass sie nicht wagte, sich zu bewegen. Ihre Hände hielten nach wie vor die Verbindung, waren mittlerweile zwischen ihren Körpern eingekeilt.

»Ich ...«, stammelte Fabio. »Es tut mir leid.«

Allegra suchte vergeblich nach dem Sinn in seinen Worten. Plötzlich spürte sie, wie die Wärme, die sie eben noch an ihrer Hand gespürt hatte, verschwand. Doch sie konnte den Blick nicht von Fabios Gesicht abwenden. Die verschwundene Wärme sammelte sich nun an ihrer Taille; Hände, die sie behutsam festhielten und näherzogen. Fabios Gesicht kam wie in Zeitlupe auf sie zu, sein Atem wärmte und liebkoste Allegras Gesicht. Nun versank sie regelrecht in den violetten Augen, tauchte tief hinein, während sie näher und näher kamen.

Wie aus dem Nichts veränderten sie sich jedoch, wurden zu den Augen aus ihren Träumen. Das kühle Eisblau vertrieb die Wärme und das behagliche Gefühl. Der Bann war gebrochen und Allegra zuckte erschrocken zurück. Hatte sie gerade beinahe Fabio geküsst? Einen Jungen, den sie kaum kannte? War ihr nicht erst gestern wieder die Oberflächlichkeit aller Männer eindrucksvoll demonstriert worden?

Hastig wich sie nach hinten und stieß dabei einen der Stühle um. Sie fühlte sich wie im falschen Film. Das schwebende Gefühl in ihrem Magen verwandelte sich binnen eines Wimpernschlags in einen harten Aufprall. Der Zusammenstoß mit der Realität.

»*Scusa.*« Fabio hob die Hände, wagte es nicht mehr, ihr in die Augen zu sehen.

Noch immer benommen versuchte Allegra, den Stuhl wieder aufzustellen. Ihre Hände zitterten, der Stuhl rutschte ihr wieder aus der Hand und fiel erneut polternd zu Boden.

»Was ist denn hier los?« Maria betrat das Restaurant.

Von der Tür aus konnte sie nicht sehen, dass Fabio geblutet hatte. So sehr geblutet hatte, dass sich um die Scherben herum eine kleine Lache gebildet hatte, die das Licht der Decke reflektierte. Das Blut war bereits geronnen. Wie viel Zeit war vergangen? Allegra hatte jegliches Gefühl dafür verloren.

»Nur ein kleines Missgeschick mit einem Glas, *Mamma*«, sagte Allegra schnell und hoffte, dass Maria das Zittern in ihrer Stimme nicht bemerkte. »Kein Problem.«

Maria lächelte Fabio an. »Das musst du dir von Allegra nicht abschauen. Sie hat ein wahres Talent darin, Gläser fallen zu lassen.« Sie zwinkerte ihm zu, ehe sie sich umdrehte und den Raum verließ.

Fabio ging wieder in die Hocke und sammelte die Scherben auf.

»Ich hole einen Lappen«, sagte Allegra schnell, ging hinter die Theke und zog einen Stapel Papiertücher aus der Halterung. Auf ihrem Weg zurück wäre sie beinahe in Fabio hineingerannt, der den Mülleimer ansteuerte. Sie trat zur Seite, er ebenfalls.

Mit einem strahlenden Lächeln bedeutete er ihr, zuerst den schmalen Durchgang zwischen Theke und Wand zu passieren. Sie ging an ihm vorbei, ohne ihn anzusehen. Nach einem Klirren im Metalleimer wurde ihr der Stapel Papiertücher aus der Hand gerissen.

»Ich mache das«, sagte Fabio, eilte zu dem Blutfleck und wischte ihn auf. Allegra war ihm gefolgt und starrte auf die vollgesogenen Tücher. Fabio rannte wieder zur Mülltonne, warf die Tücher weg und wusch sich anschließend die Hände. Allegra verfolgte über den Tresen hinweg die blutigen Schlieren, die in den Ausguss flossen, und die letzten Beweise, dass hier eben etwas völlig falsch gelaufen war, verschwanden für immer.

»Schau, alles gut.« Fabio hob demonstrativ die Hände und zeigte ihr die unverletzten Handflächen. »Es ist absolut nichts passiert.«

Ganz gleich, wie sehr er daran glauben mochte, Allegra war sich da nicht so sicher.

Fabio verschwand mit einem knappen Gruß und Allegra hatte keine Möglichkeit mehr, noch einmal nachzuhaken. Sie schloss das Restaurant ab, machte sich einen Kaffee und schnappte sich bei Maria ein Körbchen Brot und einen Teller Suppe. Damit setzte sie sich zum Essen nach draußen. Gleich nach ihrer SMS – ›Mittagspause!‹ – rief Jen an.

»Jetzt erzählst du mir sofort mehr über eure neue Aushilfe!«, verlangte sie – wieder ohne Begrüßung.

Allegra biss genüsslich von ihrem Brot ab. Sie wusste gar nicht, wo sie anfangen sollte. Mit dem Blut? Mit dem Flattern im Bauch oder damit, dass sie Fabio beinahe geküsst hatte?

»Al?«

»Ich bin noch dran«, antwortete sie kauend.

»Dann rede mit mir!«

Allegra stellte sich vor, wie ihre beste Freundin gerade finster dreinblickte. Das hatte sie sehr gut drauf. »Ist ja schon gut«, sagte Allegra und verkniff sich den nächsten Bissen, obwohl ihr Magen bereits rumorte. »Was willst du denn wissen?«

»Alles! Was denkst du denn?« Jen lachte und das Geräusch war selbst durchs Telefon ansteckend.

Plötzlich fiel all das Negative von Allegra ab, die Sorgen, die sie sich machte, die Gedanken über den Fast-Kuss. »Er heißt Fabio Speranza«, setzte Allegra an und wurde schon nach den ersten Worten unterbrochen.

»Wenn das kein Zeichen ist. Hoffnung, Allegra!«, kommentierte Jen. »Sieht er wenigstens gut aus? Hast du ein Foto?«

Allegra seufzte. »Nein, ich habe kein Foto. Er sieht normal aus, denke ich …«

»Denkst du? Ich kenn dich, da ist doch noch mehr!«

»Seine Augen sind … besonders«, versuchte Allegra zu erklären.

»Du solltest mal die von Alessandro sehen!«, sagte Jen schnell. Nach einer kurzen Pause fügte sie hinzu: »Die sind übrigens deinen Augen ziemlich ähnlich.«

»Etwa neunzig Prozent der Weltbevölkerung haben braune Augen«, leierte Allegra unnützes Wissen herunter. Wo auch immer ihr Hirn so etwas abspeicherte. Sie schüttelte den Kopf.

»Ja, ja, ich weiß. Aber seine sind auch beinahe schwarz – wie deine, Allegra. Auf den Fotos kommt das nie so rüber wie in Wirklichkeit. Aber du wirst ihn ja bald kennenlernen.«

»Werde ich?«, lachte Allegra.

»Al! Ich habe dir doch erzählt, dass er mich besuchen kommt. Natürlich wirst du ihn kennenlernen. Und vorher will ich noch diesen Fabio sehen. Arbeitet er jetzt fest bei euch?«

»Mhm.« Allegras Gedanken glitten wieder zu den Scherben und dem vielen Blut auf den hellen Marmorfliesen.

»Willst du mir noch was sagen? Irgendetwas ist da, meine magische Freundinnen-Telepathie schlägt an!«

Allegra lachte freudlos auf. »Erzähl ich dir übermorgen, okay?«

»Nein!«, sagte Jen schnell. »Jetzt hast du mich neugierig gemacht. Ich rufe so lange an, bis du mir sagst, was mit diesem Typen nicht stimmt.«

»Wie kommst du darauf, dass etwas mit ihm nicht stimmt?«

»Ich kenne dich. So wie du reagierst, grübelst du über etwas nach. Und dieses Grübeln heißt bei dir, dass es nichts Positives ist.«

Jen kannte sie einfach zu gut. »Er hat heute beim Aufräumen ein Glas fallen lassen«, begann Allegra.

»Das weiß ich schon. Da haben wir gerade telefoniert«, warf Jen ein.

Allegra ignorierte den Einwurf. »Überall war Blut. Aber als ich die Wunde versorgen wollte, war nichts zu sehen. Absolut nichts!«

Es dauerte mehrere Sekunden, bis Jen antwortete. »Das ist ... Ich denke, dass ... Vielleicht hat er eine Krankheit, ist Bluter oder so etwas?«, versuchte sie sich schließlich an einer Erklärung.

»Das ist mir auch durch den Kopf gegangen. Aber dann hätte die Blutung nicht so schnell aufhören dürfen. Und vor allem hätte die Wunde nach den wenigen Minuten noch zu sehen sein müssen.« Allegra war schon seit Jahren bestrebt, möglichst viel medizinisches Wissen in sich aufzusaugen. Schließlich begann bald ihr Medizinstudium.

»Frag ihn doch einfach.«

Allegra lachte laut auf. »Er weicht mir aus und behauptet, dass nichts passiert sei.«

Jen schnaubte. »Typisch Männer!«

»Genau.« Allegra hatte ja denselben Gedanken gehabt. Nur wenig später hatte sie Fabio beinahe geküsst.

»Ist noch was?«, fragte Jen. Sie musste wirklich Gedankenlesen können.

»Ich hätte ihn beinahe geküsst.«

»Du hast *was?*« Jens Stimme überschlug sich fast. »Du ihn oder er dich? Hat das mit dem Krankenschwester-Ding doch funktioniert? Oder war er so mitleiderregend, dass du ihn trösten musstest?«

Die Fragen kamen so schnell, dass Allegra Mühe hatte ihnen zu folgen. »Ich weiß nicht, wie das passieren konnte«, sagte sie wahrheitsgemäß. »Es war plötzlich so ein Moment ...«

»Jaja, das kenne ich. In solchen Momenten fühlt es sich immer richtig an.« Jen lachte. »Und warum hast du ihn nicht geküsst? Oder ihr euch?«

»Plötzlich waren da die Augen aus meinen Träumen.«

»Al! Hör auf damit, dich so auf diese Augen zu fixieren. Ich glaube nicht, dass sie irgendetwas mit deiner Zukunft zu tun haben, das habe ich dir schon so oft gesagt. Es ist sicher eine Kindheitserinnerung, die mit so vielen Emotionen behaftet ist, dass sie sich irgendwie in deinem Hirn verankert hat.«

Da sprach wieder einmal die Hobbypsychologin aus Jen. Sie visierte – nach einem weiteren Jahr Modelkarriere ein Psychologiestudium an, zumindest war das immer ihr Ziel gewesen. Traumatisierten Kindern und Jugendlichen zu helfen. Allegra glaubte, dass Jen sehr gut in dem Job sein würde.

»Ich weiß«, seufzte Allegra. »Aber was hat diese *Erinnerung*, die sonst in meinen Träumen auftaucht, am helllichten Tag im Restaurant zu suchen?«

»Das weiß ich auch nicht«, gab Jen ehrlich zu. »Ich muss jetzt wieder los. Telefonieren wir später nochmal?«

Allegra nickte, ehe sie so antwortete, dass auch Jen es mitbekam.

»Dann bis später. Und bleib anständig! Ehe ich mir diesen Fabio Hoffnung nicht angeschaut habe, hast du Kussverbot.« Sie lachte und steckte Allegra wieder an.

»Ich werde mich ganz sicher dran halten. Bis später.«

Sie legte das Handy zur Seite, löffelte ihre Suppe und nahm ab und an einen Bissen vom Brot.

Mit einem hatte Jen wohl wirklich Recht: Auch wenn Allegra nicht wusste, was es war, sie war überzeugt, dass irgendetwas mit Fabio nicht stimmte.

3. SZENE

Auch die Freitage waren im ›Da Casari‹ alles andere als langweilig. Allegra fand nicht einmal Zeit, um auf Jens zahlreiche Nachrichten zu antworten. Die eine eingegangene Nachricht der unbekannten Nummer löschte sie ungelesen.

Viele der Gäste hatten den Nachmittag frei, daher ging die Mittagschicht nahezu nahtlos in die Abendschicht über. Vor allem die Kaffeespezialitäten des Hauses lockten scharenweise Kundschaft an.

Fabio hatte sich jedoch sehr gut geschlagen, auch wenn er mit Marias Erlaubnis erst später dazugestoßen war. Er hatte sich am Vormittag gemeldet und etwas von familiären Problemen erzählt, woraufhin Maria ihm sofort zugesagt hatte, dass er, wenn nötig, erst abends kommen könne. Nichtsdestotrotz war er schon kurz nach Mittag eingetroffen und hatte sich sofort in die Arbeit gestürzt – mit Erfolg. Es war kein einziges Glas zu Bruch gegangen, auch keine Teller oder Tassen, und er war binnen eines Tages zum Liebling der weiblichen Kundschaft geworden.

Allegra erwischte sich dabei, wie sie ihn immer wieder beobachtete, ohne es wirklich zu wollen. Sein strahlendes Lächeln wirkte selbst auf die gestressten und schlechtgelaunten Gäste wie ein Zauber. Es war beeindruckend. Er nahm ihnen die Worte aus dem Mund und verblüffte sie damit, so dass sie ihren Ärger vergaßen. Folglich war es auch kein Problem, wenn die eine oder andere Bestellung länger dauerte oder Fabio das Falsche servierte. In ihm steckte ein wahres Naturtalent.

Nachdem Allegra das Restaurant abgeschlossen und die Kasse gemacht hatte, ging sie nach draußen, um Fabio noch beim Aufräumen zu helfen. Er war jedoch bereits fertig und erst auf den zweiten Blick sah sie, dass er an einem Tisch saß, im Halbdunkel der Straßenlaterne jenseits des hohen Sichtschutzes, und auf sein Handy starrte. Seine Augen leuchteten selbst von der

Seite unnatürlich im grellen Licht des Displays. Er sah so anders und fremd aus, dass Allegra kurz die Stirn runzelte. Sie trat näher. Die zerfledderte Ausgabe von Romeo und Julia lag vor ihm auf dem Tisch. Er reagierte nicht auf sie, obwohl sie alles andere als leise über den Kies zwischen den Tischen hindurch ging.

»Du kannst Feierabend machen. Wir sind fertig«, sagte sie und Fabio schrak hoch, ließ sein Handy fallen. Zum Glück landete es nur wenige Zentimeter tiefer auf dem Tisch.

»Du hast mich erschreckt«, sagte Fabio, als hätte sich Allegra das nicht denken können.

»Ist alles in Ordnung? Warum sitzt du hier im Dunkeln?«

»Es ist ... nichts.« Fabio seufzte.

Genau solche Aussagen waren es, die in Allegra einen Knopf drückten, auf dem ganz groß Neugierde stand. Sie konnte nicht anders, als sich auf den Stuhl neben Fabio zu setzen und nachzuhaken. Fabio strahlte etwas aus, das einen Urinstinkt in ihr weckte. Sie wollte ihm helfen, wollte, dass er wieder der strahlende junge Mann war, der die Gäste mit seinem Lächeln verzauberte.

»Willst du darüber reden? Hat es mit dem familiären Zwischenfall heute Vormittag zu tun?«

Fabio schüttelte den Kopf. Anschließend nickte er.

Allegra wartete einfach ab. Es dauerte eine ganze Weile, in der Fabio den Blick gedankenverloren auf sein mittlerweile dunkles Display gerichtet hielt. Dann kamen die Worte endlich aus ihm heraus.

»Sie ist tot.«

Allegra schrak zusammen. In der Stille des abgeschiedenen Gartens wirkten die Worte wie Pistolenschüsse. »Wer ist tot?«

»Meine ... Freundin.«

Allegra sog scharf die Luft ein. Mehr sagte Fabio nicht dazu. Auch nicht, als Allegra wartete, ob vielleicht nach einer Weile etwas hinterherkam. »Du hattest ... Ich meine, hattest du nicht gesagt, dass ...«, sagte Allegra und wusste nicht so recht, wie sie mit der Aussage umgehen sollte. Maria hatte ihn doch verhörmäßig ausgefragt und Allegra hatte ihn so verstanden, dass er kein Glück mit der Liebe hatte, und das so interpretiert, dass er keine Freundin hatte. Nicht, dass es mit einer existierenden Freundin schlecht lief oder so.

Endlich hob Fabio den Kopf und blickte Allegra direkt in die Augen. Seine violette Iris stach regelrecht aus der Dunkelheit hervor, schien jedes bisschen Licht aus der Umgebung aufzusaugen und zu reflektieren. In diesem Moment sahen sie übernatürlicher aus denn je.

»Es war ... kompliziert«, sagte er kurz angebunden und legte die Stirn in Falten, während er in einer schmerzhaften Geste den Mund verzog. Er litt, das hätte Allegra auch ohne das Lesen von Mikroimpressionen gesehen.

»Du musst es mir nicht erzählen«, sagte sie ruhig, auch wenn sie in Wahrheit darauf brannte, mehr zu erfahren. Von diesem weiteren Beweis, dass die Liebe nur Schmerz verursachte. Ohne darüber nachzudenken, setzte sie sich zu ihm an den Tisch. *Amor per dolorem.* Ihre Gedanken huschten zu den seltsamen Nachrichten. Kurz zuvor war gerade eine SMS eingegangen, als sie auf das Handy geschaut hatte und der Inhalt war in der Vorschau erschienen. Liebe durch Schmerz. Wenn sie erst herausfand, wer diese seltsamen Nachrichten schickte, würde sie demjenigen die Hölle heißmachen. Denn ohne es zu wollen, beschäftigte Allegra sich mit dem Inhalt.

Sie musste dabei das Gesicht verzogen haben, denn Fabio sah sie eindringlich an. »Was ist mit dir?«

Sie schüttelte nur den Kopf. »Es ist nichts.«

Ein Lächeln erschien auf Fabios Lippen, seine Augen jedoch blieben davon unberührt. »Dann ist wohl bei uns beiden alles in Ordnung.«

»Wenn ich dir irgendwie helfen kann ... Manchmal ist es gut, über die Dinge zu sprechen ...« Allegra schnaubte, als sie sich die wie abgelesen klingenden Sätze sagen hörte.

»Ich weiß. Aber bei der Liebe kann einem niemand helfen. Und jetzt ist es sowieso zu spät.« Ein Schatten legte sich auf Fabios Gesicht.

»Wie ist es passiert?«, fragte Allegra. Sie wollte nicht sagen: ›Wie ist sie gestorben?‹

Fabio verstand auch so. Seine Antwort hingegen war kryptischer denn je: »*Examen amoris.*«

Allegra schrak zusammen. Gänsehaut überzog ihre Unterarme und ihr wurde plötzlich unheimlich kalt. Die Grabesstimme, mit der Fabio gesprochen hatte, klang so anders als seine eigene. Allegra erschauderte. Nach dem Schreck kam das Misstrauen. Sie kniff die Augen zusammen und wartete, bis sich ihre Gedanken sortiert hatten. Dann fragte sie mit schneidender Stimme: »Wie ist deine Handynummer?«

Fabio riss die Augen auf und starrte sie fragend an. Als sie ihrer Frage nichts hinzufügte, nannte er ihr die Nummer. »Warum fragst du?«

Allegra schüttelte den Kopf. Für einen Moment hatte sie tatsächlich geglaubt, dass Fabio ihr diese dubiosen Nachrichten schickte – aus welchem Grund auch immer. Vielleicht, um sie verrückt zu machen? Von den Nachrichten wollte sie ihm aber lieber nichts erzählen.

Für eine Weile saßen sie beide schweigend da, tief in Gedanken versunken.

Irgendwann räusperte sich Fabio: »Sie ist gestorben, weil sie mich geliebt hat«, flüsterte er.

Allegra verstand die Aussage nicht.

Weil sie nicht reagierte, erklärte Fabio weiter: »Die Liebe zu mir gleicht einem Fluch. Sie endet niemals gut. Ich habe sie zu sehr geliebt und der *Fluch*«, er spuckte das Wort nahezu aus und setzte es gleichzeitig mit einer Geste in Anführungszeichen, »hat zugeschlagen. Speranza? Für mich gibt es keine Hoffnung.« Ein lautes freudloses Lachen hallte über den Hof.

Mit einem Mal tat er Allegra furchtbar leid. Eine so tiefe Hoffnungslosigkeit, dass man sich einen Fluch als Erklärung zurechtlegte, empfand nicht einmal sie selbst – obwohl das Glück in der Liebe nach wie vor auf sich warten ließ. Instinktiv rückte sie etwas näher heran. Fabios Blick war jetzt in die Ferne gerichtet und im Profil konnte sie sehen, dass seine Augen glänzten.

Plötzlich schlug er auf den Tisch, so dass sein Handy kurz nach oben hüpfte und Allegra zusammenzuckte.

»*Merda!*«, schimpfte er und fuhr sich mit den Händen durchs Haar. »Sie ist von einer geraden Straße – einer Strecke, die sie täglich fuhr! – abgekommen.

Ihr Auto hat den einzigen Baum im Umkreis von mehreren Hundert Metern erwischt.« Er schlug ein weiteres Mal auf den Tisch ein. Pure Verzweiflung stand ihm ins Gesicht geschrieben. »Ich hatte so gehofft, dass sie einfach aus meinem Leben verschwunden wäre. Dabei hatte sie einen Unfall und erst heute hat man sie gefunden.«

Der Schmerz, den er in diesem Moment ausstrahlte, war für Allegra unerträglich und sie spürte Tränen in ihren Augen brennen. Behutsam legte sie ihm eine Hand auf den Unterarm.

Sein Kopf fuhr sofort herum. Er suchte jedoch nicht ihren Blick, sondern starrte auf ihre Hand. »Ich hatte mich von ihr getrennt«, erklärte er nach einer kurzen Pause. »Vor mehreren Wochen. Ich wollte nicht, dass ihr etwas zustößt, wie den anderen.« Den Blick hatte er nach wie vor nach unten gerichtet.

Allegra malte sich aus, was Fabio für ein Leben geführt haben musste, dass er sich aus lauter Angst von seiner Liebe trennte. Es schmerzte sie tief in ihrem Inneren, dass jemand ein solches Schicksal ertragen musste.

»Ich habe mich von ihr ferngehalten, so gut es ging, trotzdem ist sie jetzt tot.« Sein Kopf ruckte hoch und sein intensiver Blick traf sie mit voller Wucht. »Tot, Allegra. Die anderen hatten Unfälle, waren verletzt worden, aber sie ist tot.«

Das letzte Wort schrie er in die Dunkelheit der Nacht hinein und die Verzweiflung darin sorgte für eine Gänsehaut bei Allegra. Dann spürte sie die Nässe auf ihren Wangen – ein Spiegelbild seiner Tränen. All das Leid, das sie in Verbindung mit der Liebe gespürt hatte, war bei ihm um ein Vielfaches stärker. Eine Stimme in ihrem Inneren jubelte, dass es schlimmere Schicksale gab als ihres, und flüsterte ihr ein, sich darüber zu freuen. Aber das konnte sie nicht. Nicht mit Blick auf den gebrochenen Fabio vor ihr.

In dem Moment legte sich seine Hand auf ihre und ein Ruck ging durch ihren Körper. Sie wollte nach unten sehen, doch Fabios violettblaue Augen ließen sie nicht los. Wellen von Wärme drangen von seiner Hand zu ihrer, beinahe wie bei einer Therapie mithilfe von Reizstrom. Sie war nicht in der Lage ihre Hand zurückzuziehen.

Erkenne die Liebe, geisterte ihr die Nachricht durch den Kopf.

War sie es, die dieses Kribbeln, diese Wärme verursachte? Allegra war sich nicht sicher. Aber sie wusste, dass Fabio ihr Schicksal teilte, dass sie mehr mit ihm verband als mit anderen Jungs. Weil sie nichts Gegenteiliges signalisierte – nicht signalisieren konnte! –, kam Fabios Gesicht immer näher. Für einen kurzen Moment dachte Allegra, er würde sie küssen. Ihr Bauch kribbelte vor freudiger Erwartung.

Doch sie wurde enttäuscht. Fabios Stirn berührte ihre. Die Stelle sandte eine wohlige Wärme aus.

»Danke«, flüsterte er und sein Atem strich ihr übers Gesicht, kühlte die zarten Spuren der Tränen.

Wofür dankte er ihr? Sie flüsterte die Worte, bekam jedoch keine Antwort. Noch immer pulsierte die Wärme durch ihre Hand und das Kribbeln kletterte immer weiter, schien ihr Herz zu animieren, ein paar Takte schneller zu schlagen. Es war, als benebelte die Berührung ihrer Gesichter ihr Hirn.

Erkenne die Liebe, flüsterte es in ihrem Kopf.

Wie?, wollte Allegra schreien, während Fabios Atemzüge den Rest ihres Verstandes wegpusteten.

Keiner von ihnen rührte sich. Die Luft schien mit einem Mal energiegeladener, das Atmen fiel Allegra immer schwerer. Sie sog den Geruch nach Pfefferminze, irgendeinem Kaugummi, ein, während sich in ihrem Inneren zwei Stimmen stritten. Die eine behauptete, dass es genau der richtige Moment sei, Fabio zu küssen, sich auf etwas Neues einzulassen, die Liebe auf ganz andere Weise zu testen. Die andere Stimme hingegen flüsterte, dass Fabio der Falsche sei, dass Allegra die Liebe erkennen würde, wenn es so weit sei. Doch wie lange sollte sie noch warten? In zwei Wochen würde sie zwanzig werden.

Wage es!, rief die eine.

Warte noch!, flüsterte die andere.

Weder Fabio noch sie machte den ersten Schritt. Vielleicht grübelte auch er darüber nach, was am Vortag beinahe geschehen war. Hätte es passieren sollen? Hätte dieser Kuss sein sollen oder wäre er aus den falschen Gründen passiert?

Wäre es heute – hier und jetzt, in der Abgeschiedenheit des Gartens besser? Die eisblauen Augen kamen ihr erneut in den Sinn, schlichen durch ihre Gedanken und krallten sich darin fest.

Erkenne die Liebe.

Plötzlich wurde die angenehme Wärme zu schmerzhafter Hitze und Allegra zuckte zurück.

Fabio löste sich nur langsam aus dem Nebel, der sie auf magische Weise eingehüllt und verbunden hatte. Er blinzelte mehrmals, bevor sich seine Augen klärten und er ebenfalls zurückwich. »Ich ... Ich gehe wohl besser«, stammelte er, sprang auf, schnappte das zerfledderte Buch und sein Handy und verschwand durch das Tor zur Straße.

Wieder einmal beherrschte Fabio – oder seine Wirkung auf sie – Allegras Gedanken. Und wieder hatten die eisblauen Augen aus ihren Träumen die Verbindung zwischen ihnen zerstört.

Wenn Allegra doch endlich Klarheit darüber hätte, warum sie diese Augen nicht losließen.

4. SZENE

Allegra saß noch eine ganze Weile in der nächtlichen Stille im Hinterhof des Restaurants und ließ die Situation mit Fabio Revue passieren, ehe sie ihr Handy aus der Tasche holte und auf die Uhr sah. Es war weit nach Mitternacht und sie hatte etliche neue Nachrichten von Jen. Seufzend klickte sie auf den Posteingang und stand auf, um endlich nach oben ins Bett zu gehen.

In dem Moment ging ein Anruf ein. Jen. Allegra nahm ab.

»Schaust du eigentlich nie auf dein Handy?«, kam der Vorwurf anstelle einer Begrüßung.

»Hm?«, fragte Allegra nur geistesabwesend.

»Ich bin eben angekommen. Wollen wir noch was trinken gehen?«

»Ich dachte, du kommst morgen?«

»Deshalb habe ich dir doch geschrieben. Das Shooting war früher fertig und ich habe noch am Abend einen Flug bekommen.« Jens Stimme klang so vorwurfsvoll, dass Allegra sofort ein schlechtes Gewissen bekam.

»Heute war hier einiges los«, versuchte Allegra zu erklären. Was sie jedoch verschwieg, war diese seltsame Verbindung mit Fabio, die sie nicht beschreiben konnte. Hierüber musste sie sich erst einmal selbst Gedanken machen.

»Dann wird das heute nichts mehr?«, fragte Jen und klang dabei ganz traurig.

»Nein, tut mir leid, Süße. Ich bin froh, wenn ich endlich ins Bett komme. Kommst du morgen zum Frühstück vorbei?« Allegra schloss die Tür vom Restaurant hinter sich und drehte den Schlüssel um, dann lief sie mit dem Handy in der Hand durch den Gastraum und weiter nach oben.

»Ich versuche es.« Nun klang Jens strahlendes Lächeln, das alle Männerherzen zum Schmelzen brachte, durchs Telefon. Jen war eine notorische Spätaufsteherin.

»Dann bis morgen.«

»Bis dann! Und ich bin ja sehr gespannt auf diesen Fabio.« Allegra hörte Jens Lachen, ehe sie das Gespräch beendete.

In ihrem Zimmer angekommen sprang sie kurz ins Badezimmer und legte sich anschließend frisch geduscht ins Bett.

Es dauerte nicht lange, bis sie sich tief in einer verwirrenden Traumwelt befand.

Die ersten Bilder hätten aus einem alten Film stammen können. Sie sah etliche Frauen in weiten Roben mit kunstvollen Halbmasken vor den Augen, die in einem Meer aus Kerzen funkelten. In ihrem Bauch rührte sich etwas. Zaghaft, nicht zuzuordnen. Durch ihre Gedanken schwebte ein Zitat aus Romeo und Julia: »So einz'ge Lieb aus großem Hass entbrannt! Ich sah zu früh, den ich zu spät erkannt. O Wunderwerk! Ich fühle mich getrieben, den ärgsten Feind aufs zärtlichste zu lieben.«

Dann endete die Szene. Allegra fiel in die nächste Traumlandschaft und sah sich schrecklichen Kreaturen gegenüber, die einem Buch über Mythologie entsprungen schienen. Dabei schwang Allegra ein Schwert, als hätte sie nie etwas anderes getan. Ausgerechnet sie, die noch nie zuvor ein Schwert auch nur in der Hand gehalten hatte!

Und als wäre dieser Gedanke nicht absurd genug, veränderte sich die Szenerie erneut. Allegra sah sich von außen, wie in einem Film. Es war helllichter Tag und sie befand sich auf einem altmodisch gepflasterten Platz. Die Häuser rund um sie herum sahen aus wie auf den Fotos aus Jens Urlaub am Gardasee. Es hätte ein schöner Traum sein können, wäre da nicht die unerklärliche Panik, die Allegra spürte, das Gefühl, es nicht rechtzeitig zum Bus zu schaffen, nur tausend Mal schlimmer. Sie hastete zwischen Marktständen hindurch, quetschte sich durch Menschenansammlungen und suchte unentwegt nach irgendetwas. Für einen kurzen Moment spürte sie Erleichterung, wusste jedoch nicht, warum. Der Name ›Romeo‹ huschte durch ihre Gedanken, nicht greifbar genug, um eine Erklärung zu liefern. Dann kam die Panik geballt zurück. Allegra sah sich schreien und weiterrennen, ehe das Bild ausblendete. Für einen kurzen Moment jedoch sah sie noch ein Gesicht. Oder genauer gesagt, ein Augenpaar, dessen Lider sich senkten. Übrigblieb nichts als die reinste Qual. Allegra schrie auf.

»›Denn niemals gab es ein so herbes Los als Juliens und ihres Romeos‹«, flüsterte eine Stimme aus dem Off über den Schrei hinweg, der sie hochfahren ließ. Mit klopfendem Herzen versuchte sie, die Panik und die Qual von sich zu schieben. Ihre Hände zitterten, als sie nach ihrem Handy auf dem Nachttisch tastete und das Display aktivierte, um auf die Uhr zu sehen.

Die Nachricht war die einzige und wurde direkt auf dem Display angezeigt. Es war unmöglich, sie nicht zu lesen. Etwas in ihrem Inneren machte Klick. Der Satz las sich, als sei er die Erklärung für den Schmerz und die Qual während ihres Traumes. Die Härchen in Allegras Nacken stellten sich auf.

Amor ad mortem.

Liebe bis in den Tod. Sie warf das Handy weg, als könnte sie damit die Nachricht aus ihrem Kopf löschen. Ihr Atem stockte, die Panik ließ nicht von ihr ab, krallte sich wie ein Tier in ihr fest. Sie musste etwas gegen diese Nachrichten unternehmen!

Kurzerhand schnappte sie sich ihr Handy wieder, öffnete die Nachricht und drückte auf das Anruf-Symbol. Es klingelte mehrmals, bis die Verbindung unterbrochen wurde. Ihr Schmerz schlug in Wut um. Mit zusammengekniffenen Augen tippte Allegra auf das Display.

Wer bist du?

Natürlich kam keine Antwort. Hatte sie eine ernsthafte Erklärung erwartet? Sie lachte auf und schüttelte über sich selbst den Kopf. Was war nur mit ihr los? Wenigstens hatte der Ärger über den anonymen Nachrichtenschreiber einen Teil der Angst und Panik in ihrem Inneren vertrieben. Sie löschte die Nachricht wie alle anderen zuvor und erwog aufzustehen. Auch wenn sechs Uhr morgens eindeutig nicht ihre Zeit war.

Sie haderte noch mit sich, als sie schwere Schritte auf den knirschenden Holzdielen im Flur hörte. Kurz darauf wurde die Tür geöffnet und ein Streifen helles Licht blendete Allegra für einige Sekunden. Erst dann sah sie Maria.

»Ist was passiert? Ich habe dich schreien gehört«, sagte Maria, während sie gähnte. Ihre Augen waren nur halb geöffnet und sie trug einen rosaroten Morgenmantel, der nicht ordentlich zugebunden war.

»Es war nur ein Albtraum, *Mamma*. Du kannst wieder schlafen gehen.« Sie klang weniger überzeugend, als sie es beabsichtigt hatte. Ihre Mutter hatte selbst genug um die Ohren.

Maria zögerte, nickte dann aber. »Soll ich noch kurz bleiben?«

»*Mamma*, ich bin fast zwanzig. Ich komme schon klar.« Dennoch brachte dieses Angebot Allegra zum Lächeln. Für Maria würde sie immer das kleine Mädchen bleiben, ganz gleich, wie erwachsen sie war. Und das war doch ein beruhigendes Gefühl.

Maria nickte erneut mit einem Gähnen. Nach einem knappen »Dann bis morgen früh« schloss sie die Tür und ließ Allegra im Dunkeln des Raumes allein.

Zusammen mit den Bildern des Traumes, die sich in Allegras Hirn gebrannt hatten – und dem Zitat über Romeo und Julia.

Sie beschloss, dass an Schlafen nicht mehr zu denken war, und zog sich eilig an. Während sie sich die Zähne putzte, geisterten die verworrensten Zitate von Shakespeare durch ihren Kopf. Was war nur mit ihr los? Sie betrachtete sich im Spiegel. Dunkle Schatten lagen unter ihren Augen. Der Schlaf war nicht nur zu kurz, sondern auch alles andere als erholsam gewesen. Außer dem Traum von diesem Ball. Der war wunderschön gewesen, allein beim Gedanken daran spürte Allegra wieder dieses schwebende Gefühl. War sie in die falsche Zeit hineingeboren worden? Vielleicht hätte Romeo ihr Herz erweichen können. Sie lächelte, doch ihr Spiegelbild zeigte nur eine missglückte Version davon.

Bis ihr aus einem unerklärbaren Grund Fabio in den Sinn kam, der für die Rolle des Romeo vorsprechen wollte. War das ein Zufall? Oder hatte sie in ihm ihren Romeo gefunden? Nun lächelte die Person im Spiegel aufrichtig, die dunklen Augen strahlten regelrecht. Sie nahm sich vor ihren Romeo genauer unter die Lupe zu nehmen, wollte dieses eine Mal, da das Schicksal und nicht Maria oder Jen sie zusammengebracht hatte, dafür sorgen, dass alles richtig lief.

Mit diesem Gedanken ging sie nach unten, holte die Zeitung aus der Zeitungsrolle und bereitete begleitet von einem beschwingten Gefühl einen Caffè Latte zu, während sie durch die Nachrichten blätterte. In dem kleinen Städtchen schien es nichts Aufregenderes als die Sportergebnisse der lokalen Vereine zu geben. Erst eine winzige Überschrift im Kulturteil, die die Bezeichnung ›Schlagzeile‹ nicht verdient hatte, weckte ihre Neugierde. Das geplante Vorsprechen für ›Romeo und Julia‹ wurde abgesagt. Die Aufführung hätte durch Spenden vorfinanziert werden sollen, die nun doch nicht in gewünschter Höhe zustande gekommen waren. Der Hauptsponsor war abgesprungen.

Die Nachricht versetzte Allegra einen Stich ins Herz. Fabio wäre die perfekte Besetzung gewesen. Sie schluckte und schmiedete Pläne, wie sie ihn würde aufheitern können.

Ablenkung war das Mittel der Wahl, oder? Doch sie kannte ihn zu wenig, als dass ihr etwas Gutes einfiele. Bei dem Gedanken flatterte so etwas wie Vorfreude durch ihren Kopf und sie erwischte sich dabei, wie kitschige Bilder von guten Freunden vorbeizogen, die irgendwann etwas Tieferes füreinander entwickelten. Auf die andere Art hatte es nie mit dem großen Glück geklappt. Warum sollte sie es jetzt nicht auf diese Weise versuchen? Sie hatte schließlich alle Zeit der Welt.

II. AKT

1. SZENE

»*Ciao, bella*«, rief Jen über den ganzen Hinterhof, den sie durch das Tor betreten hatte. Sie schwenkte überschwänglich die Arme, als könnte man sie tatsächlich übersehen.

Allegra wurde warm ums Herz. Jen und sie waren von klein auf unzertrennlich gewesen und Allegra vermisste ihre beste Freundin, wenn sie wie zuletzt so lange in der Weltgeschichte unterwegs war. Die Tage waren Allegra vorgekommen wie eine Ewigkeit.

Jen sah sehr gut aus. Das tat sie zwar immer, schließlich war gutes Aussehen ihr Job, aber sie strahlte regelrecht von innen heraus. Auch das konnte die Liebe mit einem machen. Nur leider hielt dieser Zustand bei ihrer Freundin nie sehr lange an. Allegra konnte nur hoffen, dass Jen dieses Mal wirklich ihr wahres Glück gefunden hatte.

Jen ließ sich auf den Stuhl Allegra gegenüber fallen. Der Tisch war bereits reichlich gedeckt – Allegra war schon beim Bäcker gewesen und es duftete herrlich. Auf einer großen Platte lag geschnittenes Obst. So früh aufzustehen hatte eindeutig Vorteile. Jen griff eifrig zu. Sie gehörte nicht zu der Sorte Models, die ja keine Kalorie zu viel zu sich nehmen wollten. Jen aß einfach alles, was sie in die Finger bekam und ihr schmeckte. Sie hatte mit ihrer Figur einfach Glück gehabt – ebenso wie Allegra.

»Eigentlich ist es viel zu früh«, sagte Jen zwischen einem Stück Melone und einem Schluck Kaffee. »Aber für dich mache ich gerne eine Ausnahme.« Sie warf Allegra einen Luftkuss zu und lächelte sie strahlend an.

»Es ist nach neun, Jen«, erwiderte Allegra kopfschüttelnd. Der Versuch, streng zu schauen, missglückte jedoch.

»Ich sagte doch: zu früh. Aber was tut man nicht alles, um endlich die gewünschten Informationen aus seiner besten Freundin herauszukitzeln. Du warst am Telefon immer so kurz angebunden.«

War sie das wirklich? Allegra war es gar nicht so vorgekommen. »Ich weiß auch nicht, was gerade los ist«, seufzte sie zur Antwort. »Die Sache mit Max ...«

»Max ist ein Idiot!«, unterbrach Jen sie.

»Du hast ihn mir vorgestellt.«

»Ich weiß. Und das tut mir leid. Aber wenn er dich nicht zu schätzen weiß, dann ist er ein Idiot. Punkt.«

»Vielleicht hast du Recht und ich erwarte zu viel.« Allegra ging ›Romeo und Julia‹ einfach nicht aus dem Kopf.

»Quatsch. Das wird schon. Solange du nicht ein paar Frösche küsst, kannst du nicht wissen, ob einer davon dein Prinz ist«, belehrte Jen sie kauend. »Vielleicht gehen wir die Sache aber auch falsch an«, murmelte sie weiter, »und wir müssten die Frösche gegen die Wand schmettern.«

Allegra lachte beim Gedanken an den Versuch, Max gegen eine Wand zu werfen. Doch schnell wurde sie wieder ernst. »Ich will einfach ... Hach, ich weiß auch nicht. Ich habe heute Nacht seltsame Sachen geträumt. Seit Fabio mit ›Romeo und Julia‹ hier aufgetaucht ist, geht mir nicht mehr aus dem Kopf, wie die wahre Liebe sein sollte.«

»Was ist das denn für eine billige Masche?«, fragte Jen skeptisch.

»Das ist keine Masche, er wollte für die Aufführung der Theatergruppe vorsprechen. Premiere hätte am Valentinstag sein sollen. Aber ich habe vorhin in der Zeitung gesehen, dass das Vorsprechen gecancelt wurde. Dabei wäre er der perfekte Romeo gewesen.« Allegra seufzte, als sie daran dachte, wie echt es sich angefühlt hatte, als hätte sie tatsächlich Romeo Montague gegenübergestanden.

»Al!«, Jen beugte sich über den Tisch und schüttelte Allegra an der Schulter. »Du weißt schon, dass diese Geschichte nicht gut ausging, oder? So was sollte man sich nicht wünschen. Nicht einmal seinem ärgsten Feind.«

»*Amor ad mortem*«, flüsterte Allegra.

»Was? Ist das Latein?«, fragte Jen und kniff die Augen zusammen. »Etwas mit Liebe und Tod?«

Diese Aussage machte Allegra stutzig. Sie hatte immer geglaubt, dass sie die dubiosen Nachrichten des unbekannten Absenders verstehen konnte, weil sie die Wörter vom Italienischen ableitete, das war ihr ganz natürlich vorgekommen. Aber Jen sprach eigentlich genauso gut Italienisch wie sie selbst. Warum konnte Allegra den Text verstehen, Jen aber nicht? Sie hatten französisch als zweite Fremdsprache in der Schule gewählt – die Sprache der Liebe, wie sie damals lachend gesagt hatten. Und wer wollte schon die tote Sprache Latein lernen? Pah!

»Du kannst es nicht übersetzen?«, versicherte sich Allegra und Jen schüttelte den Kopf. »Es bedeutet ›Liebe bis in den Tod‹. Das Schicksal von Romeo und Julia.«

»Doofes Schicksal. Ich lebe lieber mit meiner Liebe. Julia beneide ich kein bisschen.« Sie schnaubte. »Außerdem habe ich meinen eigenen Capulet.«

»Heißt er wirklich Capulet?«

»Mhm. Seine Familie hat ein Hotel in Limone Sul Garda. Das Castello.«

»Sie heißen Capulet und haben ein *Schloss*?« Das klang einfach zu absurd.

»Der Gardasee liegt nicht so weit von Verona entfernt«, erklärte Jen. »Die alten Namen sind dort sehr verbreitet.«

»Und warum hast du dir nicht einen Montague gesucht? Wer will schon Julia, wenn frau Romeo haben kann?« Allegra grinste ihre Freundin an.

Jens Ausdruck wurde plötzlich ernst. Die kleine Falte zwischen ihren Augenbrauen erschien. Wie immer, wenn sie angestrengt nachdachte.

»Was ist?«, hakte Allegra nach.

»Ich weiß nicht. Irgendwas mit Montague. Es ist … Da war was, aber ich kann mich … Ich weiß nicht … Ach, egal. Ich bin mit meiner *Julia* sehr gut bedient. Er kommt heute an.«

»Als ob ich das vergessen könnte. Hundert Nachrichten darüber sind sehr schwer zu übersehen.«

»Kommst du mit zum Bahnhof, um ihn abzuholen?«

»Wann kommt er denn?«

»Um elf.« Jens Blick zuckte zum Handy, das auf dem Tisch lag. Vermutlich zählte sie schon die Stunden.

»Da kann ich nicht. Mittagstisch. Ich kann *Mamma* nicht mit Fabio allein lassen.« Sie presste bedauernd die Lippen zusammen.

»Nicht so schlimm. Du kommst später zur Party, oder? Dann kannst du Alessandro dort kennenlernen.«

»Welche Party?« Allegra durchsuchte ihren Kopf vergeblich nach einem Hinweis, dass sie davon gewusst hatte.

»Bei Sandra. Mensch, Allegra. Ich hatte mich die ganze Woche darauf gefreut, mit dir dort ein paar Gläschen Prosecco zu trinken.«

»Natürlich komme ich hin«, sagte Allegra ausweichend. Wirklich erinnern konnte sie sich immer noch nicht.

»Wann hast du Feierabend?«

»*Mamma* macht die Küche um zehn zu. Dann übernimmt sie sicher vorne. Und Fabio ist ja auch noch da.«

»Perfekt. Ich freu mich auf dich. Und ich bin so gespannt, was du zu Alessandro sagst. Er ist einfach perfekt!« Allegra konnte die Herzchen in Jens Augen sehen.

»Hoffentlich bleibt er das auch«, murmelte sie zu sich selbst.

Jen schaute kurz irritiert, schüttelte dann aber den Kopf. »Der Trip an den Gardasee hat alles verändert, Al. Es gibt keine Enttäuschungen mehr. Ich spüre es.« Sie legte sich die Hand an die Brust. »Jetzt fehlst nur noch du. Aber sobald Alessandros Freund ankommt, haben wir das Problem vielleicht schon gelöst.«

»Sie kommen nicht zusammen?« Nun war Allegra irritiert. Was waren das denn für Freundschaftsverhältnisse?

»Es hat wohl nicht so geklappt, wie Alessandro wollte. Seine Mutter ist etwas speziell. Ich habe sie noch nicht kennengelernt, aber wie es sich anhört, ist sie nahezu krankhaft besorgt.« Jen stöhnte. »Da gab es wohl einen Unfall mit seiner Ex oder so, Alessandro wollte nicht darüber sprechen.« Nach einer kurzen Pause fügte sie hinzu: »Die Sache hat ihn ganz schön mitgenommen.«

Allegras Gedanken flatterten wie aufgescheuchte Tauben in ihrem Kopf umher. Es dauerte aber einen Moment, bis sie den richtigen greifen konnte, der sie so stutzig gemacht hatte. »Fabios Exfreundin ist bei einem Autounfall ums Leben gekommen. Er hat sich von ihr getrennt, weil er irgendwie denkt, er sei verflucht und die Liebe zu ihm würde nie gut ausgehen.«

Mit erhobener Augenbraue sah Jen sie an. Keiner konnte das so gut wie sie. »Was für ein seltsamer Zufall«, murmelte sie, aber es war klar, dass sie ganz und gar nicht daran glaubte. »Erzähl mir mehr über diesen Fabio.«

Allegra holte tief Luft, ehe sie von dem Abend mit dem vielen Blut erzählte und vom Vortag. »Er hat irgendeine besondere Wirkung auf mich. Ich kann dir nicht sagen, was es ist. Aber es fühlt sich einerseits so richtig an, andererseits – wenn ich tiefer grabe völlig falsch. Vielleicht, weil es zu schnell geht?« Allegra konnte nicht in Worte fassen, was sie beschäftigte, und kniff den Mund zusammen, ehe sie einen weiteren Versuch startete: »Es ist, als wüsste er vorher schon, was ich vorhabe. So reagiert er auch auf die Gäste. Es ist ... Wenn ich es kitschig ausdrücken würde, müsste ich wohl sagen, im ersten Moment gleicht er Romeo: gebrochen, von der Liebe verletzt. Und damit ist er mir ähnlicher als all die anderen Typen.« Sie warf einen vorwurfsvollen Blick zu ihrer Freundin und Jen zuckte entschuldigend mit den Schultern. Viele dieser *anderen* hatte Allegra ja Jen zu verdanken. »Aber wenn ich versuche, mich darauf einzulassen, schreckt etwas tief in mir zurück. Und immer wieder sehe ich diese Augen, Jen. Wie ein Verbotsschild. Es macht mich verrückt.«

Jen kannte all die Geschichten über die Augen. In den letzten Monaten war es immer schlimmer geworden und der zukünftigen Psychotherapeutin waren langsam die logischen Erklärungen ausgegangen.

»Al, die Augen könnten aus einem Film oder Trailer gewesen sein, auf den du einen kurzen Blick erhascht hast, als du noch klein warst. Deshalb erinnerst du dich nicht an mehr. Es ist doch verrückt, sich von so etwas abschrecken zu lassen, wenn dieser Fabio tatsächlich dein Romeo wäre. Vielleicht musst du es einfach etwas langsamer angehen.« Sie grübelte einen Moment. »Obwohl ich immer noch denke, dass Romeo und Julia nicht das Vorbild in Sachen Liebe sein sollten. Wer will schon sterben, anstatt gemeinsam alt zu werden?« Sie strahlte, ihr Blick war regelrecht entrückt.

Und auch in Allegra rührte sich etwas. Direkt vor sich sah sie sich selbst mit grauen Haaren, ihr gegenüber saß ein grauhaariger Mann, den sie nur von hinten sehen konnte. Um sie herum tollten Kinder mit eisblauen und fast schwarzen Augen. Ihr wurde warm ums Herz. Gedankenverloren nickte sie.

»Siehst du!«, fühlte sich Jen bestätigt. »Vielleicht ist Alessandros Freund ja doch die bessere Alternative? Wenn es nach Alessandro geht, sieht er zwar nicht so gut aus wie er selbst, aber man kann seinen Anblick schon ertragen.« Jen lachte. »Ich war noch nie so glücklich wie mit ihm, Al.«

Das konnte Allegra sehen. Sie nickte lächelnd. Und allmählich konnte Allegra auch erahnen, warum das so war. Jen hatte immer Männer gehabt, die sie entweder als hübsches Beiwerk sahen oder vergötterten. Dabei brauchte sie unbedingt jemanden, der ihr Kontra bot und schlagfertig war wie sie. Sowas übte auf Jen einen unheimlichen Reiz aus. Vielleicht brauchte sich Allegra ja wirklich keine Sorgen mehr um sie machen. Nun freute sie sich wirklich darauf, diesen Alessandro kennenzulernen. Dennoch bezweifelte sie, dass sich Alessandros Freund als ihr Traumprinz entpuppen würde. Vielleicht sollte sie auf dieses seltsame Gefühl in ihrem Inneren vertrauen, das Fabio in ihr auslöste?

»Hallo, Jen. Schon so früh wach?« Maria trat zu ihnen in den Hof und ihre schwarzen Locken, die unter dem Tuch hervorlugten, glänzten im Sonnenschein.

»Warum schauen mich alle an, als wäre ich ein Alien, nur weil ich ausnahmsweise mal vor Mittag unterwegs bin?« Jen hob in einer theatralischen Geste die Arme, die gespielte Ungläubigkeit wich jedoch schnell einem Lachen.

»Du siehst gut aus«, sagte Maria auf Italienisch. »Wenn das nicht ein neuer Verehrer ist?«

Jen wurde tatsächlich rot wie ein Teenie-Mädchen, das über die erste Liebe ausgefragt wird. *»Sì, Mamma Casari.«*

So hatte Jen Allegras Mutter früher immer genannt. Jen und sie waren mehr oder weniger wie Geschwister aufgewachsen, weil Jens Mutter ständig bei der Arbeit gewesen war.

»Die Liebe steht dir gut, Kleines.« Dann warf sie einen Seitenblick auf Allegra und das Lächeln um ihre Lippen verschwand. »Vielleicht schafft es die Liebe ja irgendwann auch, Allegra zu verzaubern. Ich fürchte allerdings, der passende Mann muss noch geboren werden.«

Jen lachte und streckte Allegra total albern die Zunge raus. Ja, sie waren wirklich wie Geschwister und das Lob von *Mamma* ließ die eine gleich frech werden.

»Vielleicht ist Amor ja schon auf dem Weg hierher.« Nun zwinkerte Jen Allegra zu, was ihr einen fragenden Blick von Maria einbrachte.

Allegra stand auf und begann die Sachen vom Frühstück einzusammeln. »Klärt das ohne mich. Irgendjemand muss sich ja um das Restaurant kümmern.« Es klang böser als beabsichtigt, aber auf eine weitere Diskussion, wer denn am geeignetsten für sie wäre, konnte Allegra verzichten.

Maria hingegen stimmte ihr zu. »Ich muss auch in die Küche. Aber zuerst könntest du mir sagen, von wem du redest.«

Die Antwort hörte Allegra schon gar nicht mehr. Sie war zu dem Entschluss gekommen, dass sie ihren Romeo wollte. Und der war vermutlich wirklich auf dem Weg hierher, schließlich begann seine Schicht bald. Aber sie wollte es langsam angehen, denn Liebe auf den ersten Blick wie bei Shakespeare gab es im wirklichen Leben nicht. Eine wahrheitsgemäße Entwicklung hätte vermutlich nur den Rahmen jeder Theateraufführung gesprengt. Aber das hieß ja nicht, dass Allegra es genauso anpacken musste. Erst einmal musste Fabio über den Tod seiner Freundin hinwegkommen und dafür würde sie ihm alle Zeit der Welt lassen. Sie war noch nicht einmal zwanzig, also was machten da schon ein paar Wochen mehr oder weniger? Dieses Mal würde alles besser werden.

Nachdem sie die Lebensmittel vom Tablett in den Kühlschrank und das Geschirr in die Spülmaschine geräumt hatte, ging sie wieder nach draußen. Ihre Mutter war bereits in der Küche und bereitete alles für die Gäste vor. Zu Allegras Verwunderung saß Fabio an ihrem vormaligen Platz, tief in ein Gespräch mit Jen verwickelt, die wild gestikulierend auf ihn einredete. Fabio sah etwas überfordert und alles andere als begeistert aus.

»Jen?«, fragte Allegra, als sie an den Tisch trat.

»Ich habe gerade eure neue Aushilfe kennengelernt«, sagte sie spitz. Ihr Tonfall war beinahe abfällig, so kannte Allegra ihre Freundin gar nicht. Sie bedachte Fabio auch mit einem richtig fiesen Blick, den Allegra sich nicht erklären konnte.

Erleichtert über Allegras Ankunft sprang Fabio auf und entschuldigte sich, um sich an die Arbeit zu machen.

»Was war das denn?«, fragte Allegra misstrauisch.

»Etwas stimmt nicht mit dem, Allegra«, sagte Jen stirnrunzelnd. »Halt dich bitte von ihm fern.«

Der Satz klang so ernst, dass Allegra für einen Moment stutzte. »Was sollte mit ihm denn nicht stimmen? Du kennst ihn – wie lange, vielleicht fünf Minuten? Zehn? «

»Wie lange kennst du ihn denn? Und kennst du ihn wirklich?«

Allegra setzte zu einer Antwort an, doch die blieb ihr im Hals stecken. Sie kannte ihn nicht wirklich. Aber erst kurz zuvor hatte sie eine Entscheidung getroffen. Sie wollte es darauf ankommen lassen, austesten, was da zwischen ihnen war, und so vielleicht die Liebe finden. Und nun sagte Jen genau das Gegenteil? »Über was habt ihr denn gesprochen?«, fragte sie neugierig.

»Ich habe ihn nach seiner Exfreundin gefragt«, antwortete Jen bitter. »Für mich klang das wie die Geschichte eines eifersüchtigen Typen, der von seiner Freundin verlassen wurde und sie daraufhin umgebracht hat.« Sie erschauderte.

»Und das hat er dir erzählt?«

»Nein, ich habe zwischen den Zeilen gelesen.«

»Das kannst du vielleicht bei Büchern, aber nicht, wenn dir jemand etwas erzählt.«

»Nenn es, wie du willst. Aber ich glaube, er spielt dir was vor. Er hat vielleicht die Rolle von Romeo zu sehr verinnerlicht. Die Masche scheint bei manchen Frauen ja gut anzukommen.« Ihre Mimik war herausfordernd und Allegra erkannte, dass sie Jen nicht von ihrer Meinung abbringen konnte. Sie wollte sich nicht streiten, daher antwortete sie gar nicht erst.

Jen hingegen war voll in Fahrt: »Er widerspricht sich, ist dir das nicht aufgefallen?« Jetzt sprach wieder die zukünftige Psychologin aus Jen.

»Analysiere doch Menschen, die du zum ersten Mal triffst, nicht so. Vielleicht wollte er einfach nicht sagen, dass es dich nichts angeht? Ich weiß, dass du dir Sorgen um mich machst, aber es ist doch gar nicht gesagt, dass er überhaupt Interesse an mir hat. Vielleicht spürt er dieses Etwas nicht, das ich empfinde.« Allegra schüttelte den Kopf. Sie fühlte sich irgendwie verraten und das schmerzte. Als wollte Jen ihrer Liebe – wenn es denn so etwas werden sollte im Weg stehen. »Aber genau das will ich herausfinden. Vielleicht muss Julia einfach mal den ersten Schritt machen.«

»Interesse an dir hat er, das kannst du mir glauben. Jedes Mal, wenn ich dich erwähnt habe, zog so ein Schleier über sein Gesicht und er wirkte wie benebelt. Bei der Frage nach seiner Exfreundin dagegen nicht. Findest du das nicht auch seltsam? Du hast mir doch noch erzählt, dass er aus Liebe mit ihr Schluss gemacht hat. Passt das zusammen?«

Allegra zuckte mit den Schultern. »Ich weiß nicht, wann er sich getrennt hat. Vielleicht ist es schon länger her und nur der Unfall war erst kürzlich?« Sie belog ihre beste Freundin, weil sie keine Erklärung dafür hatte. Genauso wenig wie für das Gefühl, das im letzten Moment immer dafür sorgte, dass sie sich zurückzog.

»Ich mache mir nur Sorgen«, sagte Jen bestimmt. »Irgendetwas stimmt da nicht, das sagt mir mein Bauchgefühl.«

»Ich pass schon auf, keine Sorge.« Allegra wollte dieses seltsame Gespräch so schnell wie möglich beenden. Jen besaß eine zu große Portion Bauchgefühl – oder wie man das auch immer beschreiben konnte. Sie war so schnell zu begeistern, wenn auch nur entfernt etwas ›nett‹ war, andererseits konnte sie einen Aufstand machen, wenn ihr eine Kleinigkeit nicht passte. Vielleicht lag bei Fabio diese Kleinigkeit darin, dass Jen sich in Gedanken bereits ausgemalt hatte, wie sie Allegra mit Alessandros Freund verkuppeln konnte und sie beide Doppeldates hatten. Aber dafür konnte Fabio ganz sicher nichts. Allegra wollte an ihrem gesponnenen Langzeitplan festhalten: Freundschaft, dann Liebe – diesen Weg hatte sie nie zuvor eingeschlagen, also könnte es doch der richtige für sie sein.

»Ich muss rein, Fabio beim Vorbereiten helfen.« Sie versuchte, sich so wenig wie möglich von ihrem Ärger anmerken zu lassen. »Wir sehen uns heute Abend, ja?«

Jens Augen wurden sofort glasig. »Ich bin so gespannt, was du zu Alessandro sagen wirst.«

2. SZENE

Der Mittagstisch am Samstag war gut besucht und Allegra hatte keine Gelegenheit gehabt, mit Fabio über das geplatzte Vorsprechen zu reden. Ihre Gedanken hingegen waren von einem Plan zum nächsten gehuscht, immer wieder hatte sie Fabio mit Männerbekanntschaften der letzten Jahre verglichen. Sie wusste selbst, wie blöd das war – jeder Mensch war einzigartig –, dennoch konnte sie nicht anders, als ständig zu analysieren, was schief gelaufen war.

Ihr Aussehen war immer ein Fluch gewesen. Es schien beim männlichen Geschlecht einen Urinstinkt zu aktivieren, einen Jagdinstinkt, und sie alle hatten Allegra besitzen wollen – nicht für ihre inneren Werte, sondern als Trophäe. Sie war in Gedanken so viele erste Begegnungen so viele Kennenlern-Treffen durchgegangen und immer wieder zeichnete sich dasselbe Schema ab. Die Augen ihres Gegenübers hatten beim ersten Blick angefangen zu leuchten und ihr Schicksal hatte seinen Lauf genommen.

Fabio hingegen war einfach normal geblieben, vielleicht hatte gerade das Allegras Interesse geweckt? Sie dachte an das eine Mal, als ein Typ Jen die kalte Schulter gezeigt hatte – was bei Jen einer Kampfansage gleichkam. Sie hatte sich dazu genötigt gefühlt, ihn zu überzeugen, was sie für ein wunderbarer Mensch war. Erst später hatte sich herausgestellt, dass sein Verhalten lediglich eine – wenn auch funktionierende Masche gewesen war. Fiel Allegra jetzt ebenfalls auf eine solche Masche herein oder war diese Normalität, die Fabio ausstrahlte, echt? Lag es wirklich daran, dass sie eine gewisse Verbundenheit spürte, so dass sie ihn – zweimal! – fast geküsst hatte?

Sie kam leider zu keinem Ergebnis. Dafür reichte die Zeit über Mittag nicht aus. Sie konnte jedoch definitiv sagen, dass es sich gut anfühlte, nicht sofort in die Öffentlichkeit gezerrt und den Kumpels vorgeführt zu werden. Leider war auch das schon vorgekommen, dem Urinstinkt sei Dank.

Allegra seufzte, während sie mit ihrem Tablett von einem Tisch zum anderen ging, um das Geschirr abzuräumen. Fabio kassierte gerade die letzten Gäste ab, danach konnte sie sich vielleicht mit ihm zusammensetzen und über das Theaterstück sprechen. Sie wollte ihm eine Freundin sein – rein platonisch. Das war es, was er derzeit am meisten brauchte.

Als sie aus der Küche zurückkam, hatte Fabio den Haupteingang des Restaurants bereits abgeschlossen und sah aus, als wollte er gehen.

»Bleibst du nicht hier?«, fragte Allegra, Enttäuschung schwang unbeabsichtigt in ihrer Stimme mit.

Fabio musterte sie aus seinen violettblauen Augen. »Ich wusste nicht, dass das an Samstagen üblich ist. Müssen wir noch was Besonderes vorbereiten?«

Allegra schüttelte den Kopf. »Das nicht ...«

»Kann ich dir bei irgendetwas helfen?«, bot Fabio an.

»Ich dachte, wir setzen uns nach hinten und unterhalten uns ein bisschen.« Ihr Vorschlag klang mehr nach einer Frage als nach einer Aussage.

»Gerne.« Diese Idee war Fabio scheinbar gar nicht gekommen. Nun lächelte er und seine Augen leuchteten regelrecht.

»Dann besorge ich uns bei *Mamma* etwas zu essen.« Allegra eilte in die Küche. Dort angekommen durchsuchte sie die Töpfe.

»Du scheinst dich ja sehr über die Mittagspause zu freuen.« Maria schaute Allegra mit schräg gelegtem Kopf an. »Ich habe dich lange nicht so strahlen gesehen.« Nach einem kurzen Grübeln, wie eine Falte zwischen ihren Augenbrauen verriet, fuhr sie fort: »Liegt das vielleicht an dem jungen Mann, der den vielsagenden Namen Hoffnung trägt?« Sie zwinkerte Allegra zu und lächelte.

»Er ist nur ein Freund, *Mamma*«, antwortete Allegra schnell, um bei Maria nicht falsche Hoffnungen zu wecken. »Er hat eine schwere Zeit durchgemacht und kein Interesse an mir.«

»Ganz sicher nicht, Kleines«, sagte Maria in einem Tonfall, der verdeutlichte, dass sie genau das Gegenteil zu wissen glaubte. »Du solltest mal sehen, wie er dich ansieht. Man könnte meinen, er hat diesen Job nur deinetwegen angenommen.«

»Na klar. Das lohnt sich ja auch total«, erwiderte Allegra.

»Wer weiß«, sagte Maria überzeugt. »Suppe ist schon alle. Ich werde euch eine Kleinigkeit zaubern. Genieß bis dahin die Mittagspause.« Ihre Augenbrauen zuckten verheißungsvoll und Allegra verzog das Gesicht.

»Nur Freunde«, wiederholte sie noch einmal und verließ die Küche, um zu Fabio nach draußen zu gehen.

Er hatte es sich bereits an einem Zweiertisch bequem gemacht. Als Allegra ohne etwas in der Hand an den Tisch trat, hob er fragend eine Augenbraue.

»*Mamma* kocht extra für uns«, erklärte Allegra.

»Welche Ehre von der Chefin persönlich bekocht zu werden!« Fabio lächelte. Er wirkte so unglaublich jung, wenn er das tat.

»Wenn du etwas anderes vorhast ...«, setzte Allegra an. »Ich meine, es hat so ausgesehen, als würdest du nicht über den Nachmittag bleiben wollen ...«

»Ich hatte nichts vor«, antwortete Fabio schnell. »Nichts Wichtiges«, fügte er hinzu. »Ich wollte nur in Selbstmitleid versinken.«

Allegra sah ihn fragend an.

»Das Theaterstück wurde abgesagt. Ich werde wohl niemals die Chance bekommen, den Romeo zu geben.« Die Enttäuschung stand ihm ins Gesicht geschrieben, gleich darauf blickte er nach unten.

»Ich hab's heute Morgen gelesen.« Allegra sah ihn ganz genau an, damit sie an seiner Mimik ablesen konnte, wie er auf die nachfolgenden Worte reagieren würde. »Ich habe sofort an dich gedacht. Es tut mir so leid.«

Fabios Kopf ruckte hoch. Er schien sich genau zu überlegen, was er als Nächstes sagen würde. »Danke. Das bedeutet mir wirklich viel. Alle anderen haben es als Träumerei abgetan, die würden sich nur bestätigt fühlen.« Er lachte freudlos.

Allegra wollte weder mit dem Tod seiner Exfreundin anfangen, noch auf dieser unerfreulichen Nachricht herumreiten und überlegte, welches Thema unverfänglich wäre.

»Heute Abend findet bei einer Freundin eine Party statt. Willst du mich vielleicht begleiten?« Als Fabio nicht antwortete, fügte sie sofort hinzu: »Zur Ablenkung. Damit du auf andere Gedanken kommst. Kein Date oder so.«

Fabio lächelte zögernd. »Ich weiß nicht. Ich ... Ich bin nicht ... Es ist viel passiert in letzter Zeit und ich weiß nicht, ob ich eine gute Begleitung wäre.«

»Doch, da bin ich mir sicher. Jens neuer Freund wird dort sein und ich befürchte, ich werde mich sonst ausschließlich mit einem bestimmten Typen unterhalten müssen, den ich bislang nicht einmal kenne.« Sie hatte es eigentlich nur beiläufig erwähnen wollen, doch diese Information schien Fabios Interesse zu wecken.

Neugierig fragte er: »Warum?«

»Weil ihr Freund einen Freund mitbringt und wir wissen alle, wie das endet, oder?«

Fabio kniff die Augen zusammen. Das strahlende Violett verschwand und ein Schatten legte sich über sein Gesicht. Eine derart dramatische Reaktion hätte sie nicht erwartet. So tragisch war es ja auch nicht – sie übertrieb einfach ab und an gerne, Jen hätte es verstanden und richtig interpretiert. Das erklärte sie ihm auch sofort, doch seine Mimik blieb unverändert. Er grübelte plötzlich regelrecht.

»Dann komme ich gerne mit. Wer weiß, was das für ein Typ ist. Ich kann dich doch nicht mit einem Fremden allein lassen.« Ein Grinsen erschien auf seinen Lippen, doch es wirkte nicht echt.

Darauf saßen sie eine ganze Weile wortlos da. Allegra genoss die Stille, den weit entfernt scheinenden Tumult der Stadt jenseits des hohen Sichtschutzes aus Mauer und Holzzaun. Das Außengelände des ›Da Casari‹ war wie eine andere Welt. Ihre Welt.

»Sie mag mich nicht«, sagte Fabio irgendwann in die Stille hinein und Allegra wusste sofort, dass er Jen meinte.

»Jen ist ... speziell. Sie versucht nur, mich zu beschützen. Sie muss dich einfach besser kennenlernen und die Party ist die Gelegenheit das nachzuholen.«

Fabio nickte. »Sie denkt, ich baggere dich an, oder?«

Allegra zögerte einen Moment, nickte anschließend beschämt und sah auf den Tisch. Plötzlich schob sich ein Teller in ihr Blickfeld. Sie zuckte zusammen. Sie hatte Maria gar nicht kommen hören, doch sie war froh über die Unterbrechung. Ein zweiter Teller wurde auf dem Tisch abgestellt.

»Lasst es euch schmecken«, säuselte Maria und Allegra verdrehte die Augen. Ihre Mutter jedoch sah das nicht mehr, denn sie lief bereits munter summend wieder nach drinnen.

»Es schmeckt fantastisch«, lobte Fabio nach dem ersten Bissen.

»Du brauchst dich nicht mehr einzuschleimen«, neckte Allegra und Fabio sah sofort schockiert aus, stammelte unverständliche Worte, was Allegra zum Lachen brachte. »Das war ein Witz. Ich weiß, dass *Mammas* Pasta die beste weit und breit ist.«

Fabio nickte kauend. Sie aßen schweigend zu Ende, ehe Fabio versuchte, ein Gespräch in Gang zu bringen.

»Weißt du, wie dieser Freund heißt, den der Freund deiner Freundin mitbringt?«

Allegra lachte über die seltsame Formulierung. »Meine Freundin heißt Jen, naja, eigentlich Jennifer. Und ihre neue Liebe heißt Alessandro Capulet.«

»Und wie heißt dieser Freund von ihm? Montague?« Es sollte vielleicht wie ein Witz klingen, aber das, was Allegra aus Fabios Gesicht lesen konnte, war alles andere als humorvoll. Er sah todernst aus.

»Keine Ahnung«, lachte Allegra. »Ich bin mir aber ziemlich sicher, dass sie mir keinen Romeo vorstellen wird. Den habe ich ja schon hier sitzen.« Sie lachte, doch auch damit erreichte sie bei Fabio nicht die erwartete oder erhoffte Reaktion. Er lachte nicht und schien es auch nicht witzig zu finden. Auch auf die Anspielung auf seine Rolle als Romeo reagierte er nicht. »Niemand könnte ein besserer Romeo sein als du«, fügte sie erklärend hinzu und biss sich im selben Moment auf die Zunge. Klang das nicht wie ein billiger Anmach-Spruch? Sie schalt sich innerlich.

»*Grazie*«, sagte Fabio und bekam rote Wangen, was Allegra sofort das Herz erwärmte und für ein Flattern in ihrer Magengegend sorgte.

Wenn sie so allein mit ihm Zeit verbrachte – und sei diese Zeit auch noch so kurz –, hätte sie schwören können, dass er besonders war und dass wirklich etwas zwischen ihnen entstand. Vielleicht noch zart und flatternd wie das Gefühl in ihrem Magen, aber es war da. Und wie Fabio in diesem Moment aussah, beruhte das Gefühl definitiv auf Gegenseitigkeit.

»Ich bin ja schon sehr gespannt auf diesen Alessandro«, redete Allegra munter drauf los, um Fabio nicht unentwegt anzustarren. »Er hat Jen regelrecht verändert und es ist einfach schön zu sehen, wie glücklich sie ist.«

»Dir liegt viel an ihr?«

»Sie ist wie meine Schwester und jedes Mal, wenn sie Liebeskummer hat, tut es mir in der Seele weh.«

»Ach, dass der Liebesgott, so mild im Scheine, so grausam in der Prob' erfunden wird!« Er führte das Zitat aus ›Romeo und Julia‹ nicht fort, sondern verzog schmerzhaft das Gesicht, schüttelte den Kopf.

Allegra konnte nicht genau sagen, warum seine Zitate sie so sehr berührten, aber es war, als läge so viel Wahrheit darin, wie sie es nie zuvor gespürt hatte. Und sie hatte Romeo und Julia mehr als einmal gelesen und mit der Schule sogar eine Aufführung angesehen.

»Jennifer wird nicht begeistert sein, wenn ich mit zur Party komme.«

»Egal, sie wird sich daran gewöhnen, dich besser kennenlernen und einsehen, dass ihr erster Eindruck falsch war. Sie ist lernfähig und meine beste Freundin. Mir zuliebe wird sie sich benehmen.« Das hoffte Allegra zumindest. Manchmal war Jen nicht leicht zu belehren.

Fabio nickte nur gedankenverloren.

3. SZENE

»Ich bin mir immer noch nicht sicher, ob das eine gute Idee war.«

Allegra und Fabio waren gerade auf der Zufahrtsstraße zum Haus von Sandras Familie angekommen und er musterte skeptisch die vielen schicken Autos, die eins nach dem anderen den gepflasterten Weg jenseits des altmodischen Eisentores zur Straße hin zuparkten. Maria hatte sich freudig bereiterklärt, auch Fabio früher gehen zu lassen. Sie hatte dabei so gestrahlt, als würde sie etwas geschenkt bekommen und nicht den Rest der Schicht allein arbeiten müssen. Wenn sie sich dieses ständige Zwinkern gespart hätte, als hätte sie etwas im Auge, wäre das ganze vielleicht weniger offensichtlich gewesen.

»Jetzt warte doch erst mal ab«, sagte Allegra und ging durch das weit geöffnete Tor. »Vielleicht kennst du ja jemanden.«

»Das wage ich zu bezweifeln.«

»Wieso? So, wie es aussieht«, sie deutete auf die vielen Autos, »ist so ziemlich jeder in unserem Alter hier.«

»Ich bin nicht von hier«, sagte Fabio knapp.

Allegra hatte sich nie Gedanken darüber gemacht, wo Fabio eigentlich wohnte. Sie nahm sich vor, am nächsten Tag bei ihrer Mutter nachzufragen. Schließlich hatte Fabio den ganzen Papierkram ausfüllen müssen. »Dann lernst du eben ganz viele neue Leute kennen.« Allegra ging weiter und Fabio war gezwungen ihr zu folgen.

Die Musik wurde immer lauter, je näher sie dem Haus kamen. Als die Tür wenige Meter vor ihnen lag, wurde sie geöffnet, ein Junge und ein Mädchen kamen heraus und brachten enormen Lärm mit sich. Arm in Arm schwankten sie die drei Treppenstufen hinab, der Junge stützte das Mädchen auf den hohen Schuhen mehr, als dass sie selbst ging. Fabio blieb stehen, während Allegra nur den Kopf schüttelte. Sie verabscheute die Wirkung von zu viel Alkohol und trank daher selbst nur ganz selten etwas.

Ehe die Tür hinter dem Paar zufallen konnte, huschte Allegra hinein. Im ersten Moment blieb ihr der Atem weg. Es war nahezu unerträglich heiß, der Lärm drang von allen Seiten auf sie ein und sie roch den Alkohol in der Luft. Plötzlich war sie sich auch nicht mehr sicher, ob es die richtige Entscheidung gewesen war, zur Party zu kommen. Sie bereute außerdem Fabio mitgeschleppt zu haben. Doch nun war es zu spät. Sie drehte sich zu ihm um.

»Falls du lieber gehen möchtest …« Sie ließ ihm die Wahl.

»Jetzt sind wir hier, also können wir versuchen, uns zu amüsieren, oder?«

Überzeugt sah er nicht aus, aber Allegra war froh, dass er sie hier nicht allein ließ. Bis sie Jen und ihren Alessandro finden würde, konnte es ewig dauern. Das Haus von Sandras Eltern glich eher einem Herrenhaus aus längst vergangenen Zeiten. Auf dem Gelände, das bis hinunter zu einem der vielen Seen in der Gegend verlief, hätten mehrere Fußballfelder Platz gefunden und das Gebäude bot Wohnraum für eine ganze Kolonie. Irgendwer hatte erzählt, dass es sich um den ehemaligen Sitz des Stadtgründers handelte, aber damals hatte sich Allegra nicht so sehr dafür interessiert.

»Dann versuchen wir erst einmal, Jen zu finden, danach holen wir uns etwas zu trinken, in Ordnung?«, schlug sie vor.

Fabio nickte und Allegra ging ein paar Schritte dem Zentrum des Lärms entgegen. Es war lange her, seit sie das letzte Mal hier gewesen war. Sandra und sie hatten sich etwas auseinandergelebt. Schon jenseits der Tür zum Wohnzimmer war zu erkennen, dass es in diesem Raum kaum ausreichend Platz geben dürfte. Es hielten sich so viele Leute darin auf, dass die Gäste bereits auf den Flur hinausquollen. Instinktiv griff Allegra nach Fabios Hand, um ihn nicht im Gedränge zu verlieren. Den elektrischen Schlag, den die Berührung verursachte, ignorierte sie. Sie erkannte mit einem Seitenblick, dass Fabio im ersten Moment irritiert war, dann jedoch lächelte.

»Auf in den Kampf!« Allegra schob sich zwischen den Gästen hindurch und zog Fabio hinter sich her.

Sie war nicht gerade klein, konnte dennoch nicht über all die zusammengedrängten Menschen hinwegsehen. Sie suchte nach Jens hellen blonden Haaren, wurde jedoch nicht auf den ersten Blick fündig. Sie drängte zwischen verschiedenen Gruppen hindurch, hielt immer wieder an, um nach ihrer Freundin Ausschau zu halten. Die Luft war so stickig und heiß, dass Allegra kaum mehr vernünftig atmen konnte. Die Strähnen, die sich aus ihrem hastig hochgesteckten Haar gelöst hatten, klebten ihr im Nacken. In ihrem Kopf dröhnte der laute Bass irgendeines alten Techno-Songs. Sie wandte sich zu Fabio um, dessen Hand sie nach wie vor hielt.

»Lass uns kurz nach draußen gehen«, schrie sie. Sie wusste nicht, ob er sie über den ganzen Lärm hinweg verstanden hatte, steuerte nichtsdestotrotz eine der geöffneten Terrassentüren an.

Auch draußen standen zahlreiche Gäste in kleinen Gruppen zusammen. Erst als Allegra an den letzten vorbei war und bereits auf dem an die Terrasse angrenzenden Rasen stand, ließ sie Fabio los und holte tief Luft.

»Ich fürchte, ich bin zu alt für sowas«, seufzte sie. Sie war noch nie gerne auf derart überfüllten Partys gewesen, aber ein so beklemmendes Gefühl wie heute hatte sie noch nie gehabt.

»Es ist ... ziemlich viel los.« Fabio sah zurück zum Haus, aus dem nun ein Song aus den aktuellen Charts dröhnte. Irgendein schnulziger Popsong über die Liebe, wie es sie zu tausenden gab.

»Sandra feiert diese Party jedes Jahr, wenn ihre Eltern auf Hochzeitsreise sind«, erklärte Allegra. »Ich habe keine Ahnung, wie sie es fertigbringt, dieses Chaos immer wieder durchzuziehen.« Allegra schüttelte den Kopf, als sie sich daran erinnerte, wie sie hier ihren ersten Alkohol getrunken hatte – zu viel Alkohol. Das musste vier Jahre zuvor gewesen sein und die Anzahl der Gäste war noch überschaubar gewesen. Jetzt befanden sich gefühlt der ganze Abschlussjahrgang, die neue Oberstufe und Teile der Mittelstufe hier. Wie sollte sie Jen in dem Chaos finden? Sie kramte in ihrer Tasche nach dem Handy und schrieb Jen eine Nachricht.

»Wir können uns dort setzen, bis sie geantwortet hat«, sagte Fabio und deutete in Richtung See. Vielleicht fünfzig Meter entfernt stand halb unter den Bäumen ein verwaister kleiner Pavillon aus weißlackiertem Metall, der den anderen Gästen vermutlich zu weit entfernt vom Getränkenachschub war.

»Danke«, sagte Allegra schlicht und sie liefen nebeneinander zum Pavillon. Die Sicht auf den See wurde immer besser, je weiter sie sich von dem künstlichen Licht der Spots im Garten rund um die Terrasse entfernten. Der Mond spiegelte sich auf der sich kräuselnden Wasseroberfläche. Von der Anhöhe, auf der sich das Haus und der Garten befanden, wirkte der See so nah, nur einen Steinwurf entfernt. Dabei lag er jenseits einer hohen Mauer, durch deren großes Tor – ähnlich dem vom Haupteingang vermutlich die Gärtner mit ihren Gerätschaften aufs Grundstück kamen. Dahinter verlief ein geteerter Weg, der den See umrundete.

»Scusa«, sagte Fabio und schreckte Allegra aus ihren Gedanken.

Verwirrt sah sie sich um. Sie war so von dem schönen Anblick eingenommen, dass sie nicht bemerkt hatte, dass sie bereits beim Pavillon angekommen waren. Dieser war allerdings nicht ganz so verwaist, wie sie aus der Entfernung gedacht hatte. Im vom Mondlicht unberührten Teil unter den Bäumen saßen zwei Personen in nahezu undurchdringlicher Dunkelheit. Das sich küssende Pärchen ließ wie in Zeitlupe voneinander ab. Doch unmittelbar darauf schimpfte eine männliche Stimme aus der Dunkelheit heraus auf Italienisch, dass man in Deutschland wohl nirgendwo ungestört sein könne. Gleich darauf beugten sich die zwei Gestalten von der dunklen Bank ins Mondlicht und die weißblonden Haare bestätigten Allegras Bauchgefühl.

»Jetzt ist mir klar, warum du nicht antwortest«, lachte Allegra mit Blick auf die roten Wangen ihrer besten Freundin.

Jen erhob sich – nicht gerade schnell – von der Bank, vermutlich war sie noch von den Küssen benebelt. Ihre hellen blauen Augen leuchteten und ein breites Lächeln war ihr wie ins Gesicht getackert. Ihr Begleiter stellte sich neben sie.

Ganz wie erwartet reagierte Jen richtig cool darauf, erwischt worden zu sein. »Hey, Süße. Das ist Alessandro.« Sie deutete mit einem Kopfnicken auf den Jungen mit den dunklen Haaren, dessen Augenfarbe Allegra im Mondlicht nicht erkennen konnte, so dunkel wirkten sie auf den ersten Blick. »Alessandro, das ist meine beste Freundin Allegra.«

»Hi«, sagte Allegra und Alessandro wiederholte die Begrüßung.

»Was tut ihr hier draußen?«, fragte Allegra, obwohl es eigentlich offensichtlich war, was die beiden hier taten.

»Für Alessandro war das nichts da drin. Zu viele Leute, die ihn durcheinanderbringen.« Sie ließ Allegra keine Zeit nachzuhaken. Denn nun fiel ihr Blick auf Fabio, der etwas im Hintergrund geblieben war. Sie zog Allegra zu sich. »Du hast *ihn* mitgebracht?«, zischte sie beinahe aufgebracht.

»Sollte ich allein hierherkommen?«, war Allegras erste bissige Antwort, ehe sie sich selbst zur Beruhigung aufforderte und hinzufügte: »Du musst ihn einfach näher kennenlernen. Bitte, Jen, tu's für mich.« Allegra versuchte es mit Schmollmund und Dackelblick, von dem sie wusste, dass sie Jen damit zum Lachen bringen würde.

Diese kniff kurz die Augen zusammen und seufzte anschließend. »Aber komm nachher nicht heulend zu mir, wenn er dich enttäuscht«, sagte sie mit Belehrstimme, erhobenem Zeigefinger und einem Lachen. Das war der Spruch, den sie schon so viele Male von Allegra zu hören bekommen hatte – und entgegen aller Warnungen hatte die ihr immer wieder über ihren Liebeskummer hinweggeholfen.

»Danke«, flüsterte Allegra und trat zwei Schritte zurück an Fabios Seite.

»Wir hatten ja schon *das Vergnügen*«, sagte Jen, die Spitze in ihrer Stimme war nach wie vor herauszuhören. Fabio jedoch schien unbeeindruckt. Sie drehte sich zu ihrem Freund um: »Alessandro, das ist Fabio. Die neue Aushilfe im Restaurant von Allegras Mutter.«

»Ciao«, sagte Alessandro und musterte Fabio unverhohlen aus zusammengekniffenen Augen, was Allegra schon sehr unhöflich fand. Was hatte Jen ihm nur erzählt? An seiner Mimik konnte sie seine Skepsis ablesen, wenn nicht sogar eine regelrechte Abneigung. »Kennen wir uns?«, fügte er auf Italienisch hinzu. Jen hatte erwähnt, dass er kein Deutsch sprach.

»Bestimmt nicht«, antwortete Fabio.

»Ich bin mir sicher ...«, hakte Alessandro nach.

Doch Jen unterbrach ihn: »Und ich bin mir sicher, dass wir jetzt losgehen und etwas zu trinken holen. Wollt ihr auch was?«

Allegra nickte nur und Jen zog ihren Alessandro hinter sich her in Richtung Haus.

»Wollen wir hier bleiben?«, fragte Fabio. Er hatte ebenfalls nicht mehr ins Deutsche gewechselt, fiel Allegra auf, und deutete mit einer offenen Geste zur Bank im Pavillon.

»Gerne.« Allegra setzte sich und Fabio tat es ihr nach. Sie registrierte mit einem Lächeln, dass er einigen Abstand zwischen ihnen beiden gelassen hatte.

»Ich wollte nicht, dass du denkst ...« Er rang nach Worten und gestikulierte wild, deutete dabei auf den freien Platz zwischen ihnen.

»Dass ich dich sofort anspringe wie Jen anscheinend Alessandro?« Allegra lachte. Es tat gut, sich so locker unterhalten zu können.

Fabio sah überall hin, nur nicht zu Allegra. »Hoffentlich nicht«, sagte er entsetzt, was Allegra einen kurzen Stich verursachte. Er blickte auf, erfasste ihren Gesichtsausdruck und ruderte sofort zurück: »Nein, nicht, dass du glaubst, ich fände dich nicht... Ich meine, du weißt sicher, dass ...« Nervös fuhr er sich durch die Haare.

Gerade als es interessant wurde, unterbrach er sich wieder. Allegra wartete ab, sah ihm zu, wie er nach den richtigen Worten suchte.

Er schlug sich mit der Hand auf den Oberschenkel. »Du weißt sicher, dass du eine Wirkung auf mich hast, auf absolut jeden hast ... Du bist charmant, schlagfertig ...«

Sie registrierte, dass er nicht gesagt hatte, sie sehe gut aus. Allegra wusste nicht, ob er die Worte bewusst so gewählt hatte oder ob er keinen solchen Wert auf Äußerlichkeiten legte wie die meisten anderen. So oder so hatte ihm das gerade einen großen Pluspunkt eingebracht. »Danke«, sagte sie lächelnd und erlöste ihn damit aus seiner Suche nach weiteren Erklärungen.

Er strahlte sie an, seine violetten Augen leuchteten kurz auf, als einer der Äste, der das Licht vom Haus bisher abgeschirmt hatte, in einem Windstoß zur Seite glitt. Fabio rutschte nervös hin und her.

»Musst du noch irgendwo hin?«, fragte Allegra, der wieder eingefallen war, dass sie Fabio geradezu gezwungen hatte mitzukommen. Aber sie bereute die Frage sofort. Etwas in ihrem Inneren wollte nicht, dass er ging. Ein Etwas, das sich nicht an ihre Pläne hielt, es langsam angehen zu lassen und Fabio erst besser kennenzulernen.

»Nein, es ist nur ...«

»Du wolltest in Selbstmitleid versinken?«, half Allegra ihm auf die Sprünge, um ihn abzulenken.

Fabio nickte, dann schüttelte er den Kopf. »Irgendwie fühlt es sich aber gar nicht so an, als hätte ich heute etwas verloren, eher ... im Gegenteil.« Erst nestelte er am Stoff seiner Jeans herum, dann sah er auf.

Allegra kannte diesen Blick. Er suchte nach Verständnis, wollte, dass sie begriff, was er damit sagen wollte. Und sie wusste es. Sie war sich nur nicht sicher, ob sie all ihre Pläne in Sachen Freundschaft über Bord werfen und sich darauf – auf diesen Blick und das damit verbundene Wissen einlassen sollte.

Fabio flirtete eindeutig mit ihr auf eine niedliche, unbeholfene Weise. Ob bewusst oder nicht, hatte er bereits einen großen Teil der Distanz zwischen ihnen überwunden. Ihr Herz klopfte schneller und schneller. Der Moment fühlte sich so richtig an, wie könnte es falsch sein, sich darauf einzulassen? Es war wie ein Déjà-vu. Sie sah sich Fabio im Restaurant gegenüber, der erste Fast-Kuss, dann der nächste. Es war ihr unerklärlich, wie sie hatte innehalten und sich dem Bann seiner Augen entziehen können.

Während sie immer weiter in ihnen versank, drangen von weit entfernt Stimmen zu ihr. Sie unterdrückte das störende Nebengeräusch. Alles, was zählte, war der junge Mann auf der Bank neben ihr, dem ihr Herz entgegenspringen wollte. Die Zeit dehnte sich inmitten dieses kleinen Pavillons, ein Gedanke, wie er kitschiger nicht hätte sein können.

»Wir sollten ...«, flüsterte Fabio nun so nah bei ihr, dass sie seinen Atem auf der Haut spüren konnte. »Langsamer ...« Sie fühlte die Wärme seines Oberschenkels, der ihren beinahe berührte.

Allegra verstand in dem Moment nicht, was er meinte. Oder sie wollte es nicht verstehen. Es war einfach perfekt. Er. Sie. Vom Mondlicht angestrahlt in einem romantischen Pavillon. »Vielleicht«, seufzte sie. Es klang halbherzig, wie dahergesagt. Denn Worte hatten in diesem Augenblick keinerlei Bedeutung. Nicht, wenn ihr Herz beinahe zu zerspringen drohte. Wenn sie sich so sehr nach diesem Kuss sehnte, dass es beinahe schmerzte. Eine innere Stimme flüsterte ihr zu, dass sie diesen Kuss brauchte, dass er alles verändern würde.

»Vielleicht«, raunte er, während er noch näher kam, sein Atem allgegenwärtig wurde und Allegra instinktiv die Augen schloss, um auf die Wärme seiner Berührung zu warten.

4. SZENE

Vielleicht hätte der Kuss wirklich alles verändert. Doch mit einem Mal waren die Stimmen so laut und so präsent, dass sie die komplette Atmosphäre zerstörten. Hastig wich Fabio zurück und brachte wieder Distanz zwischen sie. Er sah aus, wie sie sich fühlte: benommen, als würde sie gerade aus einem Traum erwachen. Auch wenn sie nur ihren Arm ausstrecken müsste, um ihn zu berühren, fühlte es sich doch an, als wäre er meilenweit entfernt. *Es war die richtige Entscheidung,* erklang eine Stimme emotionslos in ihrem Kopf, vielleicht die logische, konsequente Seite von Allegra. Doch sie fühlte nichts als Enttäuschung über den vorenthaltenen Kuss.

»Sie ist meine beste Freundin und sie will es so!«, hörte Allegra Jens Stimme. Selbst im Italienischen war herauszuhören, dass sie damit nicht einverstanden war.

»Mit ihm stimmt etwas nicht und ich muss sie beschützen«, bekam sie zur Antwort.

War das Alessandro? Warum musste der sie beschützen? Dieselbe Frage stellte auch Jen. Allegra drehte sich um und sah, wie ihre Freundin herausfordernd die Hand auf die Hüfte gelegt hatte und ihren Freund ansah, als würde sie ihn bei einer falschen Antwort töten.

Alessandro rang mit wild ruderten Händen nach Worten. »Ich kenne Typen wie ihn«, sagte er. »Und er spielt ein falsches Spiel.«

»Das wird sie schon selbst herausfinden, meinst du nicht?« Alessandro zuckte unter Jens tödlichen Blicken zusammen. Allegra konnte die Eifersucht in den Augen ihrer Freundin sehen. Das war Jens größter Fehler, der ihr immer wieder Probleme in Sachen Beziehungen gemacht hatte.

»Ich glaube, er ist der Falsche ... Ich kann nicht zusehen, wie ...« Alessandro verstummte so abrupt, als hätte ihm etwas die Kehle zugeschnürt. *»Merda!«*, fluchte er. »Er dürfte noch gar nicht hier ... Sie kann doch einfach warten, oder?«

»Warum?« Jens Stimme war gefährlich ruhig. Die Ruhe vor dem Sturm.

Diesen wollte Allegra nicht erleben. Alessandro ganz sicher ebenso wenig. Sie sprang auf und eilte zu ihrer Freundin. »Ist bei euch alles in Ordnung?« Natürlich wusste sie, dass dem nicht so war. Jeder im Umkreis von hundert Metern hätte das mitbekommen. Aber ein unverfänglicher Einstieg schien ihr im Moment das Beste.

»Frag ihn«, zischte Jen und deutete auf Alessandro, der kurz vor dem Verzweifeln stand und abwehrend die Hände hob. »Er meint, er müsse dich beschützen.«

»Das ist ja sehr nett«, setzte Allegra an, »aber nicht nötig.« Sie versuchte sich an einem freundlichen Lächeln, aber es fühlte sich mehr nach einer Fratze an. Sie musterte Alessandro genau. Er sah Kapitän Will Turner wirklich zum Verwechseln ähnlich. Das Gesamtbild beachtete Allegra jedoch kaum, denn ihr Interesse galt ausschließlich seinen Augen. Im Licht der Strahler, die Haus und Garten in Szene setzen sollten, sah sie, dass sie nicht ganz schwarz waren wie auf den ersten Blick, sondern ihrer eigenen Augenfarbe zum Verwechseln ähnlich. Sie kniff die Augen zusammen und versuchte, sich nur auf diesen Teil seines Gesichts zu konzentrieren, damit sie Gewissheit bekam. Gewissheit, dass es die dunklen Augen aus ihren Träumen waren.

»Al!« Jen rüttelte an ihrem Arm.

Allegra schüttelte benommen den Kopf. So langsam musste sie Alessandro zustimmen. Irgendetwas stimmte hier ganz und gar nicht. »Alles okay«, antwortete sie geistesabwesend, obwohl sie nicht einmal wusste, was ihre Freundin gewollt hatte. In ihrem Hirn summten die Gedanken wie in einem Bienenstock. Sie musste später unbedingt mit Jen darüber sprechen.

»Komm, die beiden sollten das unter sich klären.« Fabio legte seine Hand auf Allegras Rücken und schob sie in Richtung Haus. »Anscheinend haben sie noch nichts zu trinken besorgt, vielleicht sollten wir das übernehmen.«

Seine Stimme war so eindringlich, dass Allegra wie automatisch der Aufforderung folgte und sich von Fabio den Weg entlang zum Haus schieben ließ. Unterwegs überlegte sie, warum Alessandro so seltsam auf Fabio reagiert hatte. Noch übertriebener als Jen.

Wenig später hatten sie beide jeweils zwei Gläser in der Hand und befanden sich auf dem Rückweg zum Pavillon. Dort saßen in stiller Eintracht Alessandro und Jen, eng aneinandergeschmiegt. Alessandro hatte sein Handy in der Hand, als erwarte er einen Anruf.

»Habt ihr noch was vor?«, fragte Allegra Jen und deutete mit dem Kopf auf Alessandros Handy, während sie ihrer Freundin und deren Freund die Gläser in die Hand drückte, die sie in der Hand hatte. Von Fabio bekam sie ein neues. Ihr Blick blieb an Alessandros Ring hängen, der an seiner jugendlichen Hand überdimensioniert wirkte. Eine Art Siegelring wie aus alten Geschichten oder Filmen über Geheimbünde. Wenn sie sich nicht täuschte, prangte eine stilisierte Rose darauf. *Das Zeichen der Capulets.* Jens Worte kamen ihr wieder in den Sinn.

»Er wartet auf Nachricht von seinem Freund«, erklärte Jen. »Er müsste eigentlich schon da sein.«

In diesem Moment donnerte ein grollendes Echo vom See herauf und ließ Allegra zusammenzucken, so dass sie den Prosecco beinahe verschüttete.

Alessandro hingegen grinste. »Endlich.« Er sprang auf und trat vom Pavillon zu dem geteerten Weg.

Das Dröhnen wurde lauter, brach hin und wieder kurz ab, als wollte es Luft holen. Allegra kannte das Geräusch nur zu gut. Eine Zeit lang war sie mit einem Jungen zusammen gewesen, dem sein Motorrad und die Clique wichtiger gewesen waren als sie. Sie seufzte bei der Erinnerung.

Das Motorengeräusch erstarb beinahe, das Motorrad musste sich im Leerlauf befinden, ehe es kurzerhand wieder aufjaulte und ein grelles Licht den geteerten Weg von der Mauer zum See hinauf raste. Mit quietschenden Reifen kam das schwarze Geschoss mitsamt seinem schwarzgekleideten Fahrer zum Stehen. Mit einer lässigen Bewegung nahm er die Beine von den Fußstützen und stellte den Motor ab.

Die erschreckende Stille dröhnte in Allegras Ohren und die Lichtpunkte tanzten noch vor ihren Augen. Neben ihr verschränkte Fabio die Arme vor der Brust. Allegra hätte es ihm gerne nachgetan. Ein so protziger Auftritt war wirklich unmöglich. Sie war schon drauf und dran die Augen zu verdrehen, als der Motorradfahrer das schwarzverspiegelte Visier öffnete und sich suchend umsah.

Wie ein Blitz traf Allegra der Blick aus den eisblauen Augen.

Sie war nicht mehr in der Lage, irgendetwas anderes zu tun, als die Augen mit denen aus ihren Träumen zu vergleichen. Ohne wegzusehen stieg der Fahrer ab, stieß Alessandro mit einer freundlichen Geste an, ehe er auf den Pavillon zukam. Für einen kurzen Moment wurde der Blickkontakt unterbrochen, während der Fahrer den Helm abnahm, dann schritt er wieder wie hypnotisiert auf Allegra zu.

»Kennst du den Typen?«, hörte Allegra Fabios Stimme am Rand ihres Bewusstseins. Er klang gekränkt, beinahe empört, und sie bemühte sich der Faszination zu entkommen, die der Neuankömmling auf sie ausübte. Doch das war ... unmöglich.

Der junge Mann strahlte sie mit einem umwerfenden Lächeln an. Als Allegra nicht reagierte, veränderte sich sein Gesichtsausdruck. Er fuhr sich mit den Lederhandschuhen durch das kurze dunkle Haar, vielleicht aus Gewohnheit, vielleicht auch aus Nervosität, die Allegra an seiner Haltung ablesen konnte. Im ersten Moment wirkte er so selbstbewusst, beinahe überheblich – alles andere als sympathisch. Diese kleine Geste jedoch zeigte Allegra, dass mehr dahintersteckte. Intuitiv war sie aufgestanden und dem Jungen zwei Schritte entgegengegangen. Erschrocken über sich selbst zuckte sie zurück, stets unter dem wachsamen Blick dieser ihr so vertrauten Augen. Wüsste sie es nicht besser, würde Allegra behaupten, dass sie voller Erwartung waren. Dieser Junge betrachtete sie mit einer Selbstverständlichkeit, als würden sie sich schon ewig kennen – was sie sehr misstrauisch machte. Sie wich noch einen Schritt zurück.

»Wer ist das?«, fragte Fabio erneut, nun wieder direkt neben ihr.

Alessandro antwortete für sie: »Das ist mein Freund Luca.« Für einen Freund stellte ihn Alessandro nicht mit sonderlich viel Begeisterung vor, eher skeptisch. So hatte er auch Fabio angesehen. Abschätzend. Dann schüttelte er den Kopf.

In dem Moment kam der junge Mann vor Allegra zum Stehen. Sein Lächeln wirkte nun aufgesetzt. Versuchte er, Enttäuschung zu verbergen? Worüber?

Dass sie nicht sofort freudig aufgesprungen und mit ihm geflirtet hatte? Sie musterte ihn erneut skeptisch. Nun wirkte er distanziert und kühl, seine rechte Augenbraue war fragend erhoben. Nein, korrigierte sich Allegra: Sie war nur anders geschwungen, wodurch es so wirkte.

»Hallo«, sagte er vorsichtig auf Deutsch und wartete Allegras Reaktion ab, blickte ihr so direkt in die Augen, als könnte er durch sie hindurch ihre Gedanken lesen.

»Hallo«, antwortete sie zögernd.

Luca konnte seine Enttäuschung nicht gut genug überspielen. Allegra sah sie eindeutig vor sich, ehe er sich an Alessandro wandte und ein wortloses Gespräch zu führen schien.

Jen trat zu Allegra. »Und?«, formte sie mit den Lippen.

Allegra zuckte zur Antwort mit den Schultern.

»Nicht ganz so hübsch wie Alessandro, aber er hat was, oder etwa nicht?«, flüsterte Jen nicht leise genug, als dass es die anderen nicht hätten hören können.

Allegra verdrehte die Augen. Sie sah zu Fabio neben sich, der sich bereits zurückgezogen hatte. Sie verhielt sich wie eine dumme, oberflächliche Kuh. »Wir wollten gerade gehen«, sagte sie daher schnell und sah in Fabios Richtung. Der begann bei ihren Worten regelrecht zu strahlen. »Wir sehen uns morgen, okay?«, fügte sie an ihre Freundin gewandt hinzu, deren verständnisloser Blick sie verfolgte.

Für einen kurzen Moment glaubte sie, Bestätigung in Fabios Augen zu sehen und ein siegesgewisses Lächeln um seine Mundwinkel. Aber sie konnte sich auch getäuscht haben.

III. AKT

1. SZENE

Nahezu wortlos waren Fabio und Allegra zum Auto gegangen und Fabio hatte darauf bestanden, dass er vom Restaurant aus nach Hause laufen konnte und nicht von Allegra gefahren werden musste. Schließlich gehöre es sich nicht, von einem Mädchen heimgebracht zu werden, hatte er lächelnd gesagt. Allegra fand solche altertümlichen Aussagen eigentlich immer blöd, aber irgendwie passte es zu Fabio. Vielleicht war auch er aus der Zeit gefallen.
Weil sie nicht einschlafen konnte, hatte sie noch lange darüber gegrübelt und auch die Ereignisse auf der Party – insbesondere die Ankunft von Luca analysiert. Gerade sie, die sich immer wieder darüber ärgerte, auf ihr Aussehen reduziert zu werden, hatte diesen Jungen angestarrt wie die Reinkarnation von Adonis persönlich. Schon beim Gedanken daran schämte sie sich, entschuldigte ihre Reaktion jedoch mit seinen eisblauen Augen. Wieso kannte sie diese Augen bereits, bevor sie Luca überhaupt kennengelernt hatte?

Seit diesem Abend hatte sie die Bestätigung, dass es nicht ein Filmtrailer oder ein Film gewesen war, dem sie die Träume zu verdanken hatte. Jen hatte falsch gelegen, aber das hatte Allegra irgendwie immer gewusst. Doch dieses Wissen nutzte ihr nun gar nichts. Luca war wie all die anderen Typen. Bis auf die kurze Unsicherheit, die aufgeblitzt war, als er auf sie zugetreten war, strahlte seine ganze Erscheinung kühle Arroganz aus. Ein Wesenszug, den Allegra verabscheute.

Nur warum, verfluchte sie sich selbst, sah sie sein Gesicht dann ständig vor sich? Ganz gleich, wie angestrengt sie versuchte, sich abzulenken, ihre Gedanken zu Jen oder auch Fabio hinzusteuern, Luca kehrte immer wieder in ihr Bewusstsein zurück. Auch in ihren Träumen ließ er sie nicht los und die eisblauen Augen waren nun umrahmt von Augenbrauen, eine davon fragend erhoben. Sie erschienen ihr abwechselnd mit den dunkelbraunen Augen von Alessandro – auch da war sich Allegra nun sicher. Nur gab ihr niemand eine Antwort auf die Frage nach dem Warum. Dass immer wieder Passagen aus ›Romeo und Julia‹ rezitiert wurden, erklärte sie sich mit dem Gespräch mit Fabio. Ihr Unterbewusstsein wollte scheinbar seine Augen nicht zeigen und ersetzte sie durch kitschige und dramatische Zitate.

Das Ende des Dramas begleitete sie von der Traumwelt in die Realität. Die Worte schwebten im Raum, als sie benommen und wenig erholt erwachte: ›Denn niemals gab es ein so herbes Los als Juliens und ihres Romeos.‹ Anstatt Ergriffenheit, die Allegra bei diesem Zitat normalerweise packte, schrie alles in ihr nun *Lüge*. Der Gedanke glich Blasphemie und sie verdrängte ihn schnellstmöglich.

Als ihr Handy auf dem Nachttisch vibrierte, schrak sie zusammen. Es musste noch sehr früh am Morgen sein, wer sollte sie anrufen? Sie rieb sich den Schlaf aus den Augen und sah aufs Display. An der Vorwahl erkannte sie eine italienische Nummer. Irritiert nahm sie ab und nannte ihren Namen.

»Al, ich bin's«, sagte eine weibliche Stimme.

»Jen?«, fragte Allegra und räusperte sich, weil man sie kaum verstehen konnte.

»Das ist Alessandros Nummer«, schniefte ihre Freundin.

Kein gutes Zeichen.

»Was ist passiert?«, fragte Allegra sofort.

»Wir haben uns gestritten.«

Warum nur hatte Allegra gewusst, dass es genau dazu kommen würde? Jen war einfach kein Glück in der Liebe vergönnt. Dieses Schicksal teilten sich die Freundinnen. Leider.

Dann fiel Allegra etwas auf: »Und trotzdem hast du sein Handy?«

»Das war ... Mein Akku ... Verdammt. Können wir uns treffen?«

Allegra nahm das Handy vom Ohr und sah kurz aufs Display. Es war noch nicht annähernd Morgen, wie sie vermutet hatte – es war erst kurz nach drei Uhr. Warum also war sie aufgewacht? Vielleicht, weil ihre Freundin sie brauchte? »Wo bist du?«

»Noch bei Sandra auf der Party. Kannst du mich holen? Ich möchte nicht selbst Auto fahren.« Das war vermutlich eine sehr kluge Entscheidung. Jen neigte dazu, das eine oder andere Glas Prosecco zu viel zu trinken. Auch wenn sie nur so viel trank, dass sie nie die Kontrolle über sich verlor, war es dennoch zu viel, um den Führerschein zu behalten, sollte sie erwischt werden.

»Klar«, sagte Allegra, befreite sich strampelnd von ihrer Decke und schaltete nebenbei das Licht auf dem Nachttisch an. »Kommst du nach vorne zum Eingang?«

»Ich möchte nicht an den vielen Leuten vorbei«, flüsterte Jen. »Du kannst über die Seestraße fahren, ich warte dort am Tor.« Allegra seufzte. »Danke«, fügte Jen noch hinzu.

»Bis gleich«, sagte Allegra und legte auf. Schnell schlüpfte sie in ihre Kleidung und schlich sich im Schein der Smartphone-Taschenlampe die Treppe nach unten. Maria musste nicht mitbekommen, dass sie um diese Zeit noch das Haus verließ. Auch wenn das Restaurant an Sonntagen erst zum Abendtisch geöffnet war, stand Maria doch sehr früh auf und arbeitete meist in ihrem kleinen Büro, focht dort fluchend Kämpfe gegen die Papierberge aus. Allegra musste lächeln. Sie war stolz auf ihre Mutter, die ihr Leben so toll meisterte, obwohl ihre Vergangenheit alles andere als leicht gewesen sein musste.

Unten angekommen schlüpfte sie in ihre Schuhe, schnappte sich Jacke und Handtasche und schloss geräuschlos die Tür hinter sich. Wenig später fuhr sie zwischen nebelverhangenen Feldern hindurch zu den Seen hinab. Der Herbst kündigte sich in dieser Gegend immer sehr früh an.

***

»Jen?«, rief Allegra und sah sich durch das heruntergelassene Fenster ihres Puntos draußen um. Sie hatte direkt an dem Tor angehalten, das zum Grundstück von Sandras Familie führte. Vom See her waberten Nebelschwaden herüber und nur ab und an drangen leise Bässe der Party oben im Haus zu ihr. Die Szenerie war gespenstisch und Allegra hatte es nicht über sich gebracht, den Motor abzustellen. Ein Flügel des metallenen Tors war geöffnet - vermutlich hatte Luca es nicht mehr geschlossen. Ein Motorrad passte gut hindurch, Allegras Auto hingegen nicht, auch wenn es nur ein Kleinwagen war.

Allegra rief erneut nach Jen. Sie hatten doch vereinbart, dass sie am Tor warten würde. Wo also steckte sie? Allegra wühlte mit der rechten Hand in ihrer Tasche auf dem Beifahrersitz. Sie wagte es nicht, den Blick vom Tor zu nehmen, als könnte jeden Moment etwas – oder jemand – daraus hervor preschen. Allegra verbot sich die Vergleiche mit all den Horrorfilmen, die sie mit Jen gesehen hatte. Das hier war die Realität, nicht irgendein Psychothriller.

Trotzdem hob sie das ertastete Handy in das Sichtfeld zwischen ihr und der Zufahrt und sah nach, ob Jen ihr noch einmal geschrieben hatte, während sie unterwegs gewesen war. Doch nur eine Nachricht wurde auf dem Display angezeigt. Ebenfalls von einer italienischen Handynummer. War das Alessandros Nummer? Allegra hatte eigentlich ein gutes Gedächtnis, aber der Anruf hatte sie im Halbschlaf erwischt und sie war sich nicht mehr sicher. Also öffnete sie mit einem Kopfschütteln die SMS.

Amor oblitus.

Allegra ließ das Handy fallen. Das war definitiv nicht die Nummer, die sie konsequent ignorierte. *Vergessene Liebe?* Na klar. Als könnte man die Liebe vergessen! Was wollte dieser Irre (oder war es eine Sie?) von ihr?

Sie senkte den Blick und suchte nach dem Leuchten des Displays. Das Handy war zwischen Mittelkonsole und Fahrersitz gerutscht. Allegra versuchte, es zu erreichen, doch ihre Finger waren zu kurz. Mit einem Schnauben griff sie zu dem Bügel unter ihrem Sitz und ließ ihn so weit wie möglich nach hinten gleiten. Mit einem leisen Poltern fiel das Handy in den Fußraum. Umständlich bückte sich Allegra und griff danach. Beim Aufrichten schlug sie mit dem Hinterkopf an das Lenkrad und fluchte laut, während sie sich mit der Hand an den Kopf griff. Dieser nächtliche Ausflug war nichts für sie. *Merda!*

»Hast du dir weh getan?«, fragte jemand auf Italienisch.

Ihr Herzschlag setzte für einen Moment aus und sie war wie erstarrt.

»Allegra?«, hakte die männliche Stimme nach.

Langsam erhob sie sich. Ihr Puls raste, eine schnelle Bildfolge raste vor ihrem inneren Auge vorüber. Der See, Nebelschwaden um das metallene Tor zwischen den verklinkerten Mauern. Eine Gänsehaut überzog ihren ganzen Körper, als sie zur Seite blickte. Da stand Luca und fixierte sie aus seinen eisblauen Augen. Allegra war vor Schreck immer noch nicht in der Lage zu sprechen.

»Alles in Ordnung?« Lucas Gesicht veränderte sich. Die überhebliche Maske fiel ab und Sorge spiegelte sich in seiner Mimik.

»Was tust du hier?«, fragte Allegra, ihre Stimme klang belegt.

»Ich habe auf dich gewartet«, gestand Luca.

Allegra kniff die Augen zusammen. »Wo ist Jen?« Sie ahnte, worauf das hier hinauslaufen würde.

»Sie ist mit Alessandro oben im Pavillon.« Luca deutete mit der Hand vage in Richtung Tor.

Allegra fühlte sich bestätigt und eine Welle des Ärgers überrollte sie. Ungläubig, dass ihre Freundin zu solchen Methoden greifen würde, schüttelte sie den Kopf. Sie warf ihr Handy auf den Beifahrersitz und legte den Rückwärtsgang ein. Dieses Mal war Jen zu weit gegangen.

»Richte Jen bitte aus, dass sie es unterlassen soll, mich zu verkuppeln.« Ihre Worte trafen Luca wie Pistolenkugeln. Er zuckte betroffen zurück. Schmerz stand in seinen Augen, die Mundwinkel sanken nach unten.

»Ich habe ihr gesagt, dass es eine blöde Idee ist«, versuchte er sich zu rechtfertigen, aber Allegra wollte keine Entschuldigungen hören. Sie drückte aufs Gaspedal und setzte ein Stück zurück, ehe sie schaltete und den Weg zurückfuhr, den sie gekommen war.

Sie war zu schnell unterwegs, Nebelschwaden rasten rechts und links an ihr vorbei und die Felder verschwammen zu einem grauen Nichts. Was hatte sich Jen nur dabei gedacht, sie mitten in der Nacht herzulocken? Sollte das ein blöder Scherz sein? Hatte sie gedacht, dass es das war, was Allegra wollte? Oder hatte Jen nur daran gedacht, was für sie am besten war, und wollte unbedingt an ihrer Vision von Doppeldates festhalten? Allegra konnte sich nicht beruhigen.

***

Auch als sie später im Bett lag und versuchte einzuschlafen, hielt die Wut sie wach. Oder die Enttäuschung? Sie würde morgen – heute, verbesserte sie sich ein ernstes Wort mit Jen reden müssen. Sie wollte nicht verkuppelt werden. Nicht mit diesem unterkühlten Luca, den sie nicht einschätzen konnte, dessen Mimik undurchdringlich war. Der eine Maske zu tragen schien, die er nicht gewillt war abzulegen. Sie kannte solche Typen und konnte getrost auf sie verzichten.

In diesem Moment erklang draußen das Röhren eines hochtourigen Motors, der kurz darauf erstarb. Wenig später brummte ihr Handy. Jen.

Komm zum Fenster.

Was sollte dieser Unsinn? Es war mitten in der Nacht, sie hatte keine Lust auf Jens Spielchen. Hatte sie vielleicht wirklich zu viel getrunken? Allegra antwortete kurz:

Nein.

Bitte!

Allegra seufzte. Jen würde sie nicht in Ruhe lassen, das wusste sie genau. Also konnte sie genauso gut sofort aufgeben, ehe Jen noch auf die Idee kam zu klingeln und Maria aufweckte. Sie schälte sich aus ihrer Decke und trat zum Fenster. Sie sah niemanden im Innenhof, daher öffnete sie und sah die Mauer hinab nach unten. Doch es war nicht Jen, die dort stand.

»Sorry«, flüsterte Luca leise.

Sofort wollte Allegra sich wieder zurückziehen, doch ihr Blick hing an den eisblauen Augen fest. Jen und ihre verrückten Ideen. Glaubte sie wirklich, Allegra wäre von so einem Auftritt begeistert? Kannte Jen sie überhaupt noch?

Sie riss sich von Lucas Anblick los und schloss das Fenster. Morgen würde Jen die Standpauke ihres Lebens bekommen.

Draußen heulte ein Motor auf und jagte durch die nächtlichen Straßen davon.

Und je weiter sich das Geräusch entfernte, desto mehr krampfte sich Allegras Magen zusammen. Nun konnte sie sich nicht einmal mehr auf ihr eigenes Bauchgefühl verlassen. Wie beruhigend. Nicht.

2. SZENE

Seltsam erholt nach den wenigen Stunden Schlaf, die ihr noch geblieben waren, nachdem sie ihr Handy abgeschaltet hatte, erwachte Allegra. Die Sonne hatte sich zu ihrem Bett vorgearbeitet und schien ihr mitten ins Gesicht. Sie streckte sich genüsslich, eine seltsame und lange nicht mehr gespürte Zufriedenheit breitete sich in ihr aus. Sie dachte angestrengt nach, ob sie vielleicht im Traum eine Erleuchtung gehabt hatte, die ihr Antworten auf das Gefühlschaos gegeben hatte, doch sie konnte sich an nichts erinnern.

Sie griff zu ihrem Handy und schaltete es an. Binnen Sekunden nach der Eingabe des Pins gingen zig Nachrichten ein. Die meisten waren von Jen, die sich ungefähr hundert Mal entschuldigte und um Verzeihung bat. Auch wenn Allegra ihr in der Nacht am liebsten den Kopf abgerissen hätte, wurden die negativen Gefühle noch immer von dieser Grundzufriedenheit überlagert und sie konnte ihr nicht mehr böse sein. Jens Nachrichten waren immer verzweifelter geworden. Allegra überlegte, ob sie ihre Freundin noch ein wenig zittern lassen sollte, entschied sich aber dagegen und drückte auf ›Anrufen‹.

Schon beim zweiten Klingeln nahm Jen ab: »O Gott, Allegra. Bin ich froh, dass du dich meldest. Ich habe die ganze Nacht nicht geschlafen und sogar überlegt, noch bei dir vorbeizukommen. Bitte, sei mir nicht böse. Es tut mir so leid. Und Luca auch. Er kann nichts dafür, weißt du. Ich hatte diese blöde Idee euch beim Tor zusammenzubringen. Ich war es auch, die ihn zu dir geschickt hat, weil du doch so von Romeo und Julia geschwärmt hast. Ich dachte, das würde dir gefallen.«

Jen redete ohne Punkt und Komma, so dass Allegra gar keine Chance hatte, etwas einzuwerfen. Erst als Jen die Luft ausging, sagte sie, bevor ein neuer Redeschwall startete: »Es ist alles in Ordnung, Jen. Ich bin dir nicht mehr böse.«

»Nicht?« Das brachte ihre Freundin scheinbar aus dem Konzept.

»Nein. Du hast es ja nur gut gemeint.« Sie seufzte.

»Und was ist mit Luca?«

»Was soll mit ihm sein?«

»Ich hab ihm alles versaut. Bitte, sei ihm nicht böse und lerne ihn noch einmal kennen, ja?«

»Das ist nicht nötig«, erklärte Allegra. »Ich habe mich nach seinem seltsamen Auftritt gestern Abend schon entschieden. Ich will testen, wie es sich mit Fabio entwickelt.« Das Aussprechen dieser Worte sorgte für ein Grummeln in ihrem Magen, das dieses unerklärliche Gefühl der Leichtigkeit schmälerte. Sie war sich so sicher gewesen, dass sie nachts genau diese Entscheidung getroffen hatte – es mit Fabio zu probieren. Wenn sie sich doch nur so genau erinnern könnte wie an all die Träume mit den Augen!

Lucas Augen und die von Alessandro, fügte ihre innere Stimme hinzu.

»Bitte, bitte, bitte«, flehte Jen. »Heute Abend. Wir gehen gemeinsam essen. Du, Luca, Alessandro und ich. Wenn er für dich dann immer noch nicht interessant genug ist, erwähne ich ihn nie wieder, versprochen. Er ist wirklich toll. Und nett. Und charmant. Außerdem sieht er fast so gut aus wie Alessandro.«

Allegra schnaubte. »Bekommst du irgendeine Vermittlungsgebühr oder so? Wenn du ihn mir weiter so anpreist wie ein Sonderangebot, das du dringend loswerden willst, kann das nichts werden.«

»Ich bin schon still.«

Allegra hörte, wie Jen aufgedreht im Raum umherging. Wenn sie nicht reden konnte, musste die Energie wohl auf anderem Wege hinaus. Allegra lächelte bei dem Gedanken daran. Sie wollte ihrer Freundin den Gefallen tun. Für Jen.

»Kaffee. Um fünfzehn Uhr bei Claude. Kein Abendessen.«

»Alles, was du willst«, säuselte Jen.

»Keine Angebote, die du nicht halten kannst«, antwortete Allegra lachend. »Dann bis heute Mittag.«

»Du wirst es nicht bereuen«, beteuerte Jen, ehe sie sich mit einem Kuss verabschiedete.

Allegra schaute zu dem kleinen Spiegel auf der Kommode. Die Frau, die ihr entgegenblickte, strahlte regelrecht, was sich Allegra nicht erklären konnte. Sie hätte nur zu gern gewusst, was sie geträumt hatte – denn diesen Traum, der ihr so viel Gelassenheit geschenkt hatte, würde sie nur zu gern wiederholen.

Geräusche drangen vom Innenhof zu ihr hoch. Allegra sah auf die Uhr auf dem Handydisplay. Um diese Zeit sollte eigentlich niemand da unten sein. Schon gar nicht an einem Sonntag. Schnell ging sie zum Fenster, öffnete es und sah hinaus. Sie konnte jedoch nicht erkennen, was die Ursache für das Geräusch gewesen sein könnte – nur Schritte entfernten sich jenseits des Sichtschutzes. Mit einer morgendlichen Brise, die zum Fenster hereinwehte, kehrte auch das erdrückende Gefühl in ihrem Inneren zurück. Die Leichtigkeit, die sie verspürt hatte, war verflogen. Was während des Telefonats noch so locker geklungen hatte – das Treffen mit Luca -, konfrontierte sie jetzt mit neuen Problemen. Sie zweifelte, ob es die richtige Entscheidung gewesen war.

Ihre Gedanken wanderten zu Fabio. Zu dessen Schmerz, den sie beinahe körperlich gespürt hatte, als sie Luca zu lange angestarrt hatte. Sie wollte ihn nicht verletzen.

Es ist nur ein Treffen mit deiner besten Freundin, sagte eine Stimme in ihrem Kopf.

Die dich verkuppeln will, flüsterte eine weitere.

Allegra beschloss, ihre inneren Stimmen zu ignorieren und einfach eine gute Freundin zu sein. Jen zuliebe würde sie ins ›Chez Claude‹ gehen und am Abend würde sie Fabio wiedersehen. Zufrieden mit ihrer Entscheidung, zog sie sich an, ging ins Bad und frühstückte anschließend an der Theke des Restaurants. Dort fand sie einen Zettel von Maria: Sie würde heute den ganzen Tag unterwegs sein, um eine Freundin besuchen, und wäre erst kurz vor dem Abendgeschäft zurück. Das würde ein ruhiger Tag werden.

Allegra wollte die freie Zeit mit Lesen verbringen. Irgendeiner Intention folgend wühlte sie in den alten Büchern auf dem Dachboden, bis sie ihre Schulausgabe von ›Romeo und Julia‹ fand. Sie machte es sich auf dem Sofa bequem und begann zu lesen. Der Text war noch sehr präsent, etliche Zitate hatten sich ihr wortwörtlich eingeprägt. Doch das Gefühl beim Lesen war ein anderes. Immer wieder begann Allegra zu frösteln, obwohl die Sonne mittlerweile auch zu den großen Fenstern des Wohnzimmers hereinschien und eine wohlige Wärme erzeugte.

Allegra schlang eine Decke um sich, ehe sie weiterlas. Bei jedem Aufeinandertreffen der Familien erschauderte sie und bekam eine Gänsehaut. Ihre Augen flogen nur noch über den Text, Allegra wollte die Geschichte hinter sich bringen – aber nicht bevor sie sie bis zum bitteren Ende durchgestanden hatte. Ein letztes Beben durchfuhr sie bei den abschließenden Zeilen des Prinzen: ›Denn niemals gab es ein so herbes Los, als Juliens und ihres Romeos.‹

Allegra standen Tränen in den Augen. Sie spürte die Wahrheit in diesen Worten, auch wenn sie noch so absurd klangen. Es war eine fiktive Geschichte, erfunden vor über vierhundert Jahren! Sie schüttelte den Gedanken ab und warf einen Blick auf die Uhr.

Mit Schrecken stellte sie fest, dass es schon zwei Uhr mittags war. In einer Stunde wollte sie sich mit Jen treffen. Wieso hatte sie so lange für den kurzen Text gebraucht? Zum Grübeln hatte sie jedoch keine Zeit. Hastig richtete sie sich die Haare, damit sie einigermaßen vorzeigbar aussah. »Jen zuliebe«, sagte sie zu ihrem Spiegelbild, das ihr skeptisch entgegensah. »Ganz sicher.«

Sich selbst konnte sie jedoch wohl kaum etwas vormachen. In ihrem Inneren regte sich Vorfreude – und das kam bestimmt nicht davon, dass sie ihre Freundin wiedersehen würde. Sie seufzte laut. Fabio war eigentlich genau das, was sie wollte und nie zuvor gehabt hatte. Doch was, wenn er sich – wie Jen vermutete wirklich nur zu sehr in seine Rolle als Romeo hineingesteigert hatte und seine Worte über die Liebe und den Fluch tatsächlich eine Masche waren?

Sie wusste intuitiv, dass sie zu Luca eine besondere Verbindung hatte – wie sonst hätte sie schon so lange von ihm träumen können, ohne ihn zu kennen? Allegra glaubte nicht an Schicksal das redete sie sich immer wieder ein. Doch hatte sie nicht immer wieder nach diesen Augen Ausschau gehalten? Regelrecht nach ihnen gesucht? War sie dann nicht quasi dazu gezwungen, Luca kennenzulernen?

Mit einem Mal kam Allegra eine neue Idee: Was, wenn Luca ebenfalls von ihr geträumt hatte?

Ihr Handy brummte. Allegra griff danach und öffnete den Nachrichteneingang, während sie nach unten lief.

Amor salvatus.

Allegra wurde wütend. Als hätte sie nicht genügend Dinge, über die sie sich Gedanken machen musste. Da brauchte sie keinen Irren, der sie mit lateinischen Sprüchen nervte. *Geheilte Liebe.* Als wäre so etwas möglich. Sie lachte freudlos auf. Das Geräusch hallte im Treppenhaus wider und erinnerte sie an das Lachen einer Hexe. Allegra zuckte zusammen und sah sich erschrocken um. War das wirklich sie selbst gewesen? In ihrem Augenwinkel hatte sie einen Schatten gesehen, oder?

Das Echo verklang. Die Gänsehaut auf ihren Armen jedoch blieb, bis sie draußen in der Sonne stand und tief durchatmete. Sie wurde paranoid! Das musste an diesen seltsamen Nachrichten liegen. Erneut verfluchte sie den anonymen Absender. Mit dieser Wut im Bauch lief sie durch die Innenstadt zum ›Chez Claude‹.

Schon durch die Fensterscheibe erkannte sie Jen. Ihr blondes Haar fing jeden einzelnen Sonnenstrahl ein. Neben ihr saß Alessandro, ihr gegenüber Luca. Die beiden Jungen schienen aufgebracht, gestikulierten wild. Allegra holte noch einmal tief Luft, ehe sie das Restaurant betrat und auf den Vierertisch zusteuerte. Natürlich hatte Jen einen Platz in einer der Nischen gewählt – so war Allegra gezwungen, sich neben Luca auf die schmale Bank zu setzen. Wenigstens konnte sie ihn so nicht die ganze Zeit anstarren, sagte sie sich, als sie nähertrat und die drei begrüßte.

Lucas Kopf ruckte sofort hoch, und obwohl sie sich vorgenommen hatte seine Augen zu ignorieren, zogen sie sie wieder in ihren Bann. Luca musterte sie. Sie zwang sich, ihren Blick zu lösen, um seine Mimik lesen zu können. Er sah sie erneut in freudiger Erwartung an, als wäre sie ein Geschenk. Allegra wusste nicht, wie sie reagieren sollte. Enttäuschung huschte wie ein Schatten über sein Gesicht, dann senkte er die Lider und brach den Bann.

Wie benommen ließ sich Allegra neben Luca auf die Bank fallen. Peinliche Stille kehrte ein und Allegra kam es vor, als sei sie in ein Gespräch über sie geplatzt. Ein unangenehmes Gefühl.

»Ich bin so froh, dass du gekommen bist.« Jen strahlte sie so übertrieben an wie eine Verkäuferin, die im Teleshopping irgendwelche Sonderposten verscherbeln wollte. Dass Jen ständig zwischen Luca und Allegra hin und her sah, unterstrich diesen Gedanken noch.

Allegra schaute von ihr zu Alessandro, der zwar in ihre Richtung blickte, doch irgendwie durch sie hindurch zu starren schien. Sie hatte wohl tatsächlich ein Gespräch über sie unterbrochen und ihr wurde die Situation immer unangenehmer. Sie dachte bereits daran, sich zu entschuldigen und zu gehen, als die innere Zufriedenheit vom Morgen zurückkehrte. Sie fühlte sich wieder so leicht und beschwingt, beinahe als würde sie fliegen.

Alessandro lächelte sie nun an. »Wir sind auch froh, dass du gekommen bist«, sagte er. »Nicht wahr, Luca?« Er warf einen auffordernden Blick zu seinem Gegenüber.

Luca nickte langsam. Allegra sah ihn nur im Profil, er starrte auf seine Kaffeetasse hinab und strahlte eine Traurigkeit aus, die sie mitnahm.

»Komm, wir holen bei Claude was zu trinken.« Jen sprang auf und drängte Alessandro von der Bank.

Dieser setzte schon zu einer Beschwerde an, ehe er Jens erhobene Augenbraue sah und verstand. Allegra verdrehte die Augen. Sehr subtil, ihre Freundin. Sie schüttelte lächelnd den Kopf. Kaum waren die beiden außer Sichtweise, begann Luca neben ihr leise zu fluchen.

Sie wandte sich um. »Hm?«

»Die beiden sind …« Er sah noch immer auf seine Hände hinab, die die Kaffeetasse umklammerten, als könnte die ihm Halt bieten. »Sie übertreiben.«

»Wem sagst du das«, antwortete Allegra. »Jen ist immer so. Sie versucht ständig, mich …« Nein, sie wollte ihm – diesem Fremden nicht erzählen, dass sie ständig verkuppelt werden sollte.

»Sie benehmen sich, als wäre ich nicht in der Lage, mich selbst …«, sagte Luca. Nun sah er auf und wandte sich ihr zu. Sein Knie berührte ihr Bein und die Berührung – selbst durch die Kleidung geschwächt war so intensiv, dass Allegra scharf die Luft einsog. Luca hatte es auch gespürt, das war offensichtlich. Denn der Rest des Satzes blieb unausgesprochen. Die Traurigkeit, die Allegra kurz zuvor zu sehen geglaubt hatte, war gewichen und machte einem neuen Gefühl Platz. Allegra deutete es als Hoffnung.

»Macht Alessandro das öfter?«, fragte Allegra, um die peinliche Stille zu unterbrechen.

»Was?«

»Dich verkuppeln«, erklärte Allegra. Vielleicht hatten sie ja wenigstens das gemeinsam.

»Nein, nein. Bis vor kurzem konnte ich ihn nicht ausstehen«, antwortete er wie beiläufig.

Allegra riss die Augen auf. Eine solche Antwort hätte sie nicht erwartet.

»Es ist … Unsere Familien …« Er suchte nach den richtigen Worten. »Sie sind nicht gut aufeinander zu sprechen.« Er wollte noch etwas hinzufügen, als Alessandro mit finsterem Blick an den Tisch zurückkehrte. Als Luca ihn ansah, lächelte er schwach. Langsam ließ er sich auf die Bank gleiten, Jen tat es ihm gleich. Claude, der Besitzer des Restaurants, folgte ihr mit einem Tablett mit vier Tassen darauf und servierte den Café au lait.

»Alles in Ordnung?«, erkundigte sich Jen bei Luca, der etwas bleich aussah. »Über was habt ihr gesprochen?« Nun fixierte sie Allegra aus ihren strahlenden blauen Augen.

»Über die beiden«, erklärte Allegra und deutete mit der Hand von einem Jungen zum anderen. »Luca hat mir gerade erzählt, dass er Alessandro bis vor kurzem nicht ausstehen konnte.«

Jen schaute zu Alessandro, der nur schwach nickte. Sie runzelte erst die Stirn, dann grinste sie breit. »Das liegt sicher an den Namen.«

Alessandro verzog das Gesicht, Allegra hingegen wurde neugierig und wartete auf eine Erklärung. Für einen Moment spürte sie eine Anspannung, die von Luca ausging.

Dann wandte er sich ihr zu: »Vielleicht sollten wir die Vorstellungsrunde noch einmal ganz von vorne beginnen.« Er fuhr sich durch die kurzen Haare. »Hallo Allegra, mein Name ist Luca Montague.«

Allegra zögerte, als jedoch niemand zu grinsen begann, lachte sie lauthals los. »Das ist nicht euer Ernst!«, sagte sie prustend. »Montague und Capulet? Ich dachte schon bei Alessandro, dass es irgendein dummer Anmach-Spruch wäre, aber das?« Sie schüttelte den Kopf.

»Leider ist es bittere Realität«, sagte Luca finster.

»Und was hat dazu geführt, dass ihr plötzlich ein Herz und eine Seele seid?« Allegra spukten die Szenen aus Shakespeares Werk durch den Kopf. »Habt ihr euch vertragen, weil Romeo und Julia wegen eures Streits gestorben sind?« Das sollte ein Scherz sein, doch das Lachen blieb ihr im Hals stecken, als sie Alessandros Mimik las, in der unendlich viel Schmerz und Trauer lagen.

Jen blickte in die Runde. »Jetzt, wo wir die Sache mit den Namen geklärt haben, können wir sicher auch über etwas anderes sprechen?«

Der Versuch, das Gespräch in eine andere Richtung zu lenken, misslang jedoch. Erneut legte sich Stille über die Gruppe und Allegra wusste nicht, was sie sagen sollte. Während sie einen Schluck ihres Kaffees trank, türmten sich die Fragen in ihrem Kopf auf. Gedanken spannen sich zusammen, zogen Verbindungen, wurden zu wirren Bildern, die so absurd waren, dass sie über sich selbst den Kopf schüttelte. Etwas blitzte neben ihr auf und sie sah hinüber. Auf Lucas Hand, die nun die neue Kaffeetasse so fest umklammert hielt, dass die Sehnen der Finger weiß hervortraten. Ein Ring hatte die Reflexion verursacht und zog Allegras Blick wie magisch auf sich. Sie sah kurz zu Alessandro, dessen viel zu altmodischer Ring ihr schon auf der Party aufgefallen war. Luca trug einen ähnlichen, doch anstelle der Rose zierte ihn ein kleines Schwert.

Ein Dolch, ergänzte die innere Stimme.

Dolch und Rose. Montague und Capulet.

Allegra wusste nicht, woher dieses Wissen kam, doch sie war sich sicher, dass es die Wahrheit war.

»Wir sind nicht zum Trübsal blasen hier«, unterbrach Jen ihre Gedanken.

Luca lächelte gequält.

»Wie lange wirst du hierbleiben?«, fragte ihn Jen.

Er zuckte mit den Schultern und biss sich auf die Lippen.

»Er bleibt, bis wir erledigt haben, wofür er hier ist«, sagte Alessandro streng. Lucas Kopf ruckte zu ihm und er kniff die Augen zusammen.

»Und wofür ist er hier?«, fragte Jen, um wenigstens irgendein Gespräch am Laufen zu halten.

Die Atmosphäre war alles andere als entspannt, Allegra fühlte sich zusehends unwohler, die Unbeschwertheit – wenn man es überhaupt so hatte nennen können war endgültig verschwunden.

Alessandros Blick huschte zwischen Luca und Allegra hin und her, bis der sprichwörtliche Groschen fiel. Sie riss den Mund auf und sog die Luft ein.

»Das ist nicht ... Nein!« Sie sprang von der Bank auf und stieß dabei den Tisch so heftig an, dass die Tassen darauf klirrten und der Kaffee überschwappte. »Seid ihr verrückt?« Sie schnaubte und rannte zur Tür hinaus. Erst draußen bemerkte sie, dass sie ganz vergessen hatte, ihren Kaffee zu bezahlen. Doch das konnten die beiden Typen übernehmen, die allen Ernstes vorhatten, sie und Luca zu verkuppeln? Obwohl sie sich nie zuvor gesehen hatten? Das war ja schon wirklich krank.

Während sie über den Marktplatz ging, zog sie ihr Handy aus der Tasche, um Jen eine Nachricht zu schreiben. Ihr Posteingang war völlig überschwemmt von Nachrichten der unbekannten Nummer.

Agnosce amorem. Erkenne die Liebe.

Agnosce amorem.

Agnosce amorem.

Agnosce amorem.

Agnosce amorem.

…

Allegra markierte alle und löschte sie auf einmal. Sie schniefte und bemerkte jetzt erst, dass ihr Tränen aus den Augen liefen. Warum, konnte sie selbst nicht sagen. In welches dumme Psychospiel war sie da nur hineingeraten? Der Freund ihrer besten Freundin wollte sie verkuppeln, dann die unbekannten Nachrichten, die für einen Klumpen in ihrem Magen sorgten. Mit einem Mal dämmerte es ihr und sie schickte Jen eine Nachricht.

Sag Luca und Alessandro, dass sie sofort aufhören sollen, mir Nachrichten zu schicken.

Binnen Sekunden kam die Antwort zurück:

Was für Nachrichten?

Allein in der kurzen Zeit waren etliche weitere eingegangen und Allegra machte einen Screenshot und schickte ihn an ihre Freundin.

Die sind nicht von Alessandro oder Luca. Ich habe sie gefragt.

So leicht war Allegra nicht zu überzeugen:

Klar streiten sie es ab. Würde ich auch. Aber denk mal drüber nach: Diese Nachrichten kommen erst, seit du am Gardasee warst.

Es dauerte eine Weile, bis Jen antwortete:

Das könnte ein dummer Zufall sein.

Das wurde ja immer besser! Hastig tippte Allegra:

Das glaube ich nicht. Hast du nicht gesehen, wie dein Alessandro mich angeschaut hat? Er sieht es als seine Aufgabe, mich mit Luca zu verkuppeln. Und diese dumme Geschichte über die Montagues und die Capulets? Glaubst du das wirklich?

Allegra schickte noch eine zweite Nachricht hinterher:

Ich jedenfalls nicht. Ich glaube, dass dich dein Traumprinz von Anfang an belogen hat. Du hast seine Mutter nicht kennengelernt, vielleicht sind die beiden irgendwelche Psychopathen, die sich einen Witz daraus machen, hübsche Touristinnen zu verwirren und nachher umzubringen.

Wieder vergingen einige Sekunden, ehe Jen zurückschrieb:

Das glaubst du doch selbst nicht. Das klingt wie ein schlechter Film.

Allegra antwortete, ohne lange nachzudenken:

Ich weiß nicht mehr, was ich glauben soll. Das ist alles verrückt. Ich hoffe, sie reisen bald wieder ab.

Darauf Jen:

Ich liebe Alessandro, Al.

Allegra schüttelte nur den Kopf, während sie auf das ›Da Casari‹ zuging. *Du liebst ziemlich schnell,* tippte sie ins Handy, löschte die Worte jedoch gleich wieder. Sie wollte nicht mit ihrer Freundin streiten. Sie wollte nur, dass sie aufpasste. Stattdessen schrieb sie:

Ich will nur, dass du vorsichtig bist. Irgendwas stimmt mit den beiden nicht, das musst du doch selbst merken.

Jen schien sich ihrerseits ziemlich sicher zu sein:

Es wird sich alles klären.

Allegra antwortete nur:

Das hoffe ich.

Sie packte das Handy in ihre Tasche. Inzwischen war sie Zuhause angekommen und schloss die Seitentür auf. Aus der Küche des Restaurants drangen Geräusche und es roch schon wieder intensiv nach Gewürzen. Maria war bereits fleißig.

Kurz überlegte Allegra zu ihr zu gehen, entschied sich jedoch dagegen. Sie brauchte noch ein wenig Zeit für sich, auch wenn sie wusste, dass sie das Treffen jetzt schon unter ›absurd‹ verbuchte und abhakte. Es war ein Reinfall gewesen und sie ärgerte sich über die verlorene Zeit. Und auch – was schwerer einzugestehen war – über Jen, die sie praktisch gezwungen hatte zuzustimmen. Sie war jedenfalls froh, das Ganze hinter sich zu haben. Sie schlich die Treppe hinauf und betrat ihr Zimmer.

Wieder brummte ihr Handy in der Tasche. Allegra verdrehte die Augen. Sie würde sich vorübergehend eine neue Nummer besorgen. Eine andere italienische Nummer war der Absender. Hatte dieser Irre eine neue Nummer? Ihr Finger befand sich bereits auf dem Lösch-Symbol, als sie die englischen Zeilen las:

Look into my eyes, and you will see ... L.

Sofort hatte sie Bryan Adams' Song im Kopf. Der Link zu einem Youtube-Video war direkt unter der Nachricht. Ohne sich bewusst zu entscheiden, klickte Allegra den Link an und wurde zu ›Everything I do‹ geleitet.

L. Luca. Er gab wohl nie auf.

Während sie die Nachricht löschte, sang sie im Kopf den Text des Liedes. Wenn es doch nur so einfach wäre. In Lucas Augen sah sie nichts als die Erinnerung an ihre seltsamen Träume. In ihrem Herzen und ihrer Seele fand sie ihn dagegen überhaupt nicht. Ihr Magen zog sich bei dem lachhaften Gedanken zusammen.

War er es etwa wert, es zu versuchen und dafür zu sterben?

O mein Gott, das hatte sie jetzt nicht wirklich gedacht. Was ein einzelnes Lied bewirken konnte! Sie zweifelte doch tatsächlich daran, ihn und Alessandro für verrückt zu halten. Konnte sie nicht einmal mehr sich selbst trauen?

Schnell summte sie ›Hänschen klein‹ und weitere Kinderlieder, die ihr in den Sinn kamen, und versuchte, damit Bryan Adams aus dem Kopf zu bekommen.

Zum Glück war es schon fast Zeit für ihre Schicht im Restaurant. Fabio würde bald eintreffen. Vielleicht würde sich eine Gelegenheit finden, über den gestrigen Abend zu sprechen. Fabio war wenigstens nicht unheimlich oder beabsichtigte sie zu verkuppeln. Ein ganz großer Pluspunkt.

3. SZENE

»Ich mag den Song«, schreckte Fabio sie aus ihren Gedanken.

»Hm?«, fragte Allegra nur benommen. Sie räumte gerade die letzten Tische ab und freute sich schon auf den Feierabend.

Die Schicht war hart gewesen, gefühlt jeder fünfte Einwohner war zur Happy-Hour gekommen oder hatte telefonisch bestellt und das Essen abgeholt. Vom vielen Laufen spürte Allegra ihre Füße kaum mehr.

»›Everything I do‹«, erklärte Fabio. »Der Text ist fantastisch.«

Allegra fuhr zu ihm herum und sah ihn skeptisch an. »Wie kommst du jetzt gerade auf dieses Lied?« Allegra hatte alles getan, um die Nachricht von Luca zu verdrängen und den Ohrwurm loszuwerden.

»Du hast es gesungen.« Er strahlte sie aus seinen violettblauen Augen an.

Da hatte die Verdrängungstaktik ja super funktioniert. Sie seufzte. »Ich mochte den Song auch.«

»Das heißt, du magst ihn jetzt nicht mehr?« Er schien verwirrt.

»Das ist kompliziert«, antwortete sie nur knapp. Sie wollte ihm eigentlich nicht erzählen, dass es wegen Luca war.

»Kompliziert ist meine Spezialität.« Er grinste so jungenhaft, dass Allegra lächeln musste.

»Du hast doch genug eigene Probleme.«

Nun sah er sie fragend an.

»Die geplatzte Aufführung, deine verstorbene Ex«, half sie ihm auf die Sprünge und fand es gleichzeitig seltsam, dass er nicht von selbst daran gedacht hatte. Unwillkürlich kamen ihr Jens Worte in den Sinn. Sie hatte behauptet, dass er sich selbst widersprach.

»Ablenkung ist die Methode der Wahl«, wich er aus. »Das war doch deine Idee.«

Da hatte er wohl Recht. Und trotzdem schlich sich ein ungutes Gefühl bei Allegra ein. Herrgott! Sie wusste wirklich nicht mehr, was sie fühlen und denken sollte! Sie wollte gerade abschließen, als zwei Personen das Restaurant betraten.

»Wir haben bereits geschlossen«, sagte Allegra, den Schlüssel in der Hand.

Die beiden jungen Männer musterten sie, einer von ihnen legte den Kopf schräg. Allegra fielen sofort ihre Augen auf: Der eine hatte hellblaue Augen wie Luca, wenn auch nicht ganz so intensiv, die des anderen glichen von der Farbe her denen von Allegra.

»Wir verstehen nicht«, sagte der mit den dunklen Augen auf Italienisch.

Sie wiederholte das Gesagte noch einmal auf Italienisch und die Jungen sahen sich betrübt an, ehe der mit den dunklen Augen eine auffordernde Geste machte.

»Wir wollten mit dir sprechen«, sagte er wenig überzeugend.

Allegra hatte eine Ahnung, um was es gehen könnte, und zog sich sofort zurück. Mit klopfendem Herzen schaute sie sich nach Fabio um. Etwas klapperte hinter dem Durchgang zur Küche – er brachte gerade die letzten Teller zur Spülmaschine.

»Es tut mir leid«, sagte der Junge mit den blauen Augen, packte Allegra, legte ihr die Hand auf den Mund und zog sie mit sich durch die von dem anderen aufgehaltene Restauranttür. Sie war starr vor Schreck. Ihre wildesten Befürchtungen, Dinge, vor denen junge Frauen immer gewarnt wurden, waren wahr geworden. Sie trat wild um sich, versuchte, dem Griff des Jungen zu entkommen.

»Bitte vertrau mir, Allegra«, hörte sie die Stimme direkt neben ihrem Ohr.

Ja klar! Sie zappelte weiter hin und her. Als der Junge die Hand von ihrem Mund nahm und sie auf die Arme nahm, war Allegra so überrascht, dass sie erst mit Zeitverzögerung schrie. Sie verlor den Boden unter den Füßen und ihr wurde schwindelig. Sie schloss kurz die Augen, weil sie nicht glauben konnte, was da gerade passierte, wie die Fassade des ›Da Casari‹ an ihr vorbeirauschte. Doch auch nachdem sie sie wieder geöffnet hatte, war das Bild dasselbe: Sie flog. Mittlerweile befand sie sich über dem Restaurant, sah die Lichter der Stadt unter sich. Ihr Magen zog sich nicht vor Angst zusammen, sondern hüpfte munter auf und ab, als befände sie sich in einer Achterbahn und nicht auf den Armen eines fremden Jungen, der fliegen konnte. Sie öffnete den Mund, um erneut zu schreien, doch der Wind verschluckte ihre Worte.

»Beruhige dich, Allegra«, murmelte der Junge sanft. »Das ist nicht das erste Mal.«

Allegra lachte hysterisch auf. Wenn sie bereits einmal auf den Armen eines Typen durch die Nacht geflogen wäre, würde sie das ja wohl wissen. In was war sie da nur hineingeraten? Sie krallte sich fest an den Schlüssel des ›Da Casari‹, den sie immer noch in der Hand hielt.

Wenig später setzte der Junge sie ab. Sie befanden sich auf einem kleinen bewaldeten Hügel etwas außerhalb der Stadt. Ein leichter Wind fuhr durch die Bäume und Allegra bekam eine Gänsehaut in ihrem dünnen T-Shirt, das sie noch vom Arbeiten trug.

»Lass es mich erklären«, versuchte es der Junge erneut.

Allegra wich zurück, wurde jedoch von einer starken Windböe wieder nach vorne geschoben.

»Ich bin Mattia Montague«, sagte der Junge. »Ich weiß nicht, wie viel ich sagen kann, ehe er auftaucht oder das Redeverbot eingreift, aber ich versuche, dir so viel wie möglich zu verraten. Einverstanden?«

Allegra blieb nichts, als zu nicken. Insgeheim suchte sie jedoch nach einer Fluchtmöglichkeit. Aber wie sollte sie vor Mattia fliehen, der – selbst der Gedanke daran war absurd fliegen konnte?

»Die Fehde der Montagues und der Capulets basiert auf dem Fluch der Liebesgöttin«, begann Mattia. »Venus hat ihn den Nachkommen von Amor und Psyche auferlegt. Ihre Liebe wird nie gut enden. Der Fluch kann nur gebrochen werden, wenn sich Abkömmlinge der verfeindeten Familien ineinander verlieben.«

Die Geschichte klang wie aus einem Märchenbuch. Allegra schüttelte den Kopf und wollte ihre Meinung dazu abgeben, doch Mattia hob die Hand.

»Romeo und Julia waren kurz davor, den Fluch zu brechen. Dann wurden sie jedoch von Venus' Statthalter reingelegt und das Ende kennen wir ja. Vor kurzem gab es einen weiteren Versuch und der war ... erfolgreich. Die Fehde der Familien ist zu Ende. Doch mit dem … Ergebnis sind wir nicht zufrieden.« Er sprach stockend, hielt immer wieder Worte zurück, als könnte er sie nicht aussprechen.

Allegra wusste immer noch nicht, was Mattia von ihr wollte. Es klang alles so verrückt. Venus, Montague und Capulet!

Luca und Alessandro, ergänzte die Stimme in ihrem Kopf.

»Du bist …«, setzte Mattia an.

Allegra sah auf und wartete auf den Rest des Satzes, der nicht kam. Sie sah Mattia erwartungsvoll an, auch wenn ihre Neugierde völlig absurd war.

»Du gehörst …« Ein Hustenanfall machte es Mattia unmöglich, weiterzusprechen. Er bekam kaum noch Luft.

Allegra nutzte die Gelegenheit, um sich schnell umzudrehen und den Hügel hinabzurennen, die ersten Häuser der Stadt waren nicht weit entfernt, sie könnte es schaffen, solange Mattia nur weiter von dem Hustenanfall gequält wurde. Sie konnte ihm entkommen. Am Fuße des Hügels sah sie sich kurz um.

Mattia hatte sich auf die Oberschenkel gestützt und rang vermutlich weiterhin nach Luft. Er hob die Hand, als wollte er sie aufhalten. Da konnte er lange warten. Allegra rannte weiter. Dann packte sie ein Windstoß und riss sie von den Beinen. Allegra fing sich im letzten Moment mit den Armen auf. Schmerz fuhr ihr durch das rechte Handgelenk und sie stöhnte auf.

In dem Moment landete Mattia neben ihr. »Es tut mir leid«, sagte er. »Aber anders konnte ich dich nicht aufhalten. Er will mit dir reden, Allegra. Du musst ihn nur erkennen, dann wird alles wieder gut.« Seine Worte klangen wie auswendig gelernt.

Erkenne die Liebe.

Allegra presste die Lippen zusammen und schüttelte den Kopf. Ihre Gedanken flogen wild umher wie ein aufgescheuchter Vogelschwarm. Sie suchte verzweifelt nach einer Lösung, einem Ausweg.

Mattia deutete zu den vielleicht fünfhundert Meter entfernten Häusern, aus deren Richtung Motorengeräusche drangen. Kurz darauf schoss ein schwarzes Motorrad den Feldweg entlang und zog eine Staubwolke hinter sich her. Eine gefährliche Aktion, wenn man die vielen Schlaglöcher bedachte. Und Luca trug nicht einmal einen Helm. Ihre Faust verkrampfte sich um den Schlüssel in ihrer Hand.

Warum sorgst du dich um ihn?, fragte sie sich selbst, fand jedoch keine Erklärung.

Direkt vor Mattia und Allegra kam er zum Stehen. Er strahlte Allegra an, seine eisblauen Augen drangen bis tief in ihre Seele. Doch in diesem Moment blitzte ein Gedanke in Allegra auf und sie wusste, was sie zu tun hatte und wie sie das alles beenden konnte.

4. SZENE

Luca schaltete den Motor aus und stieg von seinem Gefährt. Er fuhr sich durch die Haare, während er langsam auf Allegra zukam.

Sie wusste, weshalb sie von seinen Augen wie magisch angezogen wurde, und behielt dieses Wissen darum im Hinterkopf. Nur so konnte sie ihren Plan durchführen.

»Hi!«, sagte er und starrte sie unentwegt an.

»Hi!«, antwortete sie und strengte sich an, sich nicht wieder in den Augen zu verlieren.

»Wir sollten reden. Ich glaube, unser Start war falsch und es tut mir leid, was heute Mittag gelaufen ist. Und gestern. Ich wusste einfach nicht, wie ...«

Allegra unterbrach ihn, indem sie die Hand hob und abwinkte. »Alles okay.«

»Was?«, fragte Mattia hinter ihr, seine Stimme klang erschrocken, was Allegra verunsicherte und kurz innehalten ließ. »Ich habe dich hierher verschleppt und du findest das in Ordnung?«

Luca warf Mattia einen finsteren Blick zu, ehe er sich wieder an Allegra wandte. Sofort erschien ein Lächeln auf seinen Lippen und seine Augen leuchteten regelrecht. »Wollen wir zu Fuß zur Stadt zurückgehen?«, fragte er.

»Und was ist mit deinem Motorrad?«, entgegnete Allegra skeptisch.

»Das kann Mattia zurückbringen«, sagte Luca wie ein Chef, der seinen Dienern Befehle erteilte.

Die Sympathiepunkte, sollten noch welche übrig gewesen sein, zerstoben. Allegra fiel es nicht mehr schwer, an ihrem Plan festzuhalten, um heil aus der Sache herauszukommen. Zumindest hoffte sie das. Sie steckte den Restaurantschlüssel in ihre Gesäßtasche.

»Dann gerne«, antwortete sie und er hielt ihr galant den Arm hin, Allegra hakte sich ein.

Im Gegensatz zu ihr war er heiß – und das war nicht auf das Aussehen bezogen. Er strahlte eine Hitze ab, obwohl er kurz zuvor noch im T-Shirt auf dem Motorrad die Straße entlanggerast war. Allegra hingegen begann langsam zu zittern, was Luca jedoch nicht zu bemerken schien. So viel zum Thema Gentleman. Langsam liefen sie den Feldweg hinab auf die Stadt zu. Dafür, dass Luca unbedingt mit ihr hatte reden wollen, war er nicht gerade gesprächig. Sie waren bereits unten angekommen, als er sich räusperte.

»Es tut mir leid, wie das alles gelaufen ist.« Die Worte schienen ihm schwer zu fallen, er entschuldigte sich wohl nicht gerne.

Allegra verdrehte die Augen. Das passte zu dem protzigen Auftritt und dem Befehlston gegenüber Mattia. »Kein Problem. Das waren einfach ganz schön viele Missverständnisse«, log Allegra.

»Dann bist du nicht mehr sauer?« Seinem Ton war anzuhören, dass er sich wunderte. Allegra wäre es an seiner Stelle ebenfalls komisch vorgekommen.. Schließlich hatte sie nach außen hin ihre Meinung um 180 Grad geändert. Aber irgendwie musste sie ihn doch loswerden, oder?

»Was wollt ihr von mir?«, fragte Allegra geradeheraus.

»Ich habe bei Jen Fotos von dir gesehen«, sagte Luca leise. »Und ich musste dich kennenlernen. Kennst du das? Du siehst jemanden und weißt, dass dich etwas mit der Person verbindet, und es wird immer schlimmer, je mehr du darüber nachdenkst.«

Allegra verzog das Gesicht. O ja. Das kannte sie. Sie sah mit einem kurzen Seitenblick zu Lucas Augen hinauf. Aber im Gegensatz zu Lucas Aussage hatte es sich für Allegra nur im ersten Moment so angefühlt. Danach hatte dieser innere Drang jedes Mal falsch gewirkt und die innere Stimme war zu hören gewesen. Doch genug, um sie zu verwirren. »Mir ging es mit deinen Augen so«, sagte sie wahrheitsgemäß. »Ich habe das Gefühl, sie schon immer gesucht zu haben.« Sie versuchte, überzeugend zu klingen, die Enttäuschung zu verbergen, dass ihre Träume ihr etwas Falsches eingeredet hatten. Sie wusste immer noch nicht, wie all das zusammenpasste, doch sie schob den Gedanken zur Seite.

Auf Lucas Mund zeigte sich für einen kurzen Moment ein siegessicheres Lächeln. Fast glaubte Allegra, sie hätte es sich nur eingebildet. Doch ihr Plan schien aufzugehen.

»Mattia kann fliegen?«, brachte sie heraus.

Luca nickte. »Wir alle können etwas. Geschenke an die Erben«, sagte er kryptisch.

Es klang jedoch so, als sollte sie besser nicht weiter nachhaken. Wenn sie ihren Plan durchziehen wollte, musste sie die Verliebte spielen. Oder eine Person, die Luca vergötterte, genau das schien er zu erwarten. »Und wie soll es jetzt weitergehen?«, fragte sie. Sie waren beinahe bei den ersten Häusern angekommen.

»Wir lernen uns näher kennen«, sagte er. »Wir haben alle Zeit der Welt.«

»Das klingt nach einem guten Vorschlag.« Wenn er nicht bemerkte, dass sie ihn anlog, war er echt noch schlimmer als befürchtet. Egoistischer, überheblicher ... Allegra gingen die Bezeichnungen aus. »Hauptsache, du bist an meiner Seite.« Kitschiger ging es wohl nicht. Allegra unterdrückte den Drang aufzustöhnen und ihrem Ärger Luft zu machen.

Luca sah sie mit zusammengekniffenen Augen an, als hätte er den Gedanken gehört, ehe er leicht den Kopf schüttelte und wieder nach vorne blickte.

Erkenne die Liebe, sprach es erneut in Gedanken zu ihr und Allegra fiel eine letzte Frage ein.

»Schickst du mir diese Nachrichten?«

Luca fuhr herum. »Welche Nachrichten?«

»Ach nichts«, beschwichtigte Allegra ihn. »Dann ist es wirklich nur Spam.«

Luca verstand anscheinend nicht, was sie meinte, zuckte dann jedoch mit den Schultern. Sie standen inzwischen vor dem ›Da Casari‹. »Sehen wir uns morgen?«, fragte er erwartungsvoll.

»Gerne!« Allegra versuchte, so überzeugend wie möglich zu klingen. »Wir können uns schreiben.«

»Oder ich hole dich ab, wenn du fertig bist.«

Sie nickte langsam. Eigentlich hatte sie geplant, zu viel Arbeit vorzuschieben, doch nun musste sie sich eine andere Ausrede einfallen lassen. Oder hoffen, dass es wirklich zu viel Arbeit gab. Sie zog den Schlüssel aus der Hosentasche und war im Begriff das Restaurant aufzuschließen, als Luca sie zu sich herumzog und erwartungsvoll anstarrte. Er glaubte doch nicht etwa, dass sie ihn küssen würde?

»Bis morgen, Luca«, brachte sie mit letzter Überzeugungskraft freudestrahlend hervor.

Luca verzog den Mund. »Bis morgen«, murmelte er, während er sich zum Gehen wandte.

Allegra sah ihm nach, wie er beinahe gebrochen – nein, das war ein zu hartes Wort enttäuscht die Straße entlanglief. Als er außer Sicht war, atmete sie erleichtert auf. Ihre Hand zitterte, als sie den Schlüssel in das Schloss steckte. Irgendwann bemerkte sie, dass nicht abgeschlossen war. Auch das Licht im Gastraum war noch an.

Kurz darauf wurde die Tür aufgerissen und ein völlig erleichterter Fabio stand vor ihr.

»Wo hast du gesteckt?« Maria schob ihn zur Seite. Sie war kreidebleich und sah so aus, wie Allegra sich fühlte.

»Ich habe mich mit jemandem getroffen und wir haben kurz geredet«, versuchte Allegra zu erklären. Die Wahrheit konnte sie ja schlecht sagen. Dass sie ein fliegender Junge – mit dem Gedanken musste sie sich später noch auseinandersetzen entführt hatte. Sie hatte nicht einmal eine Ahnung, wie lange dieses ›kurz‹ gewesen war. Jegliches Zeitgefühl war ihr verlorengegangen.

»Du hast nichts gesagt und nicht mal abgeschlossen.« Marias italienisches Temperament übernahm und sie sah aus, als würde sie jeden Moment in die Luft gehen. Allegra fühlte sich plötzlich wie neun und nicht wie neunzehn. »Ich habe mir Sorgen gemacht. Auch Fabio hat nichts mitbekommen.« Maria zog sich ihr Kopftuch aus den Haaren und die dunklen Locken sprangen um ihr Gesicht herum. »Dir hätte sonst was passiert sein können. Mach das nie wieder!« Sie holte tief Luft und versuchte, sich zu beruhigen.

»Ich bin fast zwanzig, *Mamma*«, sagte Allegra bemüht ruhig. Sie wollte nicht, dass ihre Mutter sich sorgte. Und vor allem wollte sie Maria nicht mit hineinziehen – in was, wusste sie ja selbst nicht einmal.

»*Signora Casari*«, mischte sich Fabio leise ein und erntete einen finsteren Blick von Maria, weil er sie so förmlich ansprach. Er straffte sich, um nicht mehr ganz so eingeschüchtert auszusehen. »Ich habe doch gesagt, dass Allegra jemanden gesehen hat, mit dem sie sprechen wollte. Also ist alles in Ordnung.«

Allegra musterte ihn kritisch. Warum deckte er sie?

Maria seufzte und atmete mehrmals tief ein und aus. Anschließend nickte sie. »Schließt bitte ab. Ich muss dringend ins Bett. Wir sprechen morgen nochmal darüber.« Mit diesen Worten drehte sie sich um und lief schnellen Schrittes in Richtung Flur.

Allegra hörte, wie sie wenig später die Treppe hochging. Ihr Herzschlag beruhigte sich – doch das schlechte Gewissen wurde immer größer. Sie belog ihre Mutter, die einzige Familie, die sie hatte. Wo sollte das hinführen? Sie schloss für einen Moment die Augen, um sich zu sammeln. Danach wandte sie sich an Fabio. »Danke«, sagte sie leise und erntete dafür ein aufrichtiges Lächeln.

»Gern geschehen. Verrätst du mir, was passiert ist?«

Sie schüttelte langsam den Kopf. Das konnte man niemandem erzählen. Es war zu absurd, Fabio würde sie für verrückt halten.

»Du hast dich mit diesem Luca getroffen, oder?« Sein Mund war nun mehr ein schmaler Strich. Seine gesamte Haltung spiegelte Enttäuschung wider.

»Es ist nicht, wie es aussieht.« Schon während sie es aussprach, klang es so aufgesetzt, dass sie es am liebsten zurückgenommen hätte.

»Hat er dich bedrängt?« Die Worte kamen wie ein Knurren aus Fabios Mund. Seine Hände waren zu Fäusten geballt.

War er etwa eifersüchtig? Allegra wagte es nicht, sich darüber zu freuen. Lucas Freund konnte fliegen, wer wusste schon, was die anderen konnten? Alessandro zum Beispiel. Als sie an ihn dachte, machte sie sich sofort Sorgen um Jen. Dabei wollte sie doch nur Fabio dazu bringen, sich nicht einzumischen, weil sie Angst um ihn hatte. Er war viel zu freundlich und unbedarft. Und was Jen anging ... Da musste sich Allegra etwas einfallen lassen.

»Nein, er hat mir nichts getan«, sagte sie. »Wir haben uns für morgen verabredet.«

Fabios Reaktion auf diese Nachricht traf sie wie ein Schlag in den Magen. Die Enttäuschung war greifbarer als jemals zuvor, seine violetten Augen hatten den Glanz verloren.

»Wie du meinst«, sagte er und presste die Zähne zusammen, dass die Muskulatur hervortrat. Verbitterung lag in seiner Stimme, als er fortfuhr: »Ich geh dann mal.«

Allegra nickte – enttäuscht und gleichzeitig erleichtert, nichts mehr vorspielen zu müssen. »Bis morgen.«

Sie schloss hinter ihm ab und ging nach oben ins Badezimmer. Selbst die Hitze, die sie über ihren Körper regnen ließ, konnte die Kälte, die die Gedanken an den späten Abend hervorriefen, nicht vertreiben. Sie musste mit jemandem darüber reden – doch jeder, den sie hineinzog, konnte in Gefahr geraten. Jen steckte schon viel zu tief drin. Aber vielleicht konnte sie ihr weitere Informationen liefern. Sie schnappte sicherlich nebenbei so einiges auf, hoffte Allegra. Schnell schrieb sie Jen eine Nachricht, doch die antwortete nicht.

Die SMS von Luca – der Link zum Video und die Unterschrift L. war nach wie vor in ihrem Posteingang. Hatte sie sie nicht gelöscht? Einem Gefühl folgend drückte Allegra auf ›Antwort‹ und wollte Luca etwas Unverfängliches schreiben – dass sie sich auf das nächste Treffen freute oder was auch immer. Aber das erschien ihr dann doch zu falsch und sie beendete die Nachrichtenapp.

Sie musste herausfinden, was die Jungs wollten. Erst dann konnte sie etwas unternehmen und ihrer besten Freundin da heraushelfen. Sie war in etwas hineingeraten, das an eine Fantasy-Geschichte erinnerte, und Allegra musste wissen, warum.

Über diese Gedanken grübelnd fiel sie in einen unruhigen Schlaf.

5. SZENE

Allegra ging gerade über den Marktplatz, als die entfernte Kirchturmuhr zehn Mal schlug. Bald würde ihre Schicht beginnen. Sie hatte für Maria noch ein paar Kräuter zum Kochen besorgen müssen, die es im Großmarkt am frühen Morgen nicht gegeben hatte.

Sie beschleunigte ihre Schritte und kam an der modernen Skulptur vorbei, die am Rand des Platzes stand. Wenn die Sonne schien, funkelte sie regelrecht, wirkte lebendig. Aber bei dem grauen Wetter heute sah sie nur nach dem toten Gestein aus, aus dem sie gefertigt war. Wie immer, seit sie einmal beinahe von einem Skateboarder angefahren worden war, ging sie langsamer und schaute vorsichtig um die Skulptur herum.

Sofort zuckte sie zurück. Auf der anderen Seite stand Alessandro. Doch Allegras Neugierde siegte, als sie erkannte, dass er sich mit jemandem wild gestikulierend unterhielt, den sie nicht sehen konnte. Luca vielleicht? Konnte Allegra auch ohne Jen an Informationen kommen?

Sie versuchte angestrengt, etwas zu verstehen, der Lärm der Stadt übertönte jedoch nahezu jedes Wort. Lediglich einzelne Fetzen wurden vom Wind zu ihr getragen. Sie drängte sich näher an die Skulptur, hing dem stilisierten Menschen schon beinahe am Arm, da räusperte sich jemand hinter ihr. Sie fuhr zusammen und sah sich schuldbewusst um. Vor ihr stand ein älterer Herr mit Brille, der die Nase gerümpft hatte. Während er kopfschüttelnd davonging, schimpfte er auf die ›heutige Jugend‹. Sobald er außer Sicht war, schob sich Allegra wieder in ihre vorherige Position.

»Was tust du da?«, fragte Alessandro und musterte Allegra aus zusammengekniffenen Augen.

»Ähm …« Wenn man einmal eine Ausrede brauchte, war keine greifbar. Sie schaute daher nur betroffen zu Boden und zuckte mit den Schultern.

»Was hast du gehört?«

»Nichts«, gab sie zu und sah Alessandro wieder an, der den Mund verzog und kurz überlegte.

»Hätte mich auch gewundert«, sagte er dann. »Denn wir haben uns gar nicht unterhalten.« Nun grinste er spitzbübisch und Allegra konnte nicht anders, als zu lächeln. Sie fühlte sich plötzlich fantastisch und konnte gar nicht verstehen, dass sie kurz zuvor noch so skeptisch gewesen war.

»Ich muss dann mal weiter«, verabschiedete sie sich von Alessandro, als hätte sie sich kurz mit einem Freund getroffen. Er nickte ihr zu und sie ging davon. Je mehr Schritte sie sich von ihm entfernte, desto seltsamer kam ihr das Gespräch vor – und diese gute Laune, die sie überrollt hatte wie aus dem Nichts ... Irritiert schüttelte sie den Kopf und steuerte auf den Hinterhof des ›Da Casari‹ zu.

Wir alle können etwas. Geschenke an die Erben, hallten Lucas Worte in ihrem Kopf wider und plötzlich fielen einige Puzzleteile an ihren Platz.

***

Allegra schrak aus dem Schlaf hoch. Sie hielt den letzten Gedanken ganz fest, wiederholte ihn immer und immer wieder, damit er ihr nicht entglitt: *Alessandro kann Gefühle beeinflussen.* Endlich machte die Ruhe, die sie so oft verspürt hatte, Sinn. Sie dachte an die Geräusche an jenem Morgen, an dem sie zum ersten Mal mit diesem fremden Gefühl aufgewacht war. War er im Hinterhof gewesen? Sie erschauderte bei dem Gedanken.

»Allegra, bist du wach?«, rief ihre Mutter aus dem Flur.

Hätte sie wirklich noch geschlafen, wäre sie spätestens nach dieser Frage wach gewesen. »Ja, *Mamma.*« Sie streckte sich, gähnte ausgiebig und öffnete langsam die Augen. Vor ihrem Fenster gab es nur Grau in Grau. Allegra seufzte. Der Herbst kündigte sich langsam an. Irgendwann musste der Sommer ja vorbei sein.

Sie griff im Schrank nach den erstbesten Klamotten und ging ins Badezimmer. Beim Verlassen ihres Zimmers warf sie im Vorbeigehen einen Blick in den großen Spiegel und hatte ein Déjà-vu: Genau diese Kleidung hatte sie in ihrem Traum getragen.

Während sie frühstückte, schlich Maria ungeduldig um sie herum.

»Was ist denn los?«, fragte Allegra zwischen einem Schluck Kaffee und dem nächsten Löffel Müsli.

»Du musst noch kurz einkaufen gehen.« Sie reichte ihr einen Zettel mit verschiedenen Kräutern. »Die sind im Großmarkt schon weg oder noch nicht eingeräumt gewesen.« Maria verdrehte die Augen.

In Allegras Kopf hingegen arbeitete es auf Hochtouren.

Kurz vor zehn Uhr verließ sie den kleinen Laden, der von einem Bauernhof in der Gegend beliefert wurde. Die Tasche baumelte in ihrer Armbeuge. *Wie in meinem Traum,* erinnerte sich Allegra. Der nächste Gedanke fühlte sich seltsam an, formte sich jedoch immer weiter zu einer Idee. Der Tag war genauso verlaufen, wie sie ihn geträumt hatte. Doch bislang konnte es Zufall gewesen sein. Doch was, wenn Alessandro tatsächlich gleich um zehn Uhr bei der Skulptur stehen würde? Wäre das nicht Beweis genug, dass etwas vor sich ging – unabhängig von allem anderen, der Sache mit Luca und Fabio, dem fliegenden Mattia …

Allegra ließ sich nicht viel Zeit zu entscheiden und eilte los. Sie würde von der Seite, aus der sie im Traum gekommen war, nichts hören können. Aber vielleicht bot sich ihr an der Hausecke, wo die Skulptur stand, eine bessere Möglichkeit?

Es dauerte nicht lange, da hatte sie die paar Häuser der Altstadt über Hinterhöfe umrundet und wagte sich mit klopfendem Herzen näher an die Hausecke. Wenn ihr Traum Recht behielt, dann würden direkt um diese Ecke Alessandro und sein Gesprächspartner stehen. Sie wagte nicht, nachzusehen und lauschte angestrengt. Durch die Geräuschkulisse klangen die Stimmen fremd und verzerrt. Sie konnte nicht mit Sicherheit sagen, wer da sprach.

»Der Plan hätte funktionieren können«, sagte eine Stimme barsch. Sie könnte Alessandro gehören, aber Allegra hatte bisher nicht oft genug mit ihm gesprochen, um ihn zweifelsfrei zu identifizieren.

»Du unterschätzt ihn, Capulet. Wie immer.« Allegra hörte, wie eine Person gegen die Skulptur schlug. Ein dumpfer Klang ertönte.

»Was sollen wir tun? Uns läuft die Zeit davon. Es sind nur noch wenige Tage, bis das Ultimatum vorbei ist – und er versucht, sie hinzuhalten.«

»Und von mir abzulenken«, kam knurrend zur Antwort.

»Du musst dich mehr anstrengen.«

»Du hast sie ihm doch in die Arme getrieben!«

Wer sprach dort mit Alessandro? War das Luca?

»Wer kann denn schon ahnen, dass sie *so* darauf reagieren würde? Ab dem Moment, in dem ich erkannt habe, wer er ist, habe ich ihm falsche Ratschläge erteilt. Ich hätte …« Eine kurze Pause entstand, Alessandro rang nach Worten. »Ich hätte niemals gedacht, dass sich wirklich jemand davon angezogen fühlen könnte. Bisher habe ich solche Erzählungen für einen Witz gehalten. Aber deine Masche scheint anzukommen, nur die Götter wissen, warum.«

»Du bist jung, Alessandro. Du weißt vieles nicht.«

Eine Welle der Wut überrollte Allegra. Sie musste sich zusammenreißen, um nicht auf die Hauswand einzuschlagen. Sie atmete tief durch. War das Alessandros Werk? Fühlte es sich so echt und gleichzeitig so falsch an?

»Nur weil der Fluch beendet ist, heißt das nicht, dass ich dich mögen muss, Montague«, spuckte Alessandro aus. Sprach er etwa mit Luca? Die Stimme hatte irgendwie anderes geklungen. Er sagte noch etwas hinterher, doch die Kirchturmuhr dröhnte los.

Angestrengt versuchte Allegra, mehr zu hören, aber es war unmöglich. Selbst als das Läuten verhallte, verstand sie nur noch Wortfetzen.

»Ist ja gut, ich werde es versuchen. Probier du es weiterhin mit deinem Plan. Ich habe schon oft gehört, dass du sehr gut darin bist, Frauen zu vergraulen.«

Allegra hörte einen dumpfen Schlag.

»Au!«, setzte eine Stimme hinzu, dann wurde es ruhig.

Hinter Allegra raschelte etwas und sie fuhr herum. Irritiert darüber, nichts zu sehen, schüttelte sie den Kopf und wagte es, um die Ecke zu spähen. Sie musste wissen, wer diese andere Person war. Sie holte noch einmal kurz Luft und trat nach vorne. Erwartungsvoll drehte sie den Kopf – doch da war niemand. Verwundert ging sie um die Skulptur herum.

»Was tust du da?«, fragte Alessandro, der wie in ihrem Traum hinter ihr aufgetaucht war.

»Ähm …« Okay, die mangelnde Schlagfertigkeit war wohl leider nicht nur im Traum Thema.

»Was hast du gehört?«, fragte Alessandro weiter.

»Nichts.«

»Hätte mich auch gewundert«, sagte er dann. »Denn wir haben uns gar nicht unterhalten«, log er und grinste dabei überzeugend, während eine Welle der Zufriedenheit von ihm ausging.

Allegra verstand nun, wie sie seine Manipulation von ihren eigenen Emotionen unterscheiden konnte – das Gefühl schien nicht aus ihrem Inneren zu kommen, sondern fühlte sich an, als würde sie es für eine Theateraufführung oder so interpretieren. Dennoch spielte sie erst einmal mit. »Ich muss dann mal weiter«, verabschiedete sie sich und im Umdrehen sah sie, wie er zufrieden lächelte. Dann machte sie jedoch wieder kehrt: »Mit wem hast du gesprochen?«, fragte sie direkt. »Du kannst mich nicht mehr beeinflussen.«

»Woher weißt du …« Er sah so verdutzt aus, dass es schon fast niedlich war. Ganz gleich, was Allegra in seiner Abwesenheit über ihn dachte, ihm direkt gegenüber hatte sie das irrationale Gefühl, ihn beschützen zu müssen.

»Sag mir, wer das war, und sag mir, was ihr von mir und Jen wollt.« Allegras Stimme klang eiskalt. Sie fühlte sich zu allem bereit, um ihre Freundin zu beschützen.

»Das kann ich nicht.« Alessandro senkte den Blick.

»Dann werde ich jetzt sofort mit Jen sprechen. Mit euch stimmt etwas nicht und sie ist in Gefahr.« Allegra wollte sich abwenden, doch Alessandro tat einen Satz nach vorne und hielt sie fest.

»Ich schütze sie, so gut es geht, Allegra. Ich würde es mir nie verzeihen, wenn ihr etwas passiert. Nicht nachdem …« er bewegte die Lippen, doch es kam nichts heraus. Er schlug mit der Faust in die Handfläche der anderen Hand. *»Merda!«*

»Was ist los?« Allegra musterte ihn argwöhnisch.

»Ich kann nicht darüber sprechen.« Niedergeschlagenheit drang aus seiner Richtung auf sie ein. »Aber du musst mir glauben, dass ich Jen wirklich liebe.« Eine neue Gefühlswelle überrollte Allegra und sie hätte am liebsten geseufzt oder Herzchen in Hefte gemalt. Das pure Gefühl von aufrichtigem ersten Verliebtsein.

»Du musst nur … erkennen«, fügte er hinzu. Er hatte offensichtlich große Mühe, die Worte hervorzubringen.

»Was erkennen?«

»*Amor salvatus*«, presste er hervor.

»Die Nachrichten sind von dir!«, fuhr Allegra ihn an. »Sie machen mich seit Tagen verrückt! Ich wusste, dass du dahintersteckst. Du oder Luca. Ich habe es Jen gesagt, aber die hat dich natürlich in Schutz genommen. Ich werde es ihr erzählen.«

Alessandro schüttelte heftig den Kopf. »Nein! Sie sind von …« Nun schüttelte ihn der Husten, genau wie Mattia.

Allegra wurde von Panik überrollt. Der Panik, zu ersticken. Alessandro rang nach Luft und Allegra hatte Mühe, seine Gefühle von ihren zu trennen. Vorsichtig trat sie neben ihn und schlug ihm auf den Rücken. Schlimmer werden konnte es ja nicht.

»He!«, keuchte er, doch der Husten beruhigte sich. Dann änderte sich plötzlich seine Mimik und die dunklen Augen leuchteten auf. Er kramte in seiner Hosentasche, ehe er ein kleines Schächtelchen hervorzog. »Das soll ich dir geben. Es ist vielleicht die einzige Chance …«, murmelte er vor sich hin, ließ das Ende des Satzes jedoch offen.

»Was?« Sie weigerte sich, das kleine Kästchen an sich zu nehmen.

Alessandro öffnete den Mund und schüttelte niedergeschlagen den Kopf, als wieder einmal nichts herauskam.

Aber nachdem Allegra die Begegnung mit einem fliegenden Jungen überlebt hatte – warum sollte sie da verwundert sein, dass jemand über manche Dinge nicht sprechen konnte? Das entfachte ihre Neugierde gleich viel mehr. Sie setzte eben zu einer weiteren Frage an, als sich jemand hinter ihr bemerkbar machte. Sofort bekam sie eine Gänsehaut und Alessandro wurde kreidebleich.

Schnell hob er ihre Hand, drückte das Kästchen hinein und schloss Allegras Finger darum. Sein Blick sagte: »Kein Wort darüber!«

»Was tut ihr denn hier?«, fragte Luca, der wieder zurückgekommen sein musste und in diesem Moment neben Allegra trat. Seine eisblauen Augen brannten sich in ihre und für einen winzigen Moment überlegte sie, ihre Lüge wahrwerden zu lassen und sich wirklich auf ihn einzulassen. Sie sah es praktisch vor sich. Er und sie, gemeinsam.

Alessandro stieß sie von der Seite an. »Wir haben uns zufällig getroffen. Allegra kommt gerade vom Einkaufen.«

Luca bot an sie zum Restaurant zu begleiten und Allegra konnte schlecht Nein sagen. Sie verabschiedeten sich von Alessandro, der alles andere als begeistert aussah. Er formte irgendwas mit seinen Lippen, als sie sich noch einmal zu ihm umwandte, doch sie hatte keine Ahnung, was er ihr sagen wollte. Nur seine Sorge spülte über sie hinweg und sie drängte sie mit aller Mühe beiseite.

Während sie nebeneinander hergingen, spielte sie mit dem kleinen Kästchen, das sie sofort in die Tasche ihrer dünnen Jacke gesteckt hatte. Sie war nun doch neugierig, nachdem Alessandro so ein Geheimnis darum gemacht hatte, und brannte darauf, zuhause nachzuschauen, was es enthielt. Ihre Finger tasteten die geriffelte Oberfläche ab, und ehe sie sich versah, öffnete es sich und sie spürte, wie etwas herausfiel. Sie ließ das Kästchen los, tastete darunter nach dem Gegenstand. Sie fühlte kaltes Metall, etwas Rundes? Die Fingerspitzen glitten weiter, vor ihrem inneren Auge entstand ein Bild: das eines Ringes mit einer Blume darauf. Derselbe Ring, den Alessandro trug?

»Bist du zufrieden, Allegra?« Luca blieb stehen und zwang auch sie zum Anhalten.

»Ich denke schon«, gab sie nicht völlig überzeugend von sich.

Er nahm ihre Hand und zog Allegra etwas näher zu sich. Schnell nahm sie die andere aus der Tasche. Sie standen sich nun direkt gegenüber und sie konnte nicht anders, als in seinen Augen zu versinken. Es war wie Hypnose. Ein ultimativ positives Gefühl rauschte durch Allegra hindurch. Es glich nicht der Beeinflussung durch Alessandro, es war mächtiger, realer. Es musste an Luca liegen. Die Wärme seiner Hand beruhigte sie, gab ihr ein Gefühl des Nachhausekommens. Es war richtig.

»Ich möchte, dass du glücklich bist, dass du dich erinnerst.« Sein Blick durchdrang sie und sie spürte eine Gänsehaut am ganzen Körper. Bryan Adams Song schwebte durch ihren Kopf. Und dieses Mal glaubte sie zu verstehen, was Luca meinte: Sie sah, was sie ihm bedeutete, und sie wusste, dass er einen Platz in ihrem Herzen und ihrer Seele hatte, so kitschig das auch klingen mochte.

Pulsierende Wärme ging von seiner Hand aus, die ihre immer noch sanft festhielt und deren Griff doch so fest war, als wollte er sie nie mehr loslassen. Allegra spürte die Verbindung zwischen ihnen mit jeder Faser ihres Körpers. Die Stimme, die ihr zuflüsterte, sie solle aufpassen, die unzähligen Warnungen nicht ignorieren, wurde immer leiser.

Es fühlte sich einfach alles richtig an. Die stets wiederkehrenden Träume rauschten durch ihren Kopf. Während sich ihr Oberkörper wie von selbst Luca entgegenstreckte, verknotete sich ihr Magen immer weiter. Luca nahm auch ihre zweite Hand und die benebelnde Wärme drang nun von zwei Seiten auf sie ein.

»Ich liebe dich, Allegra. Ich habe dich vom ersten Moment an geliebt.« Allegra nahm die Worte kaum wahr, dachte nicht über Sinn oder Unsinn dieser Liebeserklärung aus heiterem Himmel nach. Gefangen von seinen Augen und seiner Gegenwart war sie nicht in der Lage dazu und nur ein einzelner Gedanke kristallisierte sich beim Blick in die so bekannten Augen heraus: ein letzter Kuss.

Ihre Lippen näherten sich seinen und überwanden die letzte Distanz. Der Kuss glich einer Berührung von Schmetterlingsflügeln, dennoch spürte Allegra die eisige Kälte, die von Lucas Lippen ausging und sich rasant in ihrem Inneren ausbreitete.

Falsch!, brüllte die Stimme in ihrem Kopf so laut, dass sie zurückzuckte. Ihr gesamter Körper verkrampfte sich und ein Schmerz breitete sich in ihrer Brust aus, als hätte man ihr das Herz bei lebendigem Leib herausgerissen. Sie krümmte sich, glitt wie in Zeitlupe zu Boden und erkannte nur unter flatternden Lidern, dass Luca lachte.

Ehe der Schmerz sie überwältigte, sah sie gerade noch, wie seine Gestalt kurz schimmerte und dann verschwunden war. Nur das grausame Lachen hallte noch in Allegras Ohren.

6. SZENE

»Verdammt, Allegra!«

Die Stimme kam ihr vage bekannt vor. Sie versuchte benommen, die Augen zu öffnen. Doch noch ehe sie Erfolg hatte, stürzte das Erlebte über ihr zusammen und erdrückte sie. Sie hatte Luca Montague geküsst! Aber der Kuss war nicht das, wonach sie sich gesehnt hatte. Es hatte sich so falsch angefühlt.

»Allegra!« Jemand tätschelte ihre Wange. Im nächsten Moment rollte eine große Welle der Zufriedenheit über sie hinweg.

»Alessandro?«, fragte sie benommen und blinzelte mehrmals. Sie sah ihn vor dem grauen Himmel, seine Haare hingen ihm ins Gesicht. Er kniete neben ihr, mitten auf dem Marktplatz – niemand anderes schien sie zu bemerken.

»Was ist passiert?« Seine Lippen waren zusammengepresst, als kenne er die Antwort bereits.

Sie stützte sich auf die Hände und richtete ihren Oberkörper langsam auf. Die Tragetasche mit den Kräutern für ihre Mutter hing noch an ihrem Arm. Sie zog die Schlaufe über die Schulter. Alessandro machte ihr Platz. »Ich habe Luca geküsst.«

Alessandros sah aus, als hätten sich seine schlimmsten Befürchtungen bewahrheitet – er nickte langsam und in seinen Augen glitzerte es verdächtig.

»Erzählst du mir jetzt endlich, was los ist?«

»Das brauche ich nicht mehr.« Seine Stimme klang gebrochen. »Es ist vorbei.« Er richtete sich auf und machte Anstalten davonzugehen.

Doch Allegra brauchte die Antworten. Sie sprang ebenfalls auf. Zu schnell. Ihr wurde kurz schwarz vor Augen und sie taumelte.

Alessandro stützte sie. Seine Wangen glänzten, als er sie vorwurfsvoll anstarrte. »Hast du den Ring noch?«, wollte er wissen. »Das Kästchen, das ich dir gegeben habe«, fügte er hinzu.

Allegra nickte und ließ die Hand in die Jackentasche gleiten. Sie spürte das kühle Metall und zog den Ring heraus, hielt ihn zwischen Daumen und Zeigefinger und sah ihn an. Er war wunderschön, die stilisierte Rose darauf schien zu glänzen, obwohl es gar kein Licht gab, das sie reflektieren konnte.

»Es war eine blöde Idee des Padre, dir den Ring zu geben. Nur deshalb hat der Dunkle so überstürzt gehandelt und dich beeinflusst. Verdammt, ich hätte es wissen müssen, dass wir ihn nicht austricksen können. Luca hat es noch gesagt, aber ich ... Verdammt!«

Allegra konnte seinen Worten nicht folgen und sah ihn an, als hätte er den Verstand verloren. Vielleicht hatte er das ja? »Du hast doch mit Luca gesprochen, als ich euch belauscht habe, oder?«, versuchte sie zu verstehen.

»Ja. Nein, nicht mit *diesem* Luca.« Er deutete vage von ihr zu einer leeren Stelle neben sich.

Darauf wusste Allegra nichts zu sagen und schaute ihn nur verständnislos an.

»Zieh den Ring an, dann werden deine Erinnerungen zurückkehren«, flüsterte Alessandro. »Aber besser nicht hier.« Er holte tief Luft, legte eine Hand an ihren Rücken und schob sie vorwärts. Nebenbei murmelte er etwas von »Wieso immer ich?«, aber Allegra konnte sich auch getäuscht haben.

Sie bogen in die Gasse ein, die zum ›Da Casari‹ führte. Alessandro hielt an einem Hauseingang, mehrere Stufen innerhalb des Gebäudes führten zu einer Tür.

»Setz dich«, forderte er sie auf, und als sie nicht reagierte, drückte er sie auf den kalten Stein. »Und jetzt zieh den Ring an.«

Allegra betrachtete den Ring noch einmal kritisch, sah von ihm zu Alessandro. Als er auffordernd nickte, ließ sie den Ring über ihren Ringfinger gleiten. Sie keuchte erschrocken auf, als die Bilder auf sie einströmten und all ihr bisheriges Wissen über Romeo und Julia veränderten.

Sie sah sich und Jen, wie sie gemeinsam zu einem Wochenendausflug an den Gardasee aufbrachen, erkannte Alessandro, wie er anfangs mit ihnen flirtete, erinnerte sich an ihr erstes Zusammentreffen mit Luca Montague, dem Jungen ihrer Träume. Erneut befand sie sich auf dem Maskenball in

Malcesine, lernte ihren Romeo kennen. Luca, der nur aufgrund des Eingreifens von Bruder Lorenzo unerkannt zum Ball gekommen war.

Instinktiv wanderten ihre Finger zu ihrem Mund, als sie an den ersten gestohlenen Kuss im Garten des *Castello Scaligero* dachte und an die wenigen privaten Momente. Sie sah sich gegen Monster kämpfen – für ihre Liebe und Luca auf dem Marktplatz von Limone stehen. Unwissend, dass der Fluch gebrochen war. Sie schrie auf, als er sich den Granatapfelkern in den Mund legte und zusammenbrach. Tränen rollten über ihre Wangen, während sie sich an den letzten Kuss erinnerte, bereit, gemeinsam mit ihrer Liebe zu sterben.

Alessandro fuhr ihr beruhigend über den Rücken, als seine Gefühlsbeeinflussung an ihr wirkungslos abprallte. Allegra schniefte, holte stockend Luft. Etwas schnürte sie ein, sie war kaum in der Lage zu atmen. Der Schmerz war so allgegenwärtig, dass ihr schwindelig wurde.

»Warum bin ich hier? Ich müsste …«

Tot sein, vollendete sie den Satz in Gedanken. »Ich war bereit zu sterben, ich bin gestorben.« *Ich wollte nicht in einer Welt leben, in der Luca nicht existierte.* Nun verstand sie, warum Luca ihr das Lied von Bryan Adams geschickt hatte. Sie erkannte alles klar und deutlich.

Luca.

Ihr Herz verkrampfte sich. »Wo ist Luca?«, brachte sie unter weiteren Schluchzern hervor.

Alessandro blickte betroffen zu Boden.

»Antworte doch!«, schrie sie beinahe hysterisch.

»Die Prüfung, eure zweite Chance, war nicht erfolgreich. *Agnosce amorem* – erkenne die Liebe«, flüsterte Alessandro.

»Nein, nein, das kann nicht sein, ich …«

Doch ehe sie aussprechen konnte, dass sie Luca, seine eisblauen Augen, erkannt hatte, wusste sie, dass sie falsch lag. Sie hatte ihre Liebe erkannt und hatte sich von dem falschen Luca blenden lassen.

»Fabio«, flüsterte sie und Alessandro nickte.

Allegra sprang auf, wischte sich kurz über die Augen und rannte zum Restaurant. Hinter sich hörte sie Alessandros Schritte, die Tasche mit Marias

Kräutern baumelte an ihrer Seite. Sie steuerte auf das ›Da Casari‹ zu, als sich eben die Tür öffnete.

Maria sah sich suchend um. »Da bist du ja!«, rief sie ihr entgegen. »Wo warst du so lange? Ich musste das Restaurant alleine vorbereiten, Fabio ist nicht aufgetaucht und …« Sie brach ab, als sie einen Blick in Allegras Gesicht warf, die nun bei ihr angekommen war. Maria wurde kreidebleich. »Was ist passiert?«, flüsterte sie nur und Allegra kamen weitere Tränen.

»Fabio«, brachte sie hervor.

»Wir sollten drinnen weiterreden«, sagte Alessandro, der nun ebenfalls beim Restaurant angekommen war.

»Wer bist du?«, fragte Maria verwirrt.

»Es ist okay, *Mamma*«, sagte Allegra und die drei gingen in den Gastraum.

Als wüsste sie, dass es nötig sein würde, drehte Maria den Schlüssel im Schloss, ehe sie Allegra folgte und sich zu ihr und Alessandro an einen der Tische setzte.

»Sie sind Maria Casari«, stellte Alessandro fest und Maria nickte. Ihre Stirn hatte sich in Falten gelegt und sie starrte Alessandro skeptisch an. »Mein Name ist Alessandro Capulet. Wir haben einen gemeinsamen Bekannten: Lorenzo.«

Maria riss ihre Hände zum Mund und schüttelte den Kopf. »Ihr könnt sie mir nicht wegnehmen!«, rief sie. »Wir haben mit alldem nichts zu tun. Sie ist hier sicher!«

»Es ist zu spät, *Mamma.*« Weitere Tränen sammelten sich auf Allegras Wangen und sie erzählte in Kurzform, was sie durch den Ring wieder erfahren hatte. Maria wurde immer bleicher. Als Allegra damit endete, wie sie sich selbst getötet hatte, war ihr Gesicht von Schmerz gezeichnet.

»Beim Herrn!«, flüsterte Maria, rückte näher zu Allegra und nahm ihre Hand. »Lorenzo hat mir nie gesagt, warum ich dich mitnehmen sollte, warum wir fliehen mussten. Und ich habe es nie infrage gestellt. Er ist ein Mann Gottes.« Maria bekreuzigte sich.

»Die Rolle spielt er schon ziemlich lange«, kommentierte Alessandro, was ihm einen finsteren Blick von Allegra einbrachte.

»Wo ist Luca?«, fragte Allegra ihren kleinen Bruder noch einmal. »Was ist passiert, nachdem wir …«

»Der Fluch ist gebrochen. Lorenzo hat euch in den *Palazzo dei Capitani* gebracht und die Familien zusammengerufen. Er sprach sich dafür aus, dass wir euch in der Unterwelt suchen sollten, doch meine Mutter – unsere Mutter –, sowie auch Lucas Vater haben den Vorschlag abgelehnt. Sie hielten es beide für Schicksal, dass der Fluch durch ein letztes Opfer gebrochen wurde.« Er schnaubte. »Lorenzo hingegen rief uns zusammen, mich, Ben und Daniele, Lucas Leute, Mattia und Paolo, und stellte uns seinen Plan vor. Er hat bei Jupiter persönlich vorgesprochen, Allegra. Dort verwies man ihn an Pluto, der euch bereits in seiner Unterwelt willkommen geheißen hat.

Pluto war nicht bereit, euch freizugeben, oder höchstens eine von euch. Doch Lorenzo gab nicht auf und wandte sich an den Dunklen, um einen neuen Handel zu vereinbaren. Vor Jupiters Gericht wurde beschlossen, dass ihr eine zweite Chance erhalten sollt. Venus spielt gerne und Pluto war gewillt, eure Seelen auf Zeit zu entlassen. An deinem zwanzigsten Geburtstag wärt ihr zurückgekehrt – es sei denn, Luca hätte es geschafft, dich von sich und der Liebe zu überzeugen.« Alessandro strich sich eine Strähne aus dem Gesicht.

»Am nächsten Morgen stand der Plan und nur wir wussten von der alternativen Realität, die Jupiter gesponnen hatte. Ich wollte umgehend Jen besuchen, doch sie war bei einem ›Job‹«, er spuckte das Wort aus, »und ich konnte nicht eher hier sein. Als Luca dann auf der Party ankam, habe ich gespürt, dass etwas nicht stimmt.« Er schüttelte den Kopf. »Aber hey, ich wurde mein Leben lang darauf getrimmt, ihn nicht zu mögen!«, entschuldigte er sich wild gestikulierend. »Ich dachte, nur deshalb spüre ich diese Antipathie. Außerdem war ich mir so sicher, dass der Dunkle versucht hat, dich in Fabios Gestalt rumzukriegen.«

Allegra konnte nichts dazu sagen, der Schmerz war so überwältigend, dass sie alles andere nur wie in Trance mitbekam.

»Verdammt, ich hätte wissen müssen, dass der Dunkle die Gestalt von Luca annehmen würde, dass Venus nicht mit offenen Karten spielt. Sie hat uns alle getäuscht! Als ich bemerkt habe, wer *Luca* wirklich ist, habe ich die

Jungs nach Deutschland geholt. Wir haben Luca eingeredet, wie er dich von sich überzeugen könnte, nur du …«

»Ich habe mitgespielt, weil ich Angst um Jen und Fabio hatte«, flüsterte Allegra. »Weil ihr so seltsam wart.« Sie sah Alessandro direkt an.

»Wir waren nicht in der Lage, etwas zu verraten. Du hast es ja mitbekommen. Ein göttliches Verbot schlägt auch durch, wenn keiner der Götter zusieht.« Er verzog das Gesicht. »Wir haben versucht, dich zu warnen. Lorenzo hat es versucht. Er wollte, dass du dich wieder erinnerst.«

»Die lateinischen Nachrichten waren von ihm«, stellte Allegra fest.

»Ja. Ich habe ihm geschrieben, dass es falsch ankommen könnte, aber er war sich sicher, dass die lateinischen Sprüche dein Gedächtnis ein Stück weit wiederherstellen würden.«

»Sie haben mir Angst eingejagt«, gab Allegra zu.

Alessandro nickte wissend.

»Wo ist Luca jetzt?«, wiederholte Allegra erneut die Frage, die sie am meisten interessierte.

»Er ist zu Pluto in die Unterwelt zurückgekehrt.«

»Nein!«, schrie Allegra und sprang auf. »Der Dunkle … Venus hat ein falsches Spiel gespielt, mich beeinflusst, ich hatte mich für Fabio entschieden!« Sie sprang auf.

Alessandro verzog resigniert den Mund.

Aber Allegra würde nicht aufgeben. »Wir fahren jetzt sofort nach Malcesine und sprechen mit Lorenzo.«

Neues Leben kam in Alessandro und sie sah Hoffnung in seinen Augen aufblitzen.

»Ich wäre nicht die Erste, die jemanden aus der Unterwelt zurückholt. Ich werde mich nicht von den Göttern unterkriegen lassen.«

»Ich rufe die Jungs zusammen.« Alessandro sprang so eifrig auf, dass der Stuhl umkippte. Schuldbewusst stellte er ihn wieder auf und tätschelte ihn beinahe liebevoll.

Maria stand ebenfalls auf und drückte Allegra an sich. »Du bist die Tochter, die ich verlorengeglaubt hatte, und ich habe dich immer geliebt wie mein eigenes Fleisch und Blut. Ich wünsche dir, dass du deine Liebe wiederfindest, und hoffe, dass du heil zu mir zurückkehrst.« Sie zog ihre Kette über den Kopf und reichte sie Allegra. In ihrer Handfläche lag ein gläsernes Herz, eine Art Phiole mit einer schimmernden Substanz darin. »Das habe ich zur Verwahrung bekommen, solltest du jemals Heilung brauchen.«

»Venus' Heilzauber?«, fragte Allegra erstaunt, als sie den Inhalt der Phiole zu erkennen glaubte. Sie zu besorgen war Teil ihrer Prüfung gewesen. »Woher …?«

»Du hast es getragen, als ich mit dir nach Deutschland gekommen bin. Ich wusste beim ersten Blick, dass es eines Tages die Lösung sein würde.« Sie schüttelte den Kopf, vermutlich wusste sie selbst, wie verrückt ihre Worte klangen. Aber was war schon verrückt in Anbetracht dieser Situation? Maria ließ das Herz in Allegras Hand fallen.

Die schloss die Finger darum und überlegte kurz. »Ich werde es nicht brauchen, *Mamma*.« Sie wollte die Phiole bereits zurückgeben, doch Maria zog ihre Hand zurück und schüttelte den Kopf.

»Trag sie und vergiss nie, wofür du kämpfst«, sagte Maria entschlossen.

Allegra legte die Kette um. Das gläserne Herz fühlte sich eiskalt auf ihrer Haut an. Eine Warnung. Eine Ermahnung. Sie wusste, wofür sie kämpfte. Sie musste siegreich sein, um niemals von diesem Zauber Gebrauch zu machen. Sie würde Venus die Stirn bieten, wie einst ihre Vorfahrin Psyche. Und sie würde ebenso siegreich sein.

IV. AKT

1. SZENE

Die Sonne schien Allegra zu verhöhnen. Sie strahlte über dem Lago di Garda und ließ den Monte Baldo am gegenüberliegenden Ufer erstrahlen. Allegra stand auf dem Balkon und ließ ihren Blick über das wundervolle Panorama gleiten. Erinnerungen strömten auf sie ein, als sie hoch zum *Limonaia del Castèl* sah, den Zitrusgärten, die hoch über Limone thronten. Dann glitt ihr Blick zum Wald. Sie suchte nach der kleinen Aussichtsplattform, wo sie sich mit Luca getroffen hatte. Sie seufzte.

»Ich werde dich finden«, versprach sie in den Wind. Und erhielt eine gewisperte Antwort.

Sie verließ den Balkon und betrat wieder die Suite, die sie mit Jen bewohnt hatte. Alessandro hatte Jen überreden können zu Hause zu bleiben. In Sicherheit. Dort wollte auch Allegra ihre Freundin am liebsten wissen. Es war schwer gewesen, sie zu überzeugen, aber letztendlich hatte sie nachgegeben. Mit den Erinnerungen an all die Erlebnisse war natürlich auch wieder der Verrat aufgekommen, den Jen an Allegra begangen hatte. Doch Allegra hatte für sich entschieden, dass auch ihre beste Freundin nur auf die Intrigen des Dunklen hereingefallen war, und sie wollte die Freundschaft nicht aufgeben. Nicht aus einem Grund, den Jen nicht einmal kannte. Allegra und Alessandro hatten gemeinsam beschlossen, Jen aus wirklich allem herauszuhalten und ihr auch die wahre Geschichte über Romeo und Julia zu verschweigen. Daran würde sich Allegra halten.

Sie seufzte beim Gedanken an die jüngst so glückliche Jen. Ihre Freundin hatte das Glück der Liebe verdient. Und wer wusste schon, ob Allegra überhaupt zurückkehren würde? Wieso sollte sie Jen mit etwas belasten, das vielleicht niemals mehr eine Rolle spielen würde?

Allegras Blick fiel auf ihren Koffer, der unangetastet auf dem Tisch lag. Alessandro, Ben, Daniele, Mattia, Paolo und Allegra waren mitten in der

Nacht angekommen und alle fünf Jungs hatten auf Allegra eingeredet, dass sie um diese Zeit keine Fähre nach Malcesine finden würde. Auch ihr Wunsch, von Mattia ans andere Ufer des Gardasees geflogen zu werden, wurde einstimmig abgelehnt. Der Padre wäre vermutlich eh erst am nächsten Morgen erreichbar, vermuteten sie.

Daher hatte Allegra versucht zu schlafen – was ihr natürlich nicht gelungen war. Wie hätte sie schlafen können? Mit dem Wissen, das seit Stunden in ihrem Kopf herumgeisterte. Stets Lucas Bild vor Augen. Leblos. Tot.

Allegra fiel es schwer, an die Unterwelt zu glauben, an das Reich Plutos oder Hades'. Sie war selbst tot gewesen und doch erinnerte sie sich nicht an diese Zeit. Vielleicht war es jenes Nichts, das Trip, ihr ›Helfer‹ bei ihrer Prüfung der Liebe, erwähnt hatte. Ein Ort der Einsamkeit, die wahre Hölle. Und einen solchen Ort fürchtete sie. Wie sollte sie Luca dort finden? Wie sollte sie überhaupt in die Unterwelt gelangen? Sie bereute ihre Worte und ihre Entscheidung nicht, dass sie Luca retten wollte. Doch sie fragte sich, ob ihre Pläne nicht zu ehrgeizig für eine noch nicht einmal zwanzigjährige Frau waren.

Sie ging im Empfangsraum ihrer Suite auf und ab, packte ihren Koffer aus, verstaute ihn anschließend in dem riesengroßen Schrank in ihrem Schlafzimmer. Ihr Körper drängte sie dazu, sich zu bewegen. Sie konnte nicht ruhig sitzen und warten, bis Alessandro endlich kommen und sie abholen würde.

Rastlos ließ sie die Bilder ihrer Erinnerung vor ihrem inneren Auge vorüberziehen. Luca. Immer nur Luca. Nun war ihr klar, warum ihr Fabio so vertraut vorgekommen war, diese violetten Augen! Sie ähnelten denen von ›Romeo‹ auf dem Maskenball. Luca hatte Kontaktlinsen getragen, um sich vor dem Fluch zu schützen, der auf die Montagues und die Capulets gewirkt hatte, wenn sie einander begegneten.

Luca hatte als Fabio ebenfalls versucht, Allegras Erinnerungen aufzufrischen – das Vorsprechen für Romeo und Julia musste ein Fake gewesen sein. Fabio hatte sich genauso benommen, wie Allegra es sich von einem Jungen immer gewünscht hatte. Luca wusste das. Wusste, dass sie es hasste, auf ihr Aussehen reduziert zu werden, daher hatte Fabio es nie erwähnt.

Allegra ging gerade an dem zimmerhohen Spiegel vorbei und erkannte sich selbst kaum wieder. Sie war bleich, dennoch strahlte ihr Gesicht bei der Erinnerung an Luca/Fabio. Sie strahlte, wie sie es noch nie an sich gesehen hatte – selbst im Angesicht dieser Herausforderung. Und als solche sah es Allegra. Sie wollte nicht aussprechen, wollte nicht einmal daran denken, dass Luca ...

Es klopfte an der Tür. Mit zwei großen Schritten hatte Allegra die Klinke erreicht und drückte sie nach unten.

»Endlich«, sagte sie.

»Dir auch einen wundervollen guten Morgen, Schwesterherz.« Alessandro hatte hier im Castello scheinbar seine sarkastische Ader wieder gefunden.

»Guten Morgen. Können wir los?«

»Nicht so schnell. *Mamma* will dich sehen, ehe wir zum Padre gehen.«

Seit die Erinnerung zurückgekehrt war, hatte Allegra nicht ein einziges Mal an Federica, ihre leibliche Mutter, gedacht. Sie schämte sich dafür und nickte langsam.

»Dann komm.«

Alessandro zog sie hinter sich zur Suite hinaus. Allegra trug bereits ihre Schuhe, sie hatte startbereit sein wollen, sollte Alessandro auftauchen. Also hatte sie nur ihre Handtasche von dem Tischchen neben der Tür schnappen müssen.

»Wusste sie auch Bescheid?«, fragte Allegra, während sie den langen Flur entlanggingen, der zu den privaten Räumen der Familie Capulet führte, vorbei an den Zimmern der Angestellten.

Alessandro nickte, ehe er die Tür mit dem großen Rosenornament aufschloss, die den öffentlichen Teil der Etage vom privaten trennte. Federica und Lucas Vater waren dagegen, dass sie sich in die Sache einmischten, fiel Allegra wieder ein und Wut stieg in ihr auf. Ihr Bruder sah sofort zu ihr. Ihre Gefühle mussten wie eine Welle über ihn hinwegrauschen.

»Sie wollte mich nicht retten«, sagte Allegra tonlos.

Alessandro verzog das Gesicht, nickte dann jedoch. »Sie war schon immer ein Opfer des Fluches, ihre Schwester ...« Alessandro brauchte nicht weiterzusprechen. Allegra wusste, wie viele Tote es über Generationen hinweg in den Häusern Capulet und Montague gegeben hatte. Dennoch konnte sie ihre Wut nicht gänzlich hinunterschlucken.

»Sie hat mich aufgegeben. Das würde meine ...« Sie verkniff sich die bitteren Worte. Aber Maria hätte Allegra niemals aufgegeben. Instinktiv griff sie an die Herzphiole an ihrem Dekolletee. Maria hatte sie all die Jahre geliebt, umsorgt und beschützt wie eine echte Mutter. Im Vergleich dazu kam ihr Federicas Reaktion kaltherzig vor.

»*Mamma!*«, rief Alessandro in den Flur hinein. Aus dem Wohnzimmer erklang ein Rascheln und die beiden gingen dem Geräusch nach.

Federica stand vor einer Wand mit unzähligen Fotos und wandte sich ihnen langsam zu. Sie sah viel älter aus als in Allegras Erinnerungen, obwohl doch nur wenige Wochen vergangen waren. Tränen standen ihr in den Augen, als sie Allegra erblickte.

Die Zeit stand für einen Moment still, Allegra und Federica sahen sich an, keiner wagte es, den ersten Schritt zu tun. Allegra haderte mit ihren Gefühlen. Sie spürte, wie Alessandro versuchte, ihre Emotionen zu beeinflussen, ließ den falschen Sanftmut jedoch an sich abprallen.

»Ich kann mich für meine Entscheidung nicht entschuldigen«, sagte Federica in die Stille hinein. »Und ich möchte dich auch nicht überreden, mir zu verzeihen, oder darum betteln, dass du mich verstehst. Ich möchte nur, dass du mir für einen Moment zuhörst, liebste Allegra.« Ihre Wangen glänzten feucht.

Allegra nickte wortlos und Federica beantwortete die Reaktion mit dem Versuch eines Lächelns.

»All diese Bilder hier«, sie deutete auf die Wand hinter ihr, »zeigen Personen, die der Fluch in den letzten Jahrhunderten das Leben gekostet hat. Familienmitglieder, die wir geliebt und an die Liebe verloren haben.« Sie schluckte, trat ein wenig zur Seite und sah Allegra erwartungsvoll an.

Allegra wartete auf weitere Erläuterungen, als ihr Blick auf die nun einsehbare Stelle an der Wand fiel. Ein kleiner silberner Rahmen wie auch die anderen hing auf Augenhöhe. Der Rahmen war verziert mit etlichen Rosen. Doch erst die Person, die auf dem Foto war, sorgte bei Allegra für eine Gänsehaut, ehe ihr warm ums Herz wurde. Es war das Foto von ihr, das Jen vor ein paar Wochen bei der Ankunft in Limone gemacht hatte. Die strahlende, verträumt wirkende Allegra, die noch nichts von dem Fluch gewusst hatte.

»Woher ...«, stammelte sie.

»Jen hat es mir geschickt, noch bevor ...« Alessandro verschluckte den Rest des Satzes. »Sie war immer so stolz auf dich, liebt dich wie eine Schwester. *Mamma* wollte dich hier an der Wand haben und dies war das einzige Foto, das ich hatte.« Er verzog das Gesicht.

»Hier ist der Ort, an dem ich trauere«, gestand Federica leise. »Die Capulets haben keine Gruft, keinen Ort, ihre Liebsten zu beerdigen, seit wir aus Verona verbannt wurden. Dies ist die Gedenkstätte unserer Familie. Du darfst niemals glauben, dass ich dich einfach vergessen habe. Doch der Kampf schien aussichtslos angesichts der göttlichen Gegner.« Sie senkte beschämt den Blick.

»Alessandro hat sich darauf eingelassen«, sagte Allegra scharf.

»Er ist noch jung. Genau wie die anderen. Es ist eure Zeit – eure Generation hat den Fluch gebrochen. Wo so viele vor euch versagt hatten. Fabio und ich wollten doch nur, dass endlich alles vorbei ist.«

»Fabio?« Allegra hob die Augenbraue.

»Lucas Vater«, erklärte Alessandro schnell. »Daher hab ich sofort an den Dunklen gedacht, als ich Fabio auf der Party das erste Mal gesehen habe. Wer konnte schon wissen, dass Luca den Namen seines Vaters annimmt.« Er schüttelte den Kopf.

Tief in ihrem Inneren wollte Allegra Federica und auch Fabio Montague nicht verzeihen. Dennoch verstand sie die beiden. So viele Fotos hingen an der Wand, die ihr gesamtes Blickfeld einnahm. So viele verstorbene Familienmitglieder. Jeder würde wollen, dass es endlich ein Ende hatte, einen Abschluss gab. Sie versuchte, ihren Ärger einzudämmen. Ihre Energie sollte sie sich für anderes aufsparen. »Wir werden kämpfen. Ich werde nicht aufgeben, ganz gleich, was passiert.« Die Worte gaben Allegra Kraft. Sie straffte sich, ehe sie sich an Alessandro wandte. »Lass uns zum Padre gehen.«

Alessandro nickte Federica noch kurz zu, ehe sie den Raum verließen.

»Passt auf euch auf«, hörten sie die gebrochene Stimme ihrer Mutter hinter sich.

»Ben und Daniele sind unten im Restaurant. Wir müssen noch etwas zu essen besorgen. Ich dachte mir, dass du sicher nicht unten frühstücken willst.«

Allegra nickte. Ihr Magen grummelte bei dem Gedanken an Essen, aber sie wollte keine Minute verschwenden. Sie konnte auf der Fähre essen.

»Die beiden besorgen uns Carepakete und viel Kaffee.« Er grinste sie breit an, was ihn so jung und spitzbübisch aussehen ließ, dass sie nicht anders konnte, als zu lächeln. Vielleicht würde alles gut werden. Sie wünschte sich nichts mehr als das.

Unten vor dem Fahrstuhl warteten Ben und Daniele bereits. Vollbeladen mit Papiertüten und Coffee-to-go-Bechern. Ben reichte Allegra sofort einen davon.

»Der Fahrer weiß Bescheid«, sagte Daniele in Alessandros Richtung. »Die Fähre wird warten, bis wir da sind.«

Alessandro nickte zufrieden. Im Beisein seiner Jungs wirkte er viel erwachsener als sonst. Anfangs hatte sie ihn für das Oberhaupt einer Gang gehalten, weil Ben und Daniele sich ähnlich kleideten wie er und alle seine Anweisungen befolgten. Das war, bevor sie die Wahrheit erfahren hatte, dass eigentlich Alessandro als Erstgeborener der Generation die dramatische Hauptrolle spielte. Allegra hätte nach ihrer Geburt eigentlich getötet werden sollen, weil sie weiblich war. Venus hatte es nach Romeos und Julias beinahe erfolgreichem Versuch, den Fluch zu brechen, verboten, dass beide Geschlechter als Erstgeborene in einer Generation lebten. Lorenzo hatte ihren Tod damals vorgetäuscht und sie mit Maria nach Deutschland geschickt. Und so hatte das Schicksal seinen Lauf genommen.

Noch während der Fahrt zur Fähre hing sie diesen Gedanken nach und tauchte erst daraus auf, als sie am Hafen anlangten.

Sie waren kaum an Bord gegangen, da legte die Fähre auch schon ab. Allegra sah aus dem Fenster auf ihr Ziel hinüber, während sie gedankenlos in ihren Zwieback aus dem Carepaket biss und Kaffee trank. Das *Castello Scaligero*, der Wohnsitz der Montagues, prägte das Bild von Malcesine. Ihr Blick glitt daran vorbei, suchte nach dem Hafen und dem wenig entfernten *Palazzo dei Capitani*. Dort hatte sie Luca das erste Mal gesehen und war prompt mitten in einen Streit der Familien geraten, der sie im wahrsten Sinne des Wortes umgehauen hatte. Dort würde der Padre sein, wenn ihn eines der Familienmitglieder brauchte, hatte Alessandro mehrfach gesagt.

Kurz darauf konnten sie das Versprechen testen. Voller Ehrfurcht betrat Allegra den *Palazzo*. Schon von außen konnte sie durch die weit geöffneten Türen bis zum Garten sehen, dahinter lag der Lago di Garda in all seiner morgendlich funkelnden Pracht.

Alessandro ging nicht durch zum Garten, sondern klopfte an eine unscheinbare alte Tür im Inneren des Gebäudes. Eine Antwort erklang und er drückte die Klinke. Als sie den Raum betraten und Alessandro artig die Tür hinter sich schloss, saß Lorenzo an einem alten Schreibtisch und glich mehr einem Verwalter als einem göttlichen Diener. Das Bild war so surreal, dass Allegra beinahe auflachte.

»Ihr seid gekommen«, sagte Lorenzo nur und durchbohrte Allegra mit seinem Blick. Sie konnte seine Mimik nicht deuten, fürchtete aber, er würde ihr Vorwürfe machen, dass sie Luca nicht erkannt hatte. Sie sah schnell zu Boden.

»Paolo und Mattia müssten auch gleich eintreffen«, sagte Alessandro.

»Und dann?«, fragte Lorenzo. »Was habt ihr vor?«

»Wir werden Luca retten«, sagte Allegra bestimmt, während die Worte ihr wieder genug Selbstvertrauen verliehen, um Lorenzos Blick aufrecht zu begegnen. »Hilf uns, in die Unterwelt zu kommen.« Sie wollte nicht flehend klingen, doch genau so kamen die Worte aus ihr heraus.

Es klopfte an der Tür, Alessandro öffnete rasch und nickte Mattia und Paolo zu. Paolo kannte Allegra nur vom Sehen, mit Mattia hatte sie auch schon vor ihrer Entführung in Deutschland zu tun gehabt. Die hellblauen Augen von Lucas beiden Cousins strahlten aufrichtig, als sie Allegra sahen. Hatten sie daran gezweifelt, dass Allegra ihre Entscheidung durchziehen würde? Nachdem sich der Begrüßungsrummel gelegt hatte und die Tür wieder verschlossen war, standen die jungen Leute eng aneinandergedrängt vor Lorenzo.

Allegra wiederholte ihre Worte: »Wir müssen in die Unterwelt. Hilf uns dabei.«

Lorenzo saß etliche Minuten regungslos da. Irgendwann räusperte er sich, stand auf und ging zu einem Einbauschrank. Der Schlüssel dafür baumelte an einer langen Schnur um seinen Hals. Beinahe andachtsvoll öffnete er den Schrank und nahm eine alte Holzkiste heraus. Ohne sie zu öffnen, platzierte er sie auf dem Schreibtisch.

Alle starrten erwartungsvoll darauf, niemand wagte es, Lorenzo zur Eile aufzufordern.

»Es gibt nur zwei Möglichkeiten, das Tor zur Unterwelt zu passieren«, begann Lorenzo. Sein Tonfall war tiefer geworden, als erzählte er eine Geschichte. »Entweder durch den Tod oder mit Hilfe eines Talismans, der aus der Unterwelt stammt.«

»Woher bekommen wir so einen?«, unterbrach Allegra. Sie wollte keine Zeit verlieren.

»Pluto kontrolliert die Grenzen sehr genau und es gab seit Jahrtausenden keinen solchen Talisman mehr.«

Die Enttäuschung nahm Allegra die Luft zum Atmen. Sie *musste* in die Unterwelt. Wenn es keine andere Lösung gäbe ...

»Der Dunkle hat ein grausames Spiel mit euch gespielt, Allegra«, sagte Lorenzo mitfühlend. »Doch er hat Luca auch den Weg in die Unterwelt geebnet, ohne dass Luca dafür sterben musste.« Er öffnete das Holzkästchen.

Auf weißem Samt gebettet lagen drei Kerne darin. Noch immer rotschimmernd wie Blutstropfen. Allegra kannte diese Kerne, als hätte sie sie erst gestern gesehen. Nein, sie hatte sie erst gestern gesehen. In ihren Erinnerungen. Luca hatte noch fünf Granatapfelkerne in seiner Hand gehabt, nachdem er einen der Kerne in den Mund gelegt hatte, bevor sie ihn hatte aufhalten können und er leblos zusammengesackt war.

Einen der fünf Kerne hatte anschließend Allegra genommen.

»Wo ist der vierte Kern?«, fragte sie Lorenzo.

»Ich weiß es nicht. Ich brachte eure Körper von Limone hierher, nachdem ich Luca vier Kerne abgenommen hatte. Anschließend habe ich sie sicher verwahrt. Ich kann mir zwar denken, wer den vierten Kern hat, habe jedoch nie danach gesucht. Ich habe gehofft, dass wir eine weitere Chance erhalten und sie nie würden benutzen müssen, doch für den Fall, dass ...«

Er sagte nicht, für den Fall, dass sie versagte, fiel Allegra auf. Doch sie wusste, was Lorenzo dachte. Sie hatte versagt. Sie hatte ihre Liebe nicht erkannt und dafür war Luca zurück in die Unterwelt gekommen. Tränen brannten in ihren Augen.

Eine Hand griff an ihren Rücken und strich beruhigend auf und ab. Alessandro lächelte sie gequält an. Er spürte den Schmerz, die Selbstvorwürfe.

»Der vierte Kern ist beim Dunklen?«, fragte Mattia.

Lorenzo nickte. »Ich gehe davon aus.«

»Dann wird er uns folgen?« Allegra sah den Dunklen vor sich. Wie er sich am Ende ihrer Prüfung von einem Ebenbild Lucas zu diesem Wesen mit den milchig-weißen Augen verwandelt hatte. Mit einer Haut wie Pergament. Sie erschauderte. Begegnen wollte sie dem Dunklen in seiner Mönchskutte sicher nicht mehr.

»Er wird nicht ruhen, ehe er sein Ziel erreicht hat.« Lorenzos Worte hingen wie eine Drohung über ihnen.

Allegra trat vor. »In Ordnung. Ich bin bereit.« Sie wollte schon nach einem der Granatapfelkerne greifen, als Alessandro sie zurückhielt.

»Es sind nur drei. Wir können nicht alle mitkommen.«

Sollte sie jetzt etwa die Entscheidung treffen, wer sie begleiten sollte? Eine Wahl, die über Leben und Tod der Person entscheiden konnte? Sie schüttelte den Kopf.

»Ich komme mit«, sagte Mattia. »Luca ist mein bester Freund, wir stehen uns so nahe wie Geschwister.« Er sah kurz zu seinem anderen Cousin Paolo, der nickte. Eine Mischung aus Enttäuschung und Erleichterung war in seiner Miene zu lesen. Mattia stellte sich neben Allegra. Alessandro tat es ihm gleich und trat nach vorne.

»Ich werde auch mitkommen«, sagte er und reckte das Kinn. »Ich kann dich nicht mit einem Montague allein lassen. Du brauchst definitiv einen Capulet an deiner Seite.« Früher hätte eine solche Aussage sofort zu Streit geführt, aber der neckende Blick, den Alessandro Mattia zuwarf, drückte eine zaghafte Freundschaft aus.

Allegra war gerührt. Sie hatte von niemandem erwartet, die Sache mit ihr durchzuziehen. Doch nun, da die beiden Jungs ihre Unterstützung zugesichert hatten, löste sich ein Knoten in ihrem Magen. Sie hatte Angst gehabt, ohne sie sich einzugestehen. Angst, sich der Unterwelt allein stellen zu müssen. »Danke«, flüsterte sie zu beiden Seiten.

Lorenzo nickte zufrieden. Vielleicht hatte er bereits gewusst, wer sich dieser Herausforderung stellen würde. »Dieses Mal gibt es keinen Plan, Allegra, und ich kann dir auch keine Hinweise geben oder dir meine Hilfe anbieten.«

In ihren Gedanken poppte das Bild des Bündels auf, das sie von Lorenzo erhalten hatte, ehe sie zum *Examen amoris* aufgebrochen war. Zusammen mit dem Ring, den sie nun an ihrer Hand trug. Den Lorenzo ihr beim Abschied in die Tasche geschmuggelt hatte. Mit dem sie ihre Visionen selbst heraufbeschwören konnte.

Visionen. Sie hatte es nicht versucht, seit sie … Sie konzentrierte sich auf Lucas Bild, seine eisblauen Augen, und drehte mit dem Daumen an ihrem Siegelring. Sofort verschwand die Welt in einem alles überstrahlenden Weiß.

2. SZENE

Allegras erster Blick fiel auf die zusammengekauerte Gestalt neben den Felsen am Rand eines Abgrundes. Rauch stieg neben ihr auf, vielleicht von einem Feuer.

Entfernt fühlte sich Allegra an den Klippenrand von Tremosine erinnert, an dem sie vor ein paar Wochen gestanden hatte. Der Himmel wirkte jedoch falsch. Er war weder strahlend blau noch wolkig-weiß. Düstere dunkelviolette Schattierungen ähnlich einer bedrohlichen Gewitterfront bedeckten das ›Oben‹. Allegra wusste instinktiv, dass es nicht der echte Himmel war, den sie vor sich sah.

Die Gestalt bewegte sich, richtete sich auf wie von etwas gerufen und sah direkt in ihre Richtung. Allegras Herz schlug schneller, als sie Luca unversehrt erblickte. Seine eisblauen Augen schienen sie zu fixieren.

Er lebt!, wisperte die Stimme in ihrem Inneren und ein Flattern entstand in ihrem Magen.

Sein Kopf fuhr herum. Ein Schatten glitt über die Felsen, unnatürlich. Lebendige Dunkelheit. Luca starrte in die andere Richtung, sah die sich nähernde Gefahr nicht kommen.

»Luca!«, schrie Allegra, doch er reagierte nicht. Ein grausames Lachen hallte über die weite Ebene, ehe der Schatten an Geschwindigkeit zunahm und sich, je näher er kam, immer weiter in ein Wesen aus reiner Dunkelheit verwandelte. Er glitt von den Felsen ab und tat die letzten Schritte auf Luca zu, dessen Augen und Mund weit aufgerissen waren. Das letzte Bild von Luca, bevor der Schatten Allegra die Sicht nahm und sie nur mehr erahnen konnte, was als Nächstes passieren würde.

Sie schreckte aus der Vision auf und fand sich in den Armen von Alessandro und Mattia hängend wieder.

»Was ist passiert?«, fragte Mattia zeitgleich mit Alessandros »Was hast du gesehen?«

Allegra berichtete von ihrer Vision und Mattia spannte sich neben ihr an.

»Sieht es dort so aus?«, fragte er an Lorenzo gewandt. »Ein violetter Himmel?«

Lorenzo nickte. »Ewiges Zwielicht für jene, die in ihrem Leben die falschen Wege gegangen sind.« Er erschauderte, als sei selbst der Gedanke daran kaum erträglich.

Allegra fröstelte. »Wir werden sehen«, sagte sie und versuchte, die Bilder der Vision zu vertreiben. Sie hatte nicht gesehen, wie Luca in den Abgrund geschubst wurde, doch sie vermutete, dass es anschließend so gekommen wäre. Konnte man in der Unterwelt sterben? Oder würde Luca für immer schwer verletzt am Fuße des Abgrundes liegen? Sie musste diese Vision verhindern. »Wie kommen wir also in die Unterwelt?«, fragte Allegra nun ganz direkt und Lorenzo zögerte nicht, ihr die gewünschte Information zu geben:

»Du kennst den Weg«, sagte er. »Du bist bereits in der Zwischenwelt gewesen.«

Sie runzelte die Stirn.

»Der Torbogen, den du bereits mit deinem Helfer durchschritten hast«, versuchte Lorenzo ihr auf die Sprünge zu helfen.

»Auf dem Weg nach Tremosine?«, hakte Allegra nach und erhielt ein Nicken zu Antwort.

»Geht zum Tor, nehmt die Granatapfelkerne und tretet hindurch. Wenn ihr erst dort seid, werden die Kerne euch auf den richtigen Weg bringen. Andernfalls würdet ihr verwirrt und desorientiert in der Zwischenwelt landen, vielleicht sogar getrennt werden.« Er presste die Lippen fest zusammen. »Mehr Informationen habe ich leider nicht. Es ist lange her, dass jemand diesen Weg gegangen ist.« Er schloss die Augen, als erinnerte er sich genau an diesen jemand.

Allegra wusste nicht, wie lange Lorenzo schon *war*, wie lange er existierte und den ewigen Streit der Familien hatte mit ansehen müssen. Wie oft er erfolglos gewesen war und der Dunkle gesiegt hatte. Für Allegra klang dies ebenfalls nach einem Fluch.

Die Jungs neben Allegra nickten wissend. Jeder in der Gegend – vermutlich ebenso wie jeder Tourist kannte den besagten Torbogen. Er war Sommer wie

Winter ein Bild wert, wie sie während ihrer Recherche mit Jen erfahren hatte, ehe sie zu diesem alles verändernden Wochenende aufgebrochen waren. Allein diese Bilder hatten wie aus einem Märchen gewirkt und Allegra wunderte sich nicht, dass seine Bedeutung weit größer war, als die Menschen glaubten.

»Ich kann euch bis zum Startpunkt begleiten, doch den Weg müsst ihr alleine beschreiten.« Lorenzo klang plötzlich distanziert, als zitiere er aus einem Regelwerk. Vielleicht gab es so etwas ja tatsächlich.

Allegra nickte.

Lorenzo nahm das Holzkästchen, schloss es behutsam und trat um den Schreibtisch herum, so dass er dicht vor Allegra, Mattia und Alessandro stand. Dann nickte er Paolo, Ben und Daniele kurz zu, ehe er die Hand hob und der Raum um Allegra verschwamm und zu einem Farbenwirbel wurde.

Für einen kurzen Moment hatte sie das Gefühl zu schweben, sich dann in Nichts aufzulösen, doch sofort kehrte ihr Körperbewusstsein zurück.

Sie sah sich um.

Sie standen am Rande einer Straße, vielleicht fünfzig Meter über dem Lago di Garda. Unter ihnen sah sie die ersten Serpetinen, die sich hin und her wanden wie eine Schlange, die am Fuß des Berges ruhte. Ein Blick nach oben verriet nichts, aber Allegra kannte die Strecke, wusste, dass die Straße, die SP38, durch die Schlucht führte, die der Fluss Brasa in den Fels gefressen hatte. So stand es zumindest in den Reiseführern.

»Ich wünsche euch alles Glück der Welt«, sagte der Padre, legte Allegra die Hand auf die Schulter und überreichte ihr mit der anderen das Kästchen.

Allegra steckte es sofort in die Tasche.

»Ich hoffe, dass die Götter dich auf deinem Weg begleiten werden. Die richtigen Götter. Finde die Liebe, Allegra«, fügte er noch mit eindringlichem Blick hinzu, ehe er sich in Nichts auflöste. Hatten etwa Tränen in seinen Augen gestanden?

»Möge die Macht mit dir sein!«, scherzte Alessandro, um die erdrückende Stimmung zu lockern, die Allegra von ihm auffing, weil er seine Emotionen projizierte.

Allegra verdrehte die Augen. Ihr war nicht nach Scherzen zumute. Sie musste Luca retten. Vor dem Absturz oder was auch immer der dunkle Schatten mit ihm vorhatte. Ohne etwas zu sagen, ging sie los. Einen Schritt vor den anderen. Die einzelnen Abschnitte der Straße zogen sich ewig – vor allem zu Fuß. Zumindest war es an diesem Morgen noch nicht so heiß wie an dem Tag, an dem sie diese Strecke mit Trip, ihrem Helfer, entlanggegangen war.

»Du könntest uns fliegen«, schlug Alessandro nach etwa dreißig Minuten vor. Sie waren mit gutem Tempo losgelaufen, doch mittlerweile wurden sie nach jeder Serpentine langsamer.

»Ich *könnte* fliegen«, antwortete Mattia schnippisch. Und zeitweise war er tatsächlich schon geflogen, hatte die Strecke abgekürzt und war die steile Felswand hochgeglitten, so dass er aussah wie Spiderman. Allegra hatte ihm jedoch verboten zu fliegen, wenn ihn jemand sehen könnte.

Allegra verdrehte die Augen. »Du kannst nur einen tragen, oder?«

Mattia nickte ertappt. »Ich könnte euch fliegen, aber ich kann euch nicht festhalten.« Er hob entschuldigend die Hände.

Allegra dachte daran, wie sie herausgefunden hatte, dass Mattia nicht wirklich fliegen, sondern lediglich den Wind beeinflussen und sich von ihm tragen lassen konnte. »Dann bleibt dir wohl nichts übrig, als weiterzugehen. Es ist nicht mehr weit«, sagte Allegra zu Alessandro, der die Bezeichnung ›kleiner Bruder‹ nie zuvor mehr verdient hatte als jetzt. Er benahm sich wie ein nörgelndes Kind.

»Ich könnte euch etwas anschieben«, schlug Mattia vor und eine Windböe drückte plötzlich gegen Allegras Rücken, worauf sie damit zu kämpfen hatte, nicht das Gleichgewicht zu verlieren.

»Hey!«, rief Alessandro und geriet ins Stolpern.

Mattia ließ den Wind sofort abflauen. »Einen Versuch war es wert«, sagte Mattia und zuckte mit den Schultern.

Sie bogen gerade um die nächste Kurve und endlich zeigte sich, dass der Weg in den massiven Berg hineinführte. Das Tor war nicht mehr weit entfernt. Die Straße schien für einen Moment direkt vor ihnen zu enden. Erst durch das Weitergehen war der kurvige Weg erkennbar, der in die Dunkelheit führte.

»Gibt es hier kein Licht? Wir waren mal mit den Motorrädern hier, da ist mir das weniger aufgefallen.« Kaum hatte Mattia die Worte ausgesprochen, zuckte er zusammen und seine Schultern sackten nach unten. Das ›Wir‹ hatte wohl Luca beinhaltet.

»Wir finden ihn«, sagte Allegra leise und drückte Mattia freundschaftlich die Schulter, als sie an ihm vorbeiging.

Allein hätte Allegra diesen natürlich anmutenden Tunnel nicht durchqueren wollen. Ab und an befanden sich kleine Grotten in der Seitenwand, darin flackerten Totenlichter. Wie passend für den Weg zur Unterwelt, dachte Allegra ironisch.

Der Tunnel endete so plötzlich, wie er begonnen hatte. Dennoch schienen sich die drei nun in einer anderen Welt zu befinden. Das Licht war gedämpfter als auf der anderen Seite des Felses, den sie durchquert hatten. Die Vegetation war üppiger und die Nebelschwaden des Morgens waren hier noch nicht von der Sonne vertrieben worden. Es roch modrig, fand Allegra. Sie folgten der Straße, die Augen mehr auf ihre Umgebung gerichtet als auf ihren Weg. Das Ausmaß der Schlucht sorgte bei Allegra für ein Gefühl von Ehrfurcht.

»Das ist es, oder?«, fragte Alessandro und riss Allegra aus dem Staunen heraus.

Sie erkannte es sofort wieder. Durch dieses Tor war sie mit Trip gegangen. Ein Rinnsal, das die Straße überfluten würde, wurde auf diese Weise umgeleitet. Allegra hatte im Internet Bilder dieses Tores im Winter gesehen – wenn das Wasser des Rinnsals gefroren war, hatte dieser Ort noch mehr von einem Traum.

Unmittelbar vor dem Tor blieben sie stehen. Sie kramte in ihrer Jackentasche nach dem kleinen Kästchen. Alessandro, Mattia und sie bildeten ein Dreieck. Andächtig öffnete sie das Kästchen und legte den Blick auf die drei roten Punkte frei.

»Lass es nicht fallen«, ermahnte Alessandro und Mattia grinste.

»Haha!«, sagte Allegra wenig überzeugt. Dennoch war sie nun noch mehr auf der Hut und fischte vorsichtig einen der Granatapfelkerne heraus.

Alessandro und Mattia folgten ihrem Beispiel. Sie alle hielten ihre Kerne zwischen Daumen und Zeigefinger. Die Jungs sahen Allegra fragend an.

»In den Mund nehmen und durch das Tor treten, hat Lorenzo gesagt, oder?«, versicherte sich Allegra.

Die Antwort war nicht eindeutig. Alessandro sowie Mattia sahen skeptisch aus.

»Und dann? Müssen wir sie schlucken?«, fragte Alessandro.

Allegra zuckte mit den Schultern. Warum hatte sie nicht genauer nachgefragt? Was, wenn sie jetzt einen Fehler begingen? Dann wäre ihre einzige Chance zu Luca zu gelangen verwirkt. Die Zweifel überkamen sie hinterrücks und erstickten sie beinahe.

»Wir testen es«, entschied Alessandro und versuchte, überzeugt auszusehen. Er trat ein paar Schritte auf das Tor zu. Noch ein weiterer Schritt und er würde direkt darunter stehen.

Allegra und Mattia stellten sich neben ihn.

»Bei drei?«, fragte Mattia.

Allegra nickte.

»Eins.« Allegra sandte Stoßgebete zu sämtlichen Göttern, die ihre Finger in diesem Spiel hatten, und verfluchte Venus und den Dunklen bei allem, was sie aufbieten konnte.

»Zwei.« Sie hob ihre Hand zum Mund und öffnete ihn.

»Drei.« Sie alle legten sich den Kern in den Mund und traten einen großen Schritt nach vorne.

3. SZENE

Es passierte rein gar nichts. Die Umgebung hatte sich nicht verändert, der Himmel war derselbe geblieben und Allegras letzte Hoffnung löste sich in diesem Moment in ihrem Mund in Nichts auf. Die Granatapfelkerne waren verschwunden. Allegra stand zwischen den Jungs direkt unter dem Torbogen. Erst jetzt hörte sie das leise Tröpfeln über sich.

»Hat es funktioniert? Ist das die ... Hölle?«, fragte Mattia neben ihr.

Allegra war nicht in der Lage zu antworten. Tränen rannen ihr aus den Augen.

»Ich habe schon immer gewusst, dass wir in der Hölle leben«, bemerkte Alessandro trocken. »Hier hat sich rein gar nichts verändert.«

»Sind eure Kerne auch verschwunden?« Mattia sah Alessandro und Allegra an.

Allegra nickte, Alessandro antwortete mit einem ›Ja‹.

»Dann muss es funktioniert haben«, sagte Mattia selbstsicher, tat einen weiteren Schritt unter dem Torbogen hindurch und war plötzlich nur noch schemenhaft zu sehen.

Allegra sog die Luft ein und sprang schnell hinterher. Ihr Körper erschauderte, dann kribbelte die Luft um sie herum wie statisch aufgeladen und ihre Nackenhärchen stellten sich auf.

Mit einem ›Wow‹ brachte Alessandro seine Meinung dazu zum Ausdruck. »Das ist ... unglaublich. Du hast es ja beschrieben, aber es selbst zu sehen ...«

Allegra folgte seinem Blick nach oben. Über der Schlucht, in der sie sich noch immer befanden, wogten grauviolette Wellen. Der vermeintliche Himmel aus Allegras Vision.

Ein Krächzen zerriss die Stille, Vögel überquerten die Schlucht. Große Vögel mit schwarzen Flügeln.

»Was zur Hölle ist das?«, fragte Mattia und kniff die Augen zusammen, um besser sehen zu können? »Sind das ... Harpyien?« Ungläubig schüttelte er den Kopf. Doch auch Allegra erkannte bei genauerem Hinsehen die bleichen, runzligen Frauenkörper, die nur von einem Fetzen Stoff bekleidet waren. Ihre kräftigen Flügel mussten eine Spannweite von über zwei Metern haben.

»Sie geleiten Seelen in den Tartarus«, sagte Mattia leise. »Ich hoffe, dass Luca nicht dort ist.«

Allegra ging im Geiste ihr Wissen über die Unterwelt durch. Im Reich von Hades – oder auch Pluto in der römischen Mythologie wurde entschieden, wer in die elysischen Gefilde durfte und wer in den Tartarus, die wirkliche Hölle, verbannt wurde. Sie musste daran glauben, dass Luca noch irgendwo hier war. Sie sah die steilen Felswände hoch.

»Wir müssen nach ganz oben«, sagte sie laut.

»Woher weißt du das?«, fragte Mattia neugierig.

»Ich hatte eine Vision, schon vergessen? Luca stand auf einer Klippe, um ihn herum war nichts als ein paar Felsen und ... das da.« Sie deutete zum Himmel hinauf.

Mattia nickte. »Ich könnte hochfliegen und nachsehen«, schlug er vor.

Der Vorschlag klang gut, aber ein erneutes Krächzen ließ sie den Kopf schütteln. »Das ist zu gefährlich. Wir wissen nicht, was von den überlieferten Mythen stimmt. Ich will nicht, dass die da oben dich erwischen.«

Mattia zuckte zusammen. »Nein, das will ich auch nicht.« Er erschauderte.

»Dann sollten wir wohl losgehen«, schlug Alessandro vor und machte bereits den ersten Schritt.

Allegra zögerte. Der Weg schien derselbe zu sein wie in der Realität, eine geschwungene Straße, die durch eine Schlucht führte. Selbst die Vegetation war auf den ersten Blick dieselbe. Allerdings kannte sich Allegra damit zu wenig aus, um sagen zu können, ob es sich wirklich um gleichartige Pflanzen handelte. Dennoch schwebte über dieser völlig normal wirkenden Kulisse eine dunkle Bedrohung. Vielleicht lag es an diesem düsteren, surrealen Himmel, der unheilverkündend über ihnen lag und alles in Zwielicht tauchte, schlimmer noch als die Nebelschwaden, die vor kurzem noch neben dem Weg gehangen hatten.

Schnell schloss Allegra zu Alessandro auf und zog Mattia mit sich. »Wir sollten zusammenbleiben. Nah beieinander.« Sie konnte nicht sagen, woher dieses Wissen kam, dennoch fühlte es sich richtig an. »Los! Kommt.«

Wie zuvor folgten sie der Straße, umrundeten mehrere enge Kurven und durchquerten weitere Höhlen, in denen sie das Rauschen des Brasa tief unter ihnen hörten. Die Höhlenwände waren feucht, hier und da bildete sich ein kleines Rinnsal über die Straße. Allegra stieg instinktiv darüber hinweg wie auch die Jungs. Sie schlichen durch das Zwielicht und hofften, dass der Tunnel bald enden würde, das restliche Licht, das hinter ihnen hereinfiel, ließ nur noch grobe Umrisse erkennen und bewahrte sie davor, gegen Felswände zu laufen, die vom Weg umrundet wurden. In dieser Welt standen nirgendwo Kerzen, die ein zartes Licht verströmten.

»Hat nicht zufällig jemand eine Taschenlampe einstecken?«

Allegra zuckte bei Alessandros geflüsterten Worten zusammen. Worte wirkten hier so fehl am Platz. Sie dachte zurück an die Höhle während ihrer Prüfung: Eine alles umhüllende Dunkelheit hatte sie und Trip umgeben. Selbst das Licht der Fackeln hatte nur wenige Meter in die Schwärze eindringen können. Allegra dachte an ihr Handy und zog es aus der Gesäßtasche. Sie hatte es heute noch nicht benutzt und auch nicht mehr daran gedacht. Entgegen aller Erwartungen ging das Display an und sie war für einen Moment geblendet. Nach mehrmaligem Blinzeln aktivierte sie die Taschenlampe des Smartphones.

»Wie ist der Empfang so?«, fragte Alessandro und lachte über seinen eigenen Witz.

Dennoch glitt Allegras Blick zum Empfangsbalken, der natürlich nichts anzeigte. »Schlecht«, sagte sie nur.

»Könnte auch an der Höhle liegen«, fuhr Alessandro munter fort.

Allegra spürte, dass er sich unwohl fühlte und das überspielen wollte. »Vielleicht. Aber wenigstens haben wir Licht.« Allegra hielt das Handy vor sich und leuchtete den Weg aus. Die Höhlenwände funkelten, als freuten sie sich über jedes bisschen Licht. Sie gingen weiter, nun etwas schneller.

»Da!« Mattia deutete auf ein dunkles Loch neben der normalen Straße. »Eine Abzweigung?«

»Wer weiß, wo der Weg hinführt. Wir müssen nach oben!«, beharrte Allegra.

»Es gibt nicht nur einen Weg, der dorthin führt«, sagte eine Stimme aus dem Nichts. Allegra ruckte herum, das Licht ihres Handys fuhr hin und her, um die Quelle der Stimme zu finden.

Plötzlich stand ein junger Mann direkt vor ihr, vielleicht dreißig Zentimeter entfernt. Sie schrak zusammen, ein kurzer Schrei entglitt ihrer Kehle.

»Allegra Capulet. Begrüßt man so seine Verwandten?« Der Mann schüttelte ungläubig den Kopf.

»Trip?« Allegra konnte es nicht fassen. Ihr Helfer bei der Prüfung hätte längst … irgendwo sein müssen, seit der Fluch gebrochen war. Ihre Ahnen waren alle in einer grausamen Form von Zwischenwelt gelandet, nachdem sie ihren Tod selbst verursacht hatten. Venus' Strafe für diejenigen, die versucht hatten, dem Schmerz der Liebe zu entkommen. Schnell richtete sie das Handylicht nach unten, damit er nicht geblendet wurde.

Trip verbeugte sich galant, wobei ihm der Bogen von der Schulter rutschte. Ein Accessoire, das weder zu heute noch zu seiner Zeit passte. Trip stammte aus der ersten Hälfte des 20. Jahrhunderts und war gegen Ende des Zweiten Weltkrieges ›gestorben‹. Höflichkeit hatte damals noch eine etwas größere Bedeutung als heutzutage.

»Wieso bist du …«, Allegra wusste nicht, wie sie es formulieren sollte. »Wieso bist du nicht *weitergezogen*?«

Trip schob den Bogen wieder in die richtige Position und fuhr sich durch die kinnlangen Haare. Bei ihrem ersten Treffen hatte sie ihn mit Aragorn verglichen, die Wildheit, die er ausstrahlte, und der Dreitagebart passten noch immer zu diesem Bild. »Wir haben gehört, was passiert ist. Lorenzo hat uns kontaktiert und wir sind geblieben. Jetzt wollen wir dir helfen. Also los.«

Allegra schien diese Antwort zu kurz und sie spürte, dass Trip ihr nicht die ganze Wahrheit sagte und ablenken wollte, doch darauf würde sie später zurückkommen.

»Wer ist das?«, fragte Alessandro mit erhobener Augenbraue und musterte den Mann mit Schwert und Bogen.

Allegra sah zwischen den beiden hin und her. Die Familienähnlichkeit war nicht abzustreiten und das lag nicht nur an den dunklen Augen der Capulets. »Alessandro, das ist Trip, einer deiner Vorfahren. Er hat mich durch meine Prüfung geführt. – Trip, das sind mein Bruder Alessandro und Mattia Montague.« Sie deutete von einem zum anderen.

Trip kniff kurz die Augen zusammen, als sein Blick Mattia streifte, dann verzog sich sein Mund zu einem aufrichtigen Lächeln. »Freut mich, euch kennenzulernen. Einen Montague anzusehen – ganz ohne Hassgefühle. Verrückt.« Er schüttelte den Kopf. »Dann will ich euch auch noch jemanden vorstellen.« Trip deutete neben sich, wo plötzlich eine zarte Frau mit rotblonden Locken und grünen Augen erschienen war. »Das ist meine Liebe Elena.«

Der Blick, den er ihr zuwarf, war so durchdringend, voller Emotionen und so privat, dass Allegra beschämt wegsah. Daher sah sie es nicht kommen, dass sich die Frau auf sie stürzte, sie fest umarmte und an ihrem Ohr schluchzte. »Danke. Du hast mir meine Liebe wiedergebracht.«

Mattia stand dem Ganzen mit skeptischer Miene und vor der Brust verschränkten Armen gegenüber. »Würde mich bitte jemand aufklären?«

Elena wandte sich ihm zu und erklärte: »Ich war damals bereit, meine Liebe zu Giuseppe testen zu lassen, bin jedoch in einen Angriff der Alliierten geraten und gestorben. Seitdem habe ich hier auf Trip gewartet.« Ihre Augen schimmerten immer noch vor Tränen.

»Und ich wollte nicht ohne sie leben und bin kurz darauf nach Malcesine gefahren.« Trip sah Mattia direkt an, der sofort verstand und das Gesicht verzog, als hätte er Schmerzen.

Trip nickte. »Doch Allegras Sieg über den Fluch hat mich erlöst und zu Elena gebracht.« Er zog sie dicht an sich und küsste sie zärtlich auf die Stirn.

»Das beantwortet immer noch nicht meine Frage, was du noch hier tust«, sagte Allegra so laut, dass ein Echo die Frage zurückwarf.

»Wir wollen dir helfen, wieder mit deiner Liebe vereint zu sein, so wie du uns geholfen hast.« Elena strahlte Allegra an. »Giuseppe kann helfen, er hat all die Jahre lang so vielen geholfen.«

Allegra runzelte die Stirn, sah zu Trip, der ertappt dreinschaute. Trip war alles andere als heldenhaft gewesen. Es war sogar ziemlich viel schief gegangen. Aber letztendlich hatten sie es gemeinsam geschafft.

»Ja, das hat er«, sagte Allegra, um das Bild vom Helden Trip in Elenas Kopf nicht zu zerstören. Trips Mund formte das Wort ›Danke‹.

»Dann weißt du, wo wir Luca finden können?«, fragte Mattia, während er nervös hin und her sah.

»Er ist rastlos«, sagte Trip zögernd. »Er flieht vor denen, die ihn weitergeleiten wollen.«

»Wer?«, fragte Allegra schnell dazwischen.

Trip deutete mit einem Blick kurz nach oben, aber Allegra ließ das Gefühl nicht los, dass er etwas verbarg.

»Was sollen wir tun?«, bohrte sie weiter. Vielleicht würde er irgendwann versehentlich damit herausrücken.

»Wir gehen nach oben. Aber nicht außerhalb des Berges, sondern innen.« Trip deutete auf das dunkle Loch, das ihnen bereits aufgefallen war.

»Was ist dort drin?« Alessandro starrte in die Schwärze des Tunnels.

»Wenn wir Glück haben: nichts«, antwortete Trip gut gelaunt. »Im Gegensatz zu da draußen.« Wie zur Bestätigung hallte das Echo von Krächzen und Flügelschlägen durch den Tunnel.

»Sie sammeln die Toten ein, die sich weigern, weiterzuziehen«, flüsterte Elena mit angstvollem Blick. »Wir können da nicht hinaus.« In ihren Augen stand ein Flehen, das Allegra nicht ignorieren konnte.

Dann verknüpfte sich diese Information mit anderen: »Wird Luca von ihnen gejagt?«

Elena presste die Lippen zusammen.

»Und sie sind nicht die Einzigen«, ergänzte Trip. »Kurz nach euch kam noch jemand hier an. Wir haben es gespürt.« Elena neben ihm nickte eifrig.

»Der Dunkle«, vermutete Mattia. »Wer sollte es sonst sein.«

Bilder ihrer Vision zogen an Allegra vorüber. War es der Dunkle gewesen, der sich Luca genähert hatte? Etwas in ihr zweifelte daran; warum, konnte sie nicht sagen. »Dann nehmen wir deinen Weg«, entschied sie und verdrängte das grummelnde Gefühl in ihrem Magen, das sie beim Gedanken an die Dunkelheit hatte. Der Gang durch die nahezu endlose Finsternis bei ihrer Prüfung war nicht spurlos an ihr vorübergegangen. Sie holte tief Luft. Trip hatte sie auch damals begleitet und sie hatte es geschafft. »Führt uns nach oben«, sagte sie, bedacht, dass ihre Stimme nicht zitterte.

Trip bewegte kurz die Hand, die wenig zuvor noch Elena umarmt hatte, und eine Fackel tauchte in der anderen auf. Er reichte sie Allegra, die sofort ihr Handy wegsteckte. Auch für Mattia und Alessandro zauberte er eine.

»Brauchst du keine?«, fragte Alessandro, als Trip sich dem Tunneleingang zuwandte.

Er drehte sich kurz zu ihnen um: »Wir sind Teil dieser Welt, wir brauchen nicht zu sehen, um zu wissen.« Daraufhin verschwand er Hand in Hand mit Elena in dem dunklen Loch.

Alessandro, Mattia und Allegra warfen sich kurz fragende Blicke zu, ehe sich Entschlossenheit auf ihren Gesichtern zeigte.

»Dann los! Schlimmer als hier kann es ja auch nicht sein.« Alessandro folgte Trip und Elena.

Allegra atmete tief ein und aus, ehe auch sie in die Schwärze trat. Sofort wusste sie, dass Alessandro sich getäuscht hatte.

4. SZENE

Die Dunkelheit verschlang schon nach dem ersten Schritt in die Schwärze des Tunnels jegliches Licht. Das Feuer ihrer Fackel reichte gerade aus, Allegras Unterarm zu beleuchten. Modriger Geruch stieg ihr in die Nase.

Ihr Körper begriff die Gefahr, noch bevor sie sich bewusst wurde, was hier vor sich ging.

»Das ist eine Falle«, flüsterte sie und ein Lachen ertönte anstelle einer Antwort von Alessandro oder Mattia. Sie trat einen Schritt nach vorne, fuhr mit der Fackel hin und her, um Alessandro zu finden. Ohne Erfolg. Er konnte doch noch nicht so weit gekommen sein! Nicht in dieser alles umfassenden Dunkelheit.

»Allegra!«, drang eine Stimme von weit weg zu ihr. Ihr Name hallte von den Höhlenwänden wieder. Das waren nicht Alessandro oder Mattia. Nun rief eine Frauenstimme nach ihr. Elena?

»Elena? Trip?« Allegra drehte sich mit der Fackel in der Hand um die eigene Achse. Sie war allein, in völliger Finsternis.

»Allegra! Stell dich deinen Ängsten. Er …« Die Stimme war nun so weit entfernt, dass Allegra sie kaum mehr hören konnte. Vielleicht drang auch nur noch das Echo bis zu ihr. Waren die anderen etwa ohne sie weitergegangen? Sie wollte in die Richtung, aus der die Stimme kam, doch die Fackel stieß sofort gegen den nassen Fels. Allegra hatte die Orientierung verloren. Ihr Herz schlug immer schneller. Sie drehte sich um neunzig Grad. Entweder würde sie gleich wieder nach draußen finden oder bald auf die anderen stoßen.

Nach wenigen Metern kam jedoch eine weitere Wand.

»Wir verlieren …«, glaubte Allegra zu hören, nur noch ein Wispern, viel zu weit weg. Adrenalin schoss durch ihren Körper. Sie hatte Angst. Angst davor, nicht zu den anderen zu finden. Angst, Luca niemals wiederzusehen. Sie schloss die Augen, viel weniger sah sie dadurch auch nicht. Doch nun hatte sie Bilder vor sich, die ihr Kraft gaben.

Dichte Wimpern öffneten sich über eisblauen Augen, in denen so viel Liebe lag, dass Allegras Herz ins Stocken kam, das rhythmische Pochen der Angst verdrängt wurde. Ein Gesicht, das so detailreich vor ihr erschien, als stünde Luca direkt vor ihr, ein Lächeln auf den Lippen, das sie einfach nur erwidern konnte. Natürlich hatte sie Angst, ihn nicht zu finden. Gehörte diese Angst nicht zum Gesamtpaket an Gefühlen, die mit der Liebe einhergingen? Wenn man jemanden liebgewonnen hatte, kam die Angst ihn oder sie zu verlieren, automatisch dazu.

Allegras Gedanken wirbelten immer schneller. Hatte Trip nicht gerufen, sie solle sich ihren Ängsten stellen? Der Angst, Menschen zu verlieren, die ihr etwas bedeuteten? Luca, Alessandro, auch Mattia. Sie hatte Angst, dass ihnen etwas zustieß und sie die Schuld daran trug.

Die Dunkelheit der Höhle wich zurück. Das Licht der Fackel erreichte bereits die Höhlenwände neben Allegra, wuchs immer weiter. Erleichtert sah Allegra die schattengleichen Umrisse von vier Personen. Sofort ging sie darauf zu.

»Bei den Göttern! Allegra, wo hast du gesteckt?«, fragte Alessandro und sprang zu ihr, fiel ihr freudig um den Hals.

»Ich war hier. Die ganze Zeit«, probierte sie die Worte aus.

»Metus«, sagte Trip nur. »Der Gott der Furcht. Venus muss ihren Sohn geschickt haben.« Er runzelte die Stirn und sah sich um. »Ich habe davon gehört, es aber nicht geglaubt.«

»Was hat er mit dir gemacht?«, wollte Alessandro wissen, nachdem er Allegra endlich losgelassen hatte und sie wieder Luft holen konnte.

»Es war alles so dunkel. Ich hatte Angst euch verloren zu haben.« Allegra schluckte.

»Metus, im Griechischen auch Phobos genannt, ist der Sohn von Venus und Mars, dem Kriegsgott«, sagte Trip. »Beide verbindet man mit starken Gefühlen, Liebe und Hass, der Wut des Krieges. Starke Emotionen rufen Furcht und Ängste hervor. Metus hat mit diesen Ängsten gespielt.«

Trips Erklärung klang plausibel, rief bei Allegra dennoch eine Gänsehaut hervor, als sie daran dachte, wie die Furcht mit ihr gespielt hatte.

»Du wusstest, dass er hier ist, und hast uns trotzdem in diesen Tunnel geschickt?« Alessandros Stimme überschlug sich fast, während er sich vor Trip aufbaute. »Auf welcher Seite stehst du überhaupt?«

»Auf eurer. Oder besser gesagt, auf ihrer.« Trip deutete mit einem Wink auf Allegra. »Sie könnten alle hier sein, das muss euch doch klar sein. Wir sind noch nicht in jenen Gefilden, aus denen es kein Zurück mehr gibt. Die Götter können hier ein und aus gehen, auch wenn es Pluto nicht passt. Und die Harpyien jagen alle, die sie finden. Ob Gott oder menschliche Seele, sie unterscheiden nicht. Aus ihren Fängen entkommt man nicht – auch nicht von dem Ort, an den sie einen bringen, welcher es auch immer sein mag.«

»Das heißt, wir könnten hier auch Venus begegnen?« Allegra wusste nicht, ob sie bei dem Gedanken vor Ehrfurcht erstarren oder sich darüber freuen sollte, dieser Person all ihre Gehässigkeiten entgegenzuschleudern. Die Konsequenzen einer solchen Kurzschlusshandlung stellte sie sich besser gar nicht erst vor.

»Die zwölf Olympier kommen nicht hierher, heißt es. Sie sind beschäftigt genug. Aber ihre Abkömmlinge – wie Metus finden hier einen Zeitvertreib.« Trip verzog das Gesicht.

»Wie schön, dass manche hier Spaß haben«, bemerkte Mattia trocken.

»Wenn dieser Metus ein Sohn von Venus und Mars ist«, grübelte Allegra, »dann ist er Amors Bruder? Unser … Onkel?«

Trip nickte.

»Onkel Furcht, schön, dass du vorbeikommst, die Kinder haben noch nicht genug Angst angesichts des Fluches und des Todes, der ständig über ihnen schwebt. Pah!« Mattia war Alessandro ähnlicher, als Allegra vermutet hätte. Auch er lenkte mit Witzen und Sprüchen von seiner verletzlichen Seite ab. Obwohl sie das wusste, musste Allegra bei dem Spruch lachen.

»Schön zu wissen, dass ich willkommen bin.«

Allegra fuhr zusammen. Die tiefe, raue Stimme drang von allen Seiten auf sie ein, als würde der Fels selbst sprechen. Trip zog sein Schwert, drehte sich in Verteidigungshaltung in alle Richtungen. Alessandro und Mattia schoben Allegra zwischen sich und taten es Trip nach. Ohne Waffe war es jedoch weit weniger beeindruckend.

Ein Lachen ertönte, das Allegra nur zu gut kannte. Es war erst vor wenigen Minuten aus der tiefen Finsternis auf sie eingedrungen.

»Was willst du?«, rief Allegra und ihre Stimme kehrte aus mehreren Richtungen zu ihr zurück.

»Auskosten, was ich in euch hervorrufe«, lachte die Stimme.

»Was für ein Idiot«, schimpfte Alessandro, ehe Mattia ihm den Mund zuhalten konnte.

»Du willst dich allen Ernstes mit dem Gott der Furcht anlegen?« Mattia sah ihn ungläubig an. »Bist du bescheuert? Hast du Sehnsucht nach dem Tod?« Sein Blick glitt über die Umgebung und er seufzte: »Oder noch mehr Sehnsucht nach dem Tod?«

»Er könnte uns auch ganz einfach helfen«, schimpfte Alessandro.

»Helfen?«, höhnte die Stimme. »Selbst wenn ich es wollte, es wurde mir verboten. Was mich nur noch neugieriger auf euch gemacht hat. Sucht ruhig weiter nach ... *der Liebe*. Ich denke, ich werde euch noch eine Weile begleiten.«

Das waren ja fantastische Aussichten. Allegra verdrehte die Augen. »Solange du uns in Ruhe lässt.«

»Wo bliebe denn da der Spaß?« Nun klang das Lachen nicht mehr so grausam, eher ... belustigt? Obwohl sich Allegra nicht sicher war, was sie schlimmer fand.

»Ist die Furcht sadistisch veranlagt oder warum macht es dir Spaß, andere zu erschrecken? Und dabei zeigst du dich uns nicht einmal?«

Allegra warf ihrem Bruder auf diese Aussage hin einen warnenden Blick zu. Er sollte es besser nicht übertreiben. In diesem Moment dröhnte ein Geräusch durch den Tunnel. War das ein Schnauben? Allegra fragte die anderen mit Blicken, erhielt jedoch nur allgemeine Ratlosigkeit zur Antwort. Stille legte sich über die Gruppe und alle warteten nervös, was Metus als Nächstes tun würde. Mehrere Minuten lang verharrten sie nahezu regungslos, lauschten in die Dunkelheit jenseits der Fackeln.

»Ist er weg?«, fragte Alessandro irgendwann.

»Anscheinend«, antwortete Trip vorsichtig.

Allegra war sich da nicht so sicher. Hatte Metus nicht gesagt, er würde ihnen folgen? So leicht ließ sich ein Gott sicher nicht vertreiben.

»Die Furcht spielt gerne mit den Menschen und greift sie an, wenn sie es am wenigsten erwarten«, erklärte Trip. »Hütet euch davor.«

»Jetzt lasst uns weitergehen. Bis nach oben ist es noch ein langer Weg.« Elena griff nach Trips Hand und zog ihn mit sich in die Dunkelheit.

Alessandro, Allegra und Mattia folgten ihnen. Der Tunnel wand sich ebenso serpentinenartig durch den Berg, wie die Straße außerhalb es tat. So beengt kam es Allegra jedoch steiler vor und an Alessandros Fluchen und Schimpfen erkannte sie, dass es nicht nur ihr so ging. Sie spürte seinen Ärger genauso wie die Langeweile, die in Wellen von ihm ausging.

»Wie weit ist ...«, setzte er an.

»Frag jetzt nicht, wie weit es noch ist«, fuhr Mattia dazwischen. »Du bist schlimmer als ein kleines Kind, Capulet.«

»Bin ich nicht. Ich wollte doch nur wissen, ...«

Allegra ging dazwischen: »Er hat Recht, sobald es nur ein bisschen bergauf geht, wirfst du mit deiner schlechten Laune um dich.«

»Das stimmt doch gar nicht«, erwiderte Alessandro. »Es ist nur ...«

»Was?«, fragte Allegra, vielleicht eine Spur zu bissig.

»Ich vermisse Jen. Ich kann keinen Schritt tun, ohne an sie zu denken, sie ist«, er klopfte sich auf die Brust, »ständig bei mir und es zieht mich zu ihr.«

Allegra lächelte, ohne dass sie es wollte. Am liebsten hätte sie sogar geseufzt. Sie hatte sich so viele Gedanken um Luca und seine Rettung gemacht, dass sie nicht an die Liebe ihres Bruders gedacht hatte und was er riskierte, um Allegra zu helfen. Im schlimmsten Fall würde er Jen nie wieder sehen.

»Wir haben weit über die Hälfte geschafft«, sagte Elena mit glänzenden Augen.

»Da hast du dich aber gut herausgeredet, Capulet«, lachte Mattia und stieß Alessandro beim Überholen mit der Schulter an.

»Was denn?«, fragte Alessandro unschuldig und alle lachten.

Der Moment der Leichtigkeit tat ihnen allen gut. Doch noch ehe er vorbei war, hallte ein Kreischen durch den Tunnel.

Das Echo der Harpyienschreie kam aus allen Richtungen. Allegra hatte für einen Moment die Befürchtung, dass sie umzingelt waren, und drehte sich mit der Fackel in der Hand um die eigene Achse, leuchtete hin und her. Konnten sich Harpyien unsichtbar machen?

Als hätte Trip ihren Gedanken erraten, trat er zu ihr und hob beschwichtigend die Arme. »Wir sind schon nahe am Ausgang«, sagte er leise. »Sie können hier nicht herein. Aber scheinbar hat ihnen irgendwer gesagt, dass es bald Arbeit geben könnte.«

»Wenn sie euch erwischen ... Oder uns ... Was passiert dann?«, fragte Allegra.

»Uns bringen sie weiter«, antwortete Elena schnell. »Dorthin, wo wir schon seit so vielen Jahren sein sollten.«

Der andere Teil von Allegras Frage blieb unbeantwortet, während Trip mit Elena an der Hand weiterging, immer dem Krächzen entgegen.

»Könnten sie uns denn mitnehmen und ... ins Totenreich bringen?«, fragte Allegra kurz darauf.

»Wir können nicht mit Sicherheit sagen, dass es nicht so wäre. Aber wenn das nicht funktionieren würde: Gegen eine Harpyie könnte ich gewinnen, wenn ihre Schwestern allerdings auftauchen, sieht es selbst für einen guten Kämpfer wie mich schlecht aus.« Er hob entschuldigend die Hände.

Allegra verdrehte die Augen, während ihre Jungs beide schnaubten. Sie stiegen weiter die steilen Röhren hinauf und Allegra ließ ihre Gedanken kreisen. Zum Krächzen der Harpyie gesellte sich jetzt das Geräusch von Flügelschlägen und die tiefe Schwärze, die jenseits des Feuerscheins der Fackel geherrscht hatte, wich langsam dunklem Grau. Sie näherten sich eindeutig dem Ausgang.

»Ich werde es drauf ankommen lassen«, sagte Allegra irgendwann bestimmt. Angesichts der Vision von Luca und dem Schatten, der sich ihm näherte, konnte sie sich nicht einfach hier drin verstecken. Doch sie konnte es auch nicht riskieren, Alessandro und Mattia in Gefahr zu bringen. »Aber ihr bleibt hier.«

Zeitgleich kamen die erwarteten Widerworte der Jungs:

»Bist du verrückt?«

»Niemals!«

Allegra musste lächeln. Sie wollte eben etwas sagen, da folgten bereits die Erklärungen:

»Er ist mein Cousin, wie ein Bruder für mich. Es geht hier nicht nur um dich.« Mattia baute sich vor Allegra auf und wirkte sofort um Zentimeter größer.

»Und ich kann meine Schwester nicht noch einmal allein auf die Suche nach einem Montague gehen lassen. Was soll denn die Familie denken?«

Alessandro grinste Allegra so breit an, dass ihr die zurechtgelegten Worte entfielen. Sie konnte nur noch daran denken, dass sie diese beiden Jungs – auch wenn sie sie erst seit kurzem wieder kannte so ins Herz geschlossen hatte, dass sie aufpassen musste, Metus nicht auf den Plan zu rufen. »Danke«, flüsterte sie gerührt. »Auch euch beiden«, fügte sie an Trip und Elena gewandt hinzu.

Die beiden erwiderten nur ein Nicken.

»Es wird heller«, sprach Mattia Allegras Feststellung von kurz zuvor laut aus.

»Nur noch eine Biegung, dann sind wir oben«, erklärte Trip.

»Weißt du, wo wir dann hin müssen?«, fragte Allegra hoffnungsvoll. Es wäre vorteilhaft, jetzt schon Pläne zu schmieden und nicht erst, wenn sie vor einer Harpyie fliehen mussten.

»Du wolltest nach oben und ich habe dir einen sicheren Weg gezeigt. Es ist nicht wie bei deiner Prüfung«, er senkte den Blick. »Es ist das erste Mal, dass ich bei dieser Art Einsatz dabei bin.«

Allegras Magen zog sich zusammen – und knurrte anschließend.

»Du hast Hunger?«, fragte Elena und riss die Augen auf.

»Eigentlich nicht. Oder vielleicht doch. Hast du den Trick mit dem Essen noch drauf?« Trip hatte Allegra während ihrer Prüfung das beste Essen überhaupt beschert, das nicht Maria zubereitet hatte.

»Das war während des *Examen amoris*«, sagte er. »Essen könnte sehr gefährlich sein, wo wir hingehen. Es ist Proserpina zum Verhängnis geworden.«

Allegra versuchte die Zusammenhänge zu verstehen. Proserpina hatte in der Unterwelt gegessen und wer dort etwas zu sich nahm, war für immer an diese Welt gebunden. Jene Granatapfelkerne, die bei ihr alles zum Guten wenden konnten, hatten ihr die Freiheit genommen.

Sie bogen um die nächste Kurve und das schummrige Zwielicht, das draußen herrschte, war durch die entfernte Öffnung zu sehen.

»Wartet«, sagte Allegra. »Ich will nach Luca sehen.« Sie schloss so schnell die Augen und konzentrierte sich auf Luca, dass Trips Warnung wie durch Ohrenschützer zu ihr in den Kopf drang. Keuchend öffnete sie die Augen, das Feuer der Fackeln tanzte um sie herum und glitt immer wieder zur Seite.

»Frag doch bitte, bevor du etwas tust, was nicht gut für dich ist«, sagte Trip.

Allegra hörte, wie er die Augen verdrehte. Zumindest glaubte sie das. Irgendetwas schien in ihrem Kopf noch nicht ganz rund zu laufen. Sie holte mehrmals tief Luft und konzentrierte sich darauf, den Schmerz wegzuatmen, wie es gebärenden Müttern geraten wird. Allegra hatte sich zwar bisher geweigert, bei einer Geburt dabei zu sein – auch wenn man es ihr als zukünftige Medizinstudentin angeboten hatte! –, dennoch wusste sie in der Theorie einiges darüber. Das Abklingen des Schmerzes war so erleichternd, dass Allegra aufseufzte. »Lass mich raten: Hier drin funktionieren Visionen nicht?«, sagte sie anschließend zu Trip.

Der sah sie nur mit diesem ›das nächste Mal hörst du besser auf mich‹-Blick an.

»Dann müssen wir wohl einfach hoffen, dass er dort ist, wo ich ihn gesehen habe, oder?«

Trip zuckte mit den Schultern. Elena, Alessandro und Mattia waren nicht hilfreicher. Daher entschied sie selbst. Ihre Vision hatte etwas zu bedeuten, da war sie sich sicher. Und sie war der einzige Anhaltspunkt.

Allegra straffte sich und ging dem Zwielicht jenseits der Höhle entgegen.

5. SZENE

Auch wenn der blauviolette Himmel den größten Teil des Sonnenlichts verschluckte, wurde Allegra im ersten Moment geblendet. Sie blinzelte mehrere Male, bis sie die krächzenden Schatten am Himmel richtig erkennen konnte. Wie Geier kreisten sie über der Stelle am Rande der Schlucht, an der sie aus dem Tunnel getreten waren.

Allegra schloss die Augen und holte die Bilder der Vision aus ihrer Erinnerung hervor. Sie sah Luca, wie er am Rande dieser Welt zu stehen schien. Sie sah sich um. Unter dem Zwielicht des Himmels wirkte die Landschaft, die in der realen Welt so sattgrün leuchtete, krank und ausgestorben. Vielleicht war es tatsächlich so. Der Distrikt Tremosine zog sich ein ganzes Stück oberhalb des Gardasees entlang. Dieses Mal wollte Allegra in die andere Richtung, zu dem Abgrund, der in der Realität hinab zum Lago di Garda führte. Sie überließ ihrem Instinkt die Führung, beschloss, dass sie am Tunnelausgang nach links gehen mussten. Sie hoffte, dieses Gefühl käme erneut von ihrem Herzen, das sich nach Luca sehnte und ihr den Weg wies.

»Woher weißt du, wo wir hin müssen?«, fragte Alessandro, der ihr inzwischen aus der Dunkelheit heraus gefolgt war.

Allegra legte sich nur die Faust auf die Brust, während Trip »Pscht!« zischte und sich nervös umsah, ehe er den Blick nach oben richtete. Elena klammerte sich an Trip, der die Fackeln mit einer Handbewegung in massive Langschwerter verwandelte. Nachdem offensichtlich wurde, dass weder Alessandro noch Mattia je eins in der Hand gehalten hatten, ersetzte er sie durch die kürzere Variante. Sofort folgten beide einem angeborenen Instinkt, es hin und her zu schwenken und gegen unsichtbare Gegner zu kämpfen. Allegra sah sie mahnend an und sie senkten schuldbewusst die Köpfe.

Mit einem Wink signalisierte Allegra, dass es losgehen sollte, und die Gruppe machte sich auf den Weg. Sie ging vorneweg, folgte ihrem Herzen, das sie wie an einem unsichtbaren Band durch den düsteren Wald führte. Sie gingen wortlos nebeneinander her, die Stille um sie wurde nur ab und an durch das Krächzen der Harpyien oder durch Schreie von weit her durchbrochen, bei denen Allegra jedes Mal eine Gänsehaut bekam.

Solange sie jemand anderen finden, denken sie nicht an euch.

Sie verabscheute den Gedanken, der ihr im Kopf herumspukte, bekam sofort ein schlechtes Gewissen. Doch ganz ignorieren konnte sie ihn nicht.

Sie erreichten das Ende des Waldes. Hier standen die Bäume nicht mehr so dicht. Allegra hatte jegliches Zeitgefühl verloren. Im teils dichten Unterholz musste es mehrere Stunden gedauert haben, bis sie sich so weit vorgekämpft hatten. Bei den letzten Bäumen angekommen, stoppte die Gruppe. Vor ihnen lag eine weite Ebene, die hüfthohen Gräser waren gelb, vertrocknet und an vielen Stellen vom Wind zu Boden gerungen.

Oder von etwas anderem, mahnte die Stimme. Allegra suchte den Himmel nach den Harpyien ab, konnte sie jedoch nirgendwo entdecken.

»Wir müssen schnell sein«, flüsterte Trip. »Hier sind wir ein leichtes Ziel.«

Allegra stimmte ihm zu. Vor Verfolgern am Boden mochten sie die langen Halme der Gräser verstecken, aber von oben würden sie eine gut sichtbare Spur hinterlassen.

Trip sah nacheinander alle an, so dass er ihre volle Aufmerksamkeit hatte. Mit einem Nicken zeigten sie, dass sie verstanden hatten. Er nahm Elena an die linke Hand, zog sein Schwert aus der Scheide und stellte sich auf. Allegra, Mattia und Alessandro hoben ebenfalls ihre Schwerter, die auf dem Weg bisher eher lästig als praktisch gewesen waren. Dann rannte Trip los. Allegra sah, wie er und Elena auf den wenigen Metern zu den Gräsern hin unsichtbar wurden. Als sie mit den Jungs losrannte, knickten die ersten Halme wie von Geisterhand vor ihnen um. Trip und Elena konnten sich vielleicht unsichtbar machen, aber ihr Weg war deutlich zu erkennen.

Allegra folgte der Schneise, die Trip durch das hohe Gras schlug. Das Knirschen und Knacken unter ihren Füßen klang ohrenbetäubend. Es musste über die gesamte Ebene hallen. Ihr Herz schlug schneller und schneller. Ihr Puls raste, während sie ihre Beine zu Höchstleistung antrieb. Hinter sich hörte sie gleichmäßige Schritte und blieb so plötzlich stehen, dass Alessandro in sie hineinrannte und sie beinahe umwarf. Es waren seine Schritte gewesen. Sie befürchtete das Schlimmste, als sie um Alessandro herum sah, betete dafür, dass Mattia nichts geschehen war.

Der schwebte mit fragendem Blick wenige Zentimeter über dem Boden. Deshalb hatte er keine Geräusche verursacht. Allegra schalt sich für ihre Dummheit. Metus schien nahe, schürte ihre Ängste und machte logisches Denken unmöglich. Sie wandte sich wieder um und rannte weiter. Dicke gelbe Halme flogen an ihr vorbei, sie rannte und rannte, doch das Feld oder vielmehr die ganze Ebene schien kein Ende zu nehmen.

Ein weit entferntes Geräusch ließ sie zusammenzucken. Das laute Krächzen, das einem Siegesschrei glich, sorgte dafür, dass sie für einen Augenblick erstarrte und aus dem Rhythmus kam. Alessandro fing sie auf, damit sie nicht ins Stolpern geriet, dann rannten sie weiter. Mattia war dicht bei ihnen. Jetzt, da sie wusste, dass er flog, spürte sie den Wind, den er hierfür nutzte.

»Schneller!«, trieb Mattia sie an.

Doch Allegra lief schon so schnell sie konnte. Sie wusste, dass ein falscher Tritt das Ende bedeuten könnte. Wenn sie auf dem unebenen Boden umknickte, wäre sie nicht mehr in der Lage weiterzugehen. Doch sie musste es riskieren. Es gab keine andere Möglichkeit.

Die Schreie der Harpyien kamen näher, sie klangen jetzt weniger nach Vogel, sondern wie der Ruf einer alten, krächzenden Frau.

»Lauft nicht weg!«, rief eine. »Wir wollen euch nur helfen.«

Etwas lag da in dieser Stimme, das dafür sorgte, dass Allegra langsamer wurde. Sie wollte ihnen glauben. Nein, sie glaubte ihnen. Ein Schatten huschte über sie hinweg und Allegra hob den Kopf. Über ihr flog keine schrumpelige alte Frau mit Kleiderfetzen und schwarzen Krähenflügeln. Nein, die Gestalt über ihnen glich einem weiblichen Engel, dessen funkelnde Flügel das Violett des Himmels reflektierten. Das weißblaue Gewand des Engels schien von innen heraus zu leuchten. Allegra blieb stehen und beobachtete die Schönheit des Wesens voller Ehrfurcht.

»Das ist ein Trick!«, schrie Trip von weit her.

Doch Allegra konnte die Bedeutung seiner Worte nicht erfassen. Sie wollte zu diesem Wesen, ging langsam vorwärts in die Richtung, wo sie es zuletzt gesehen hatte. Alessandros Augen waren weit aufgerissen, als er mit nach oben gerichtetem Blick neben sie trat, sie einholen wollte.

»Sie täuschen euch!«

Eine weitere bedeutungslose Aussage schwebte über ihren Köpfen, ehe Allegra einen spitzen Schrei vernahm, der gar nicht zu ihrer Stimmung passen wollte. Zu diesem ehrfürchtigen Moment der Vollkommenheit.

»Helft mir!«, rief Trip.

Mattia war es, der Allegra und Alessandro schließlich vor sich herschob. Immer weiter durch die Schneise, bis vor ihnen ein surreales Bild auftauchte. Allegras Herz zog sich vor Schmerz zusammen.

Vor ihnen war eine nahezu kreisrunde Fläche platt getreten. Im Zentrum stand Trip, der mit seinem Schwert auf den Engel einschlug, der sich zu ihm herabsenken wollte. Zu Trips Beinen kauerte Elena, Tränen rannen ihr übers Gesicht.

Allegra konnte sie verstehen. Was Trip hier tat, war zu grausam. Sie erhob ihr Schwert und rannte zu Trip, der gerade einen Treffer landete, und ein weiterer kurzer Schrei ertönte. Allegra trat über schwarze Federn, wunderte sich, woher sie kamen, ließ ihr Ziel – Trip – jedoch nicht aus den Augen.

Mit weit aufgerissenen Augen erkannte Trip, was sie vorhatte, und richtete sein Schwert gegen Allegra. Sie sah die Bewegungen voraus, wie es bereits bei ihrer Prüfung der Fall gewesen war. Ihre Gabe zeigte ihr immer einen klitzekleinen Moment der Zukunft, damit sie rechtzeitig reagieren und gezielte Schläge setzen konnte.

Der Engel schwebte über ihnen und bewunderte, wie Allegra ihn verteidigte. Doch Trip war schnell. Er parierte ihre Angriffe, wagte es tatsächlich, zwischendurch seine Klinge gegen den Engel zu richten. Ein kurzes Stöhnen erklang und eine schwarze Feder segelte vom Himmel herab. Allegras Klinge befand sich jetzt nur wenige Zentimeter von Trips Herz entfernt, in der nächsten Sekunde könnte sie einen hoffentlich tödlichen Hieb platzieren. Doch in diesem Moment landete die schwarze Feder auf Allegras Unterarm und brannte sich wie Säure in ihre Haut. Sie schrie auf, zuckte zurück und das Bild vor ihr veränderte sich.

Die Harpyie griff Trip erneut an, der sprang zur Seite und schwenkte das Schwert gegen die Angreiferin. Eine zweite Harpyie schoss herab, Trip sprang noch weiter zur Seite, befand sich nun am Rand des Kreises, der einer Kampfarena glich. Schwarze Federn durchzogen die gelben plattgetretenen Halme, dazwischen rote Sprenkel. Blut. Das von Trip oder das der Harpyie? Allegra war wie erstarrt. Beinahe hätte sie Trip eben getötet. Sie verdrängte den irrationalen Gedanken, dass er bereits tot war, dass sie sich in der Unterwelt befanden.

Trip wurde von zwei Seiten angegriffen, konnte sich nur noch verteidigen und keine Treffer mehr platzieren. Allegra löste sich aus ihrer Lethargie und durchquerte den Kreis. Mit einem hämischen Lachen registrierte eine der Harpyien Allegras Eingreifen und sie … lächelte. Dabei entblößte sie unter vertrockneten Lippen Reihen spitzer Zähne, die nur noch im Kiefer verankert zu sein schienen wie bei einem Skelett. Das Zahnfleisch war weit zurückgezogen, eine kleine vertrocknete Zunge leckte über die schmalen Lippen. Allegra wurde übel. Das Schlimmste jedoch waren die Augen der Harpyie. Sie wirkten toter als tot, lagen so tief in den Höhlen, dass Allegra das milchige Weiß der Iris kaum mehr erkennen konnte.

Allegra schluckte die Übelkeit und die Angst runter, die das Wesen hervorrief, und ging zum Angriff über. Seite an Seite mit Trip verteidigte sie sich gegen die scharfen Krallen an den dürren Armen der Harpyien. Der Kampf schien ausgewogen, eine Abfolge von Angriff und Verteidigung.

Dann hieb ein Schwert von der Seite auf den Flügel der Harpyie ein, die Allegra gegenüber schwebte. Allegras Kopf ruckte herum – Alessandro hatte sich nun auch endlich über das Trugbild der Harpyien hinweggesetzt. Das alte Frauengesicht zog sich vor Schmerz zusammen, weitere Federn wirbelten um Allegra herum, führten einen wilden Tanz auf. Die zweite Harpyie war weit nach oben gestiegen, auch Trip konzentrierte sich nun auf das verbliebene Wesen. Gänsehauterzeugende Schmerzensschreie erklangen und Allegra widerstand dem Drang, sich die Ohren zuzuhalten.

Trip kämpfte immer schneller, setzte einen Hieb nach dem anderen, Allegra und Alessandro taten es ihm nach, schlugen immer und immer wieder nach dem Monster, das sie so getäuscht hatte, dass sie beinahe ihren Ahnen verraten hatten. Die Harpyie wollte fliehen, glitt außerhalb ihrer Reichweite, als ein starker Wind sie wieder nach unten presste. Mattia! Er nutzte seine Begabung nicht zum Fliegen, sondern sorgte dafür, dass Trip weiterhin schmerzhafte Treffer landen konnte. Die Harpyie kreischte, schlug kräftig mit den Flügeln, so dass die Federn vom Boden aufstoben, doch sie hatte Mattias Gabe nichts entgegenzusetzen.

Allegra erkannte die Furcht in den milchigen Augen, als Trip zum tödlichen Stoß ansetzte. Gleich darauf löste sich die Harpyie in schwarzen Nebel auf und war verschwunden.

Noch ehe Allegra erleichtert ihr Schwert senken konnte, ertönte ein weiterer Schrei. Ein menschlicher Schrei. Angst. Hoffnungslosigkeit. Verzweiflung. Flügel flatterten, ein Krächzen erklang, und als sich Allegra umdrehte, sah sie gerade noch, wie die zweite Harpyie Elena mit ihren Klauen ergriff und binnen eines Wimpernschlages in die Lüfte gestiegen war.

Trips unmenschlicher Schrei überlagerte den von Elena. Mattia stieg in die Lüfte, versuchte, die Harpyie einzuholen, doch mit ihren großen Flügeln war sie zu schnell und schon kurz darauf außer Sicht. Trip brach mitten auf dem blutigen Boden zusammen. Alessandro überspülte sie alle mit einer Welle des Schmerzes und des Mitleids und Allegra war zu benommen, um sich gegen die Emotionen zu wehren, die auch ihre eigenen Gefühle ausdrückten.

Sie hatten so hart gekämpft und dennoch ein Mitglied ihres Teams verloren. Es gab keine Worte dafür, die sie an Trip richten konnte. Eine Entschuldigung gab es nicht. Sie hatte sich täuschen lassen, hatte Trip selbst angegriffen und ihn damit ein Stück von Elena weggedrängt. Der Liebe seines Lebens, die hier in der Zwischenwelt auf ihn gewartet hatte, bis der Fluch eines Tages gebrochen werden würde. Wie viel gemeinsame Zeit war ihnen vergönnt gewesen? Wenige Wochen? Diese konnten die Jahrzehnte der Trennung nicht wiedergutmachen.

Trips Schultern bebten. Er saß zusammengekauert vor ihnen, an der Stelle, wo bis vor wenigen Momenten noch Elena gesessen hatte, den Bestien hilflos ausgeliefert. Allegra ging langsam zu ihm und hob ihre Hand, damit Alessandro und Mattia zurückblieben. Sie versuchte angestrengt, Worte zu finden, die ihn trösten könnten, doch alles klang bedeutungslos im Angesicht dieses Verlustes. Sie kannte diesen Schmerz, hatte Luca bereits zweimal verloren – und beide Male war sie schuld daran gewesen, hatte sich nur selbst etwas vorwerfen können. Doch Trip konnte sie, Allegra, verantwortlich machen, und genau davor hatte sie Angst. Sie kniete sich neben ihn, berührte ihn nicht, sagte nichts. Sie hoffte, er würde spüren, was sie nicht in der Lage war auszusprechen.

Es dauerte eine gefühlte Unendlichkeit, ehe Trips Beben nachließ, dann ganz aufhörte. Er holte stockend Atem und richtete sich auf, den Rücken noch immer zu ihr gewandt. Langsam drehte er sich um. Die Sorge, das in seinen Augen zu sehen, was sie befürchtete, dominierte in diesem Moment alles. Doch in seinem Blick lag kein Vorwurf, nur tiefer, alles umfassender Schmerz. Allegra rannen die Tränen aus den Augen und sie überwand die Distanz, um ihn in die Arme zu schließen. Er erstarrte und schob sie wieder von sich.

Die Anklage lag nun wie ein unüberwindbares Hindernis zwischen ihnen. Trips Gesicht war um Jahre gealtert, als er ihr in die Augen sah und emotionslos sprach: »Wir müssen weiter. Wir haben ein Ziel. Beeilt euch, bevor die Harpyie zurückkommt.« Er steckte sein Schwert in die Scheide und ging ohne ein weiteres Wort davon.

Allegra presste die Lippen zusammen und nickte, auch wenn Trip sie nicht mehr sehen konnte. Sie versuchte, die Tränen aus den Augen zu blinzeln, aber es kamen immer neue nach. Metus spielte mit ihrer Angst vor Zurückweisung, die sie so noch nie zuvor gespürt hatte, von der sie nicht einmal gewusst hatte, dass sie sie in sich trug. Für einen Moment glaubte sie, einen Jungen zu sehen, der siegesgewiss lächelte, beim nächsten Zwinkern war er jedoch verschwunden.

Alessandro legte ihr den Arm über die Schulter und schob sie vorwärts. Die Schuld lastete so schwer auf ihr, dass sie kaum vorankam. Mattia rückte an ihre andere Seite und hob sie auf seine Arme. Sie schwebten durch den Pfad, den Trip in das Feld getrampelt hatte. Allegra ließ den Schmerz zu, die Trauer und das Mitleid, und mit der Zeit wurde das Atmen wieder einfacher.

Ihre Jungs würde sie nicht noch einmal enttäuschen. Sie würde auf der Hut sein, keinen Täuschungen mehr unterliegen, schwor sie sich. Sobald sie Luca gefunden hatten, würde Allegra dafür sorgen, dass Trip dorthin kam, wo seine Elena auf ihn wartete. Sie hatten für Allegra ihr gemeinsames Leben aufgeschoben und hatten einen entsetzlichen Preis dafür gezahlt. Dafür würde sie ihnen für immer dankbar sein. Mit diesem Gedanken fand sie zu ihrem inneren Gleichgewicht zurück und sah ihr Ziel wieder vor Augen – mit all den Hürden, die es bis dahin zu überwinden galt.

Mattia glitt zu Boden und hielt an. Allegra rappelte sich aus seinen Armen, rieb sich die letzten Tränen von den Wangen und sah sich um.

Trip stand ein paar Meter entfernt am Ende der Graswüste. »Wir sind da.« Noch immer war keine Gefühlsregung in seinem Gesicht zu sehen. Er trat zur Seite und öffnete den Blick auf das Ende der Welt.

6. SZENE

Allegra überwand die letzten Meter, nur um genau jenes Bild vor sich zu sehen, das sie bereits aus ihrer Vision kannte. Am Ende der hohen Gräser befand sich eine Fläche von totem Nichts, aufgewühlter Erde, hier und da von ein paar traurigen Gräsern durchbrochen, die vergeblich versuchten, sich durchzusetzen. Kleine Felsbrocken lagen herum und ein dürres, kahles Bäumchen stand inmitten der toten Fläche.

Allegras Blick blieb daran hängen. Der Baum war in ihrer Vision nicht da gewesen. So, wie er die kleine Fläche durchbrach, wäre er ihr aufgefallen. Sie glich im Geiste die Bilder ab und vermutete, dass der Baum in der Vision Luca als Feuerholz gedient hatte.

»Wir sind zu früh«, flüsterte sie. Ihre Enttäuschung war nicht zu überhören.

»Oder zu spät«, sagte Mattia. »Vielleicht haben ihn die ...«

»Nein«, sagte Allegra schnell und erklärte, woher sie wusste, dass ihre Vision noch nicht geschehen war.

»Dann können wir abwarten«, sagte Mattia und sah sich auf dem Fleck karger Erde um. Nachdem er die großen Felsbrocken an den Seiten untersucht hatte, ging er direkt auf den Abgrund zu.

Allegra wollte ihn schon aufhalten, doch dann fiel ihr ein, dass er nicht abstürzen konnte, und sie hielt sich zurück.

»Was ist dort unten?«, fragte Alessandro, als Mattia zurückkam. Sie hatten sich vor dem großen Felsbrocken niedergelassen; von hier aus hatten sie alle Seiten im Blick.

»Nichts«, sagte Mattia, die Stirn in Falten gelegt.

»Wie ›nichts‹?«, hakte Alessandro nach.

»Nichts nichts«, erklärte Mattia. »Soweit ich sehen kann, ist hinter diesem Abgrund nichts außer dieser blauvioletten Wolken. Oben, unten, überall!«

Alle drei sahen fragend zu Trip, der sich neben dem Bäumchen auf den Boden gesetzt hatte.

Resigniert zuckte er mit den Schultern. »Irgendwo muss diese Zwischenwelt ja enden.«

Allegra wusste, dass Trip trauerte, dennoch schnitten ihr seine Worte wie ein Messer in die Brust. Sie machte sich Sorgen um ihn, hatte Angst, dass er sich aufgeben würde, ehe sie ihm helfen konnte. Sie erhob sich, um zu ihm zu gehen, versuchte sich Worte zurechtzulegen, die ihm neuen Mut gaben. Da sah sie einen Schatten im Augenwinkel. Sofort suchte sie die Felsen ab, erwartete, dass der Schatten daran entlang kriechen würde wie in ihrer Vision. Aber da war nichts. Vielleicht hatte sie sich getäuscht. Sie atmete erleichtert aus, als sich jemand neben ihr räusperte und geräuschvoll die Luft durch die Nase einsog.

»Der Duft der Furcht ist berauschend«, sagte der junge Mann neben ihr.

Allegra sah ihn an, konnte sich weder rühren noch etwas sagen.

»Hallo Allegra, endlich kann ich mich dir zeigen.« Der Mann lächelte, hatte noch immer einen genießerischen Zug um die Augen, der Allegra anwiderte. Sie stellte ihre Frage nicht laut, dennoch antwortete der Mann, als er nähertrat: »Ich bin Metus, Sohn der Venus und des Mars.« Er deutete eine Verbeugung an, ein schelmischer Ausdruck lag nun auf seinem Gesicht.

»Was willst du?«, fragte Allegra misstrauisch. Den Gott der Angst hatte sie sich irgendwie ... furchterregender vorgestellt. Das Bild in ihrem Kopf passte so gar nicht zu dem dunkelhaarigen Mann mit der bronzefarbenen Haut und den funkelnden honigfarbenen Augen, die sie amüsiert musterten. Er trug auch keine weiße Robe, sondern Jeans und ein sehr eng anliegendes T-Shirt, unter dem sich jeder einzelne Muskel abzeichnete.

»Enttäuscht?«, fragte Metus grinsend.

Allegra öffnete gerade den Mund, da trat Alessandro vor sie und baute sich verteidigend zwischen ihr und Metus auf. Der Gott lachte, hob kurz die Hand und Alessandro begann zu zittern. Allegra machte einen Schritt nach vorne und sah ihren Bruder an. Seine Augen waren schreckgeweitet, blickten starr in die Ferne. Schnell erfasste sie, was geschehen war.

»Lass ihn in Ruhe«, schrie sie Metus an, der nur arrogant eine Augenbraue hob, dann kurz die Augen schloss und erneut die Luft einsog, ehe er mit einer weiteren Handbewegung den Schrecken von Alessandro nahm.

»Es ist so einfach, Furcht zu schüren, wenn die Liebe im Spiel ist.«

Alessandro hatte Mühe sich zu beherrschen. Seine Wut umwirbelte ihn und Allegra musste sich darauf konzentrieren, dass ihre eigenen Gefühle nicht unter seinen untergingen. Mattia kam an Alessandros andere Seite und legte ihm beschwichtigend die Hand auf den Unterarm. Metus legte den Kopf schief.

Allegra fragte noch einmal: »Was willst du? Hast du nicht schon genug mit meiner Angst gespielt?«

»Hab ich das?«, fragte Metus gespielt entrüstet. »Nein, ich habe dir nur eine kleine Kostprobe meines Könnens gezeigt. Von irgendetwas muss man sich hier unten ja ernähren.« Er verzog den Mund. »Und Angst ist fast so nahrhaft wie Ambrosia.« Er leckte sich mit der Zunge über die Lippen. »Aber um auf deine Frage zurückzukommen: Ich will, dass ihr mir helft.«

»Was?«, fragten Alessandro, Mattia und Allegra wie aus einem Mund.

Metus kniff die Augen zusammen, für einen Moment blitzte Zorn darin auf und kleine rote Fünkchen durchzogen seine Iris. Doch er hatte sich schnell wieder im Griff. »Es gibt da jemanden, der hier herunterkam und seither nicht mehr aufgetaucht ist. Ihr müsst ihn finden.«

»Genau das versuchen wir ja schon«, grummelte Alessandro.

»Nicht diesen … Jungen. Ihr sollt nicht *ihre* Liebe finden.« Er deutete grob in Allegras Richtung und schüttelte fassungslos den Kopf.

Die konnte ihn nur anstarren, war nicht in der Lage, zu begreifen, dass sie einem echten Gott gegenüberstand. Er sah viel zu normal aus.

»Sie hat uns verboten, darüber zu sprechen. Sie sollen allein drauf kommen«, mischte sich Trip ein, der in der Zwischenzeit von seinem Platz unter dem Baum zu ihnen gewechselt war.

»Wer hat dir was verboten?« Allegra warf Trip einen skeptischen Blick zu.

»Das gilt für euch. Ich bin ein Gott!« Metus hob gebieterisch die Arme, als wäre das Erklärung genug.

»Erzählt uns jetzt jemand, von was ihr sprecht?« Allegra wurde ungeduldig. Ihr lief die Zeit davon.

»Was genau hat dir ... *Lorenzo* denn gesagt, ehe du auf die Reise gegangen bist? Was genau sollst du hier unten machen?« Er verschränkte die Arme vor der Brust, das enge Shirt zeichnete jeden einzelnen Muskel detailliert nach.

»Ich soll die Liebe finden«, rief sie sich Lorenzos Worte ins Gedächtnis. Sofort blitzten Lucas Augen in ihrem Kopf auf, ihr Herz flatterte und ein Glücksgefühl durchströmte sie.

Metus verdrehte die Augen. »Wusstet ihr, dass der Körper auf Liebe und Angst ähnlich reagiert? Dein Herz schlägt schneller, dein Blut wird von Adrenalin überschwemmt, andere Funktionen werden nahezu eingestellt.«

Allegra wartete ab, auf was er hinaus wollte.

»Du sollst nicht diesen Jungen suchen, sondern die Liebe«, half er ihr auf die Sprünge. Als sie nicht reagierte, fügte er hinzu: »Amor, Cupido, Eros, nenn ihn, wie du willst.«

»Wir sollen Amor suchen?« Allegras Stimme war mindestens zwei Oktaven zu hoch. »Er ist *hier*?«

»So wurde mir berichtet.«

»Und warum suchst du ihn nicht einfach selbst?«, warf Mattia ein, der nun ebenfalls die Arme vor der Brust verschränkt hatte.

Allegra ging in Gedanken das Gespräch mit Lorenzo durch, dann Trips Aussagen. Sie sah ihn argwöhnisch an. »Du wusstest es?«, fragte sie, zutiefst enttäuscht von der Lüge.

Er nickte langsam. »Es war Teil des Handels mit Lorenzo. Ich durfte dir nichts sagen, sonst hätte Ven ...«

Metus hob die Hand und Trip verstummte. »Sprich ihren Namen nicht aus oder willst du, dass sie hier auftaucht?« Metus' Stimme war bedrohlich. Dieses Grollen passte schon eher zum Gott der Angst.

Trip fuhr zusammen.

»Es ist eine längere Geschichte«, sagte Metus und winkte ab.

»Wo ist Luca?«, fragte Allegra. Alles andere interessierte sie nicht.

»Bei Amor. Das hoffe ich zumindest«, antwortete der Gott.

»Warum sollten wir dir glauben? Du hast mich in der Höhle noch zu Tode geängstigt.«

Metus hob abschätzig eine Augenbraue. »Zu Tode erschrecken wäre nicht mein Niveau. Ich schüre nur die Ängste, die da sind. Und es tut mir leid, ich konnte der Versuchung einfach nicht widerstehen – deine Ängste sind so greifbar, ich musste zuschlagen.«

Nun war Allegra an der Reihe, ihre Augenbraue zu heben, auch wenn sie das nicht so gut konnte wie Metus. »Hast du dich gerade entschuldigt?«

»Vielleicht?« Er kniff die Augen zusammen.

Allegra schüttelte den Kopf. Dieser Gott war einfach nicht zu durchschauen.

»Dann erzähle ich euch einfach die längere Geschichte. Die dürfte dich durchaus interessieren. Denn du bist schuld, dass mein Bruder hier unten verschollen ist.«

»Wie bitte?« Allegra verlor so langsam den Respekt gegenüber Metus. Er wirkte so normal, so ›ungöttlich‹, dass es ihr schwerfiel, ihn nicht wie einen normalen Menschen zu behandeln.

»Du bist auf *ihre* Tricks hereingefallen und hast deine Liebe zu einem Dasein hier unten verdammt.« Metus ließ keinen Zweifel daran, dass er Venus meinte. »*Lorenzo* hat versucht, einen weiteren Deal auszuhandeln. Als niemand reagierte, zog Amor los, um seinen Nachfahren zurückzuholen.«

»Amor hat Luca gesucht?« Allegra stiegen Tränen der Rührung in die Augen.

Metus nickte. »Was eine ganz schlechte Entscheidung war.«

»Warum?«, fragte Mattia.

»Siehst du einen der beiden irgendwo?«, gab Metus bissig zurück.

»Was ist mit ihnen passiert?« Wenn das jetzt bedeutete, dass sie nach Amor suchen musste, um Luca zu finden, würde sie auch das tun. Sie hatte schon schlimmere Herausforderungen angenommen.

»Wenn ich das wüsste, müsste ich nicht mit euch hier stehen. Aber *Lorenzo* meinte, dass wir zusammenarbeiten sollten.«

Allegra fragte sich, ob Metus Lorenzo nicht mochte, so wie er seinen Namen immer betonte. Vielleicht hatte er zu wenig Angst oder gar keine? »Und du bist dir sicher, dass Luca ...«

Doch Metus fuhr sofort dazwischen: »Ja, ich bin mir sicher. Er hat nach Luca gesucht. Entweder stecken sie gemeinsam hier irgendwo oder beide sind nicht mehr zu retten.«

Seine Worte waren so eiskalt, dass Allegra erschauderte und ihr Tränen in die Augen stiegen.

»Wie kannst du so etwas sagen?« Alessandro drückte Allegra an sich, um sie zu beruhigen. »Warum willst du deinen Bruder überhaupt finden? Steht ihr euch so nahe? Ich dachte, du hängst immer mit Pavor rum.«

Angst und Schrecken, dachte Allegra und versuchte sich an die wenigen Stunden zu erinnern, in denen sie die römische und griechische Mythologie durchgenommen hatten. Im Griechischen nannte man die Brüder Phobos und Deimos. Sie waren Begleiter von Mars, dem Gott des Krieges.

»Ich hänge nicht herum«, sagte Metus angewidert, als hätte Alessandro ihm vorgeworfen, kleine Katzen zu ertränken. Wobei, vielleicht tat er das ja tatsächlich. Allegra schluckte. »Es ist mein Job, Angst zu schüren. Und die ist in Kriegen ja wohl am präsentesten oder meint ihr nicht?«

»Warum bist du dann hier und suchst nach der Liebe?« Allegra fehlte immer noch der Beweis, warum sie ihm vertrauen sollte.

»Ihr wollt es aber ganz genau wissen, oder?« Der Gott schnaubte absolut ungöttlich. »Für was kämpfen die Menschen denn in Kriegen? Hm?«

»Für ihr Land? Ihre Freiheit? Ihre Selbstbest ...«

»Jaja, schon gut. Es gibt einige Gründe, aber immer wieder kann man sie auf etwas ganz Bestimmtes zurückführen.« Metus sah Allegra erwartungsvoll an.

»Für die Liebe?«, sagte sie vorsichtig und Metus nickte wie ein Lehrer, der seinem schlechtesten Schüler eben die erste richtige Antwort entlockt hatte.

»Ven ... Ich meine, ihr wisst schon wer ...« Alessandro grinste bei seinem Witz. »... ist die Göttin der Liebe.«

»Pah!«, antwortete Metus. »Sie ist die Liebe, ja. Aber Liebe entsteht nicht ohne das erste Gefühl der Verbundenheit, das Verliebtsein. Ohne diesen ersten Schritt, für den mein Bruder sorgt, bleibt die Liebe nur ein Traum, unerreichbar. Wenn Amor verschwunden bleibt, überwiegen mehr und mehr die

Schattenseiten der Liebe: Eifersucht, Sorge, wachsendes Misstrauen. Ist das für euch erstrebenswert? Liebe und Hass sind nur durch eine dünne Grenze getrennt. Ohne Amor könnte die Liebe schnell in Hass umschlagen.«

»Und du hättest deine Macht über die Menschen verloren«, mutmaßte Allegra.

Metus presste mühsam ein »Ja« heraus.

Ob sie es als Vorteil empfinden sollte, dass der Gott der Furcht nach ihrem Freund suchen wollte, konnte sie im Moment nicht beurteilen. Aber seine Erklärung war gut begründet, daher wuchs Allegras Vertrauen in Metus. »Und wo sollen wir mit der Suche anfangen? Hast du irgendwelche Informationen?«, wollte sie von ihm wissen.

Metus deutete auf den Abgrund. »Ich denke, dort werden wir fündig.«

»Du willst dort runter?«, fragte Alessandro, seine Stimme überschlug sich beinahe.

»Aber Luca wird hier sein«, sagte Allegra bestimmt.

»Vielleicht war er ja schon hier«, erwiderte Metus.

»Nein. Meine Vision ...«

Metus verdrehte wieder einmal die Augen. »Die, meine liebe Allegra, habe ich dir geschickt.« Er – der Gott! sah sie mit Dackelblick an. »Ich wusste, dass ich dich nur mit deiner Angst um Luca hierher bekomme«, rechtfertigte er sich.

»Dann weißt du nicht, wo Luca ist?« Allegra wurde erst jetzt wirklich klar, wie sehr sie sich an diese Vision geklammert hatte, dafür gekämpft hatte, hierherzukommen und Luca rechtzeitig anzutreffen. In diesem Moment brach ihre Welt zusammen. Wieder einmal. Und dies hatte sie nur Metus zu verdanken. Sie stürmte wutentbrannt auf den Gott zu, der lachend seine Hand bewegte, und Allegra brach von den auf sie einströmenden Bildern zusammen.

7. SZENE

»Er ist tot«, flüsterte Allegra immer und immer wieder. Der Schmerz war allgegenwärtig, sie saß auf dem Boden, hatte die Beine angezogen und umklammerte sie, wippte dabei vor und zurück.

»Er ist nicht tot«, sagte Alessandro voller Überzeugung. »Es waren nur die Bilder, die er dir geschickt hat.« Dieses ›er‹ spuckte er aus und warf dabei einen Blick zu Metus, der so viel Hass enthielt, dass sich jeder normale Mensch zurückgezogen hätte. An dem Gott jedoch prallte so etwas ab. »Siehst du, was du angerichtet hast?«

»Ich habe sie nur mit ihrer größten Angst konfrontiert.« Keinerlei Bedauern war aus seiner Stimme herauszuhören.

»Und du denkst, das ist der richtige Weg?« Alessandro steigerte sich immer weiter in seine Rage hinein.

»Sie muss wissen, worauf sie sich einlässt«, knurrte Metus. »Sie muss wissen, wofür sie kämpft.«

»Dann solltest du ihr Bilder zeigen, wie sie mit Luca zusammentrifft«, mischte sich Trip vorsichtig ein. »Die wären … motivierender.«

»So hast du ihr die Hoffnung geraubt«, stimmte Mattia zu.

Allegra drängte Bild für Bild der Szene von sich, die Metus ihr gezeigt hatte. Sie glich einem Déjà-vu ihrer Erlebnisse in Limone. Sie kam wieder einmal zu spät und Luca war vor ihren Augen zusammengebrochen. Nur waren dieses Mal sofort die Harpyien gekommen und hatten ihn für immer fortgetragen. Auch ihr Herz hatten sie aus der Brust gerissen und mit harten Flügelschlägen mit sich genommen. Es war schwer, diese Bilder zu sehen und zu wissen, dass sie nicht real waren, nicht geschehen waren. Nur langsam schaffte sie es, den Schmerz von sich zu schieben und sich der Realität zu stellen.

Alessandro, Mattia, Trip und Metus diskutierten immer noch über sie, stritten, als wäre sie ein kleines Kind, über dessen Kopf hinweg Entscheidungen getroffen werden mussten. Sie hörte auf, vor und zurück zu wippen, und schüttelte stattdessen den Kopf.

»Es reicht.« Ihre Stimme bebte noch immer. »Redet nicht über mich, als wäre ich nicht da.« Sie sah von einem zum anderen. Drei erwiderten ihren Blick nicht, bewunderten den Boden oder starrten ihre Finger an.

Metus hingegen sah sie aus honiggoldenen Augen an. »Ich wusste, es ist der richtige Weg. Angst macht einen stark.« Er grinste die anderen Jungs siegessicher an. Fehlte nur noch, dass er ihnen die Zunge rausstreckte. Er trat auf Allegra zu, reichte ihr die Hand und zog sie hoch. »Wir finden meinen Bruder – und deinen Menschen.«

Die Formulierung klang so absurd, dass Allegra die Nase rümpfte, anschließend jedoch nickte. »Wo fangen wir an?«

Metus deutete mit dem Kopf in Richtung des Abgrundes, als ein Krächzen erklang.

»Die Harpyien!«, rief Trip und sah sich ängstlich um.

Auch Allegra scannte den Himmel.

»Wir sollten ihnen zuvorkommen. Sie würden euch vielleicht verletzen, nach dem, was ihr ihrer Schwester angetan habt«, kommentierte Metus gelassen.

»Heißt das, sie bringen die … Menschen dort hinunter?« Allegra versuchte, sich ein Bild von dem Ort jenseits der Klippe zu machen.

Metus nickte. »Ich bin mir allerdings sicher, dass selbst springen die bessere Alternative ist. Man hat mir erzählt, dass die Harpyien manche Seelen aus reiner Bosheit in den Styx werfen.« Er erschauderte.

Allegra erschauderte schon beim Gedanken an das Bild des Flusses Styx. Sie sah das Bild eines nebelüberzogenen düsteren Gewässers vor sich, das alles andere als einladend wirkte. Vom Fährmann Charon, der bei Allegra einem Skelett mit Mönchskutte glich, ganz zu schweigen.

»Und wenn wir selbst springen, hat das einen Vorteil, weil …?«, fragte Mattia.

»Keine Verletzung durch die Harpyien, eine sichere Landung, sofern möglich, und wir bleiben zusammen.« Metus zählte die Punkte an den Fingern ab.

Bei ihm klang das alles so einfach wie ein Sprung vom Ein-Meter-Brett im Schwimmbad. Als niemand in Jubel ausbrach oder gar losstürmte, seufzte er. »Ich hätte nicht gedacht, dass es so schwer sein würde, euch zu überzeugen. Entweder machen wir uns jetzt auf oder ich sorge dafür, dass ihr so viel Angst vor diesem Ort hier oben habt, dass ihr freiwillig runterspringt.« Er wedelte mit den Fingern.

Alessandro ballte die Hände zu Fäusten, doch Allegra besänftigte ihn: »Es hat keinen Zweck. Wenn wir weiter wollen, müssen wir wohl diesen ... Weg nehmen.«

»Ich schätze, es gibt kein Zurück, hm?« Alessandro glaubte selbst nicht daran, Allegra sah keine Hoffnung in seinen Augen.

»Nein, das gibt es nicht«, sagte Metus streng. »Jetzt hört auf zu heulen und lasst uns gehen.«

»Ich könnte runterfliegen und nachsehen«, schlug Mattia vor.

Metus grinste ihn abfällig an. »Versuch's doch. Das ist ein Übergang zwischen zwei Welten, keine simple Klippe, die du mit deinen Windspielchen bezwingen kannst. Nur der reine Wille bringt euch zum Ziel.« Er machte eine bedeutungsvolle Pause, ehe er hinzufügte: »Oder die Harpyien.«

Mattia verzog das Gesicht, während Metus auffordernd mit dem Kopf nickte. Allegra holte kurz tief Luft und wandte sich der Klippe zu. Ihre Beine weigerten sich, darauf zuzugehen, daher bewegte sie sich wie ein Zombie. Den anderen erging es ähnlich.

»Wird Elena dort sein?«, fragte Trip.

»Ich gehe davon aus. Außer die Harpyie wollte ihre Schwester rächen und hat deine Liebste zerfetzt.« Metus zuckte mit den Schultern.

»Hey!«, schimpfte Allegra. »Etwas mehr Feingefühl bitte.«

»Was denn?«, fragte der Gott ernsthaft.

Allegra schüttelte den Kopf. Hoffentlich fanden sie seinen Bruder schnell. Und hoffentlich hatte Amor Luca dann bereits gefunden. Allegra spielte an ihrem Siegelring, der ihr Kraft verlieh. Von einer Klippe in die echte Unterwelt zu springen, war eine Herausforderung, die nach den Erlebnissen im Sommer noch größer war. Je näher sie dem Rand der Klippe kam, desto präsenter wurden die Bilder des Monte Baldo, von dessen Gipfel sie Luca in den vermeintlichen Tod geschubst hatte. Sie erinnerte sich daran, wie sich das Blut um seinen Kopf ausgebreitet hatte. Sie hatte es zuerst in ihrer Vision gesehen und später von der Seilbahnkabine aus. Nun kam es ihr vor, als sollte sie freiwillig hinterherspringen.

Aber hatte sie nicht dasselbe getan, als Luca den Granatapfelkern in den Mund gelegt hatte? Sie vergegenwärtigte sich die Gründe, aus denen sie es ihm gleichgetan hatte. Eine Welt ohne Luca konnte sie sich nicht vorstellen. Sie trat näher an die Klippe und schloss die Augen.

Sie dachte mit aller Konzentration an die wenigen privaten Momente mit ihm zurück. Die Nacht auf der kleinen Aussichtsplattform, in der sie bemerkt hatte, dass die Anziehungskraft zwischen ihnen zu groß war, um sich dagegen zu wehren. Dass schon seine Nähe den kleinen Funken, den sie als Verliebtsein deutete, zu einem Flammenmeer machte. Ihr wurde warm, eine Leichtigkeit kam mit dem Gedanken an die Liebe und sie sprang, ohne sich noch einmal mit den anderen abzusprechen und ohne die Bilder loszulassen.

In dem Moment, in dem sie keinen Kontakt mehr zum Boden hatte, riss sie die Augen auf.

V. AKT

1. SZENE

Allegra hatte erwartet, dass sie wie ein Fallschirmspringer die Unterwelt von oben sehen würde, die Flüsse, den Tartarus oder was auch immer. Doch der Sprung war schneller vorbei, als sie vermutet hatte. Sie fiel nicht. Sie sprang nur von der Klippe und landete wie beim Weitsprung in der Schule ein klein wenig weiter in Schutt und Geröll.

Unerwartet fiel sie auf die Knie und fing den Sturz mit den Händen ab. Es klirrte, knirschte und knackte, als sie versuchte, sich wieder aufzurichten. Ihr Blick fiel auf die den Boden, auf dem sie gelandet war. Es waren weder Steine noch Geröll, was sich unter ihr meilenweit ausbreitete – es waren Knochen. Große und kleine, zerbrochene und ganze, alte verblichene und neue weißschimmernde Knochen. Der gesamte Ort war in gräulichen Dunst getaucht. Weit entfernt, am Ende der Knochenwüste glaubte sie, Umrisse zu sehen. Der Nebel jedoch war zu dicht, um Genaueres erkennen zu lassen.

Sie blickte sich um, suchte nach den anderen. Doch sie war allein. Sie fuhr herum, versuchte, den Nebel in alle Richtungen zu durchdringen. Waren die Schemen dort hinten ihre Freunde? Wie konnten sie …? Hätte sie mit den anderen gemeinsam springen müssen? Hätten sie sich aneinander festhalten sollen? Verdammt, warum hatte sie nicht daran gedacht? Sie hatte nur Luca im Kopf gehabt und ihr Ziel, ihn zu finden.

»Liebe macht blind«, sagte eine Stimme hinter ihr und Allegra schrak zusammen.

»Metus!« Nie zuvor hatte sich Allegra über die Gegenwart der Angst gefreut. Erleichtert sah sie den Gott an und wartete, dass auch ihre Jungs auftauchten. Doch niemand kam.

»Sie haben es nicht geschafft, die Grenze zu überschreiten.« Metus verzog den Mund. »Dabei habe ich ihnen noch gesagt, dass sie sich auf ihre

Ziele konzentrieren müssen. Menschen!«, grummelte er abfällig, schien sich jedoch nicht weiter darüber zu wundern. Oder zu ärgern.

Ganz im Gegensatz zu Allegra, die sich sofort Sorgen machte. »Was heißt, sie haben es nicht geschafft? Wo sind sie?«

»Schätzungsweise sitzen sie noch immer dort oben und warten auf die Harpyien.«

»Was?« Allegras schrille Stimme hallte über die Ebene und kam aus allen möglichen Richtungen zu ihr zurück.

»Pscht!«, mahnte Metus. »Du weckst ja die Toten auf.«

»Wo sind sie? Antworte!«

»Wie gesagt: Sie warten dort oben. Aber die Harpyien werden deinen lebenden Freunden nichts tun. Sie sind für sie nicht so verlockend wie der Tote.«

»Soll mich das irgendwie erleichtern?«

»Nicht?«, grübelte Metus ernsthaft. »Wenn wir hier fertig sind, können wir sie ja abholen. Sie werden sich schon eine Weile zur Wehr setzen können. Wenn mein Bruder erst einmal bei uns ist, wird er dafür sorgen, dass dein Gefolgsmann seine Liebste wiederfindet.«

Allegra sah ihn skeptisch an. Tischte der Gott ihr Lügen auf oder glaubte er wirklich, was er so erzählte? Und warum hatte er ihnen nicht erklärt, was sie beim Sprung zu tun hatten?

»Die Gruppe wäre zu groß gewesen. Ich konnte nicht riskieren, dass wir dem Fährmann auffallen. Zu zweit können wir uns besser tarnen. Nur du und die Angst.« Er wackelte mit den Augenbrauen. »Und die ist hier allgegenwärtig, wie du dir denken kannst.«

Allegras Wut kam schneller, als sie sie zurückhalten konnte. Sie schlug mit aller Kraft, die sie hatte, auf Metus' Brust ein.

»He!«, beschwerte sich der Gott, ohne mit der Wimper zu zucken.

Allegras Hand hingegen durchzuckte ein sengender Schmerz. »Du hast uns belogen!«

Metus warf ihr einen ›Was hast du erwartet?‹-Blick zu.

Allegra schnaubte. »Stimmt wenigstens der Teil mit Amor und Luca?«

Der Gott nickte. »Das war die Wahrheit. Und auch, warum ich meinen Bruder suchen muss. Wir können das Schicksal der Menschen nicht allein in den Händen unserer Mutter lassen. Sie ist eine verbitterte Person und sinnt noch immer auf Rache. Psyche ist am Boden zerstört«, sagte er gedankenverloren, sein Blick war in weite Ferne gerückt.

»Du hast Psyche getroffen?«

Metus kehrte wieder in das Hier und Jetzt zurück. »Was?«

»Du hast gesagt, dass Psyche am Boden zerstört ist«, half sie ihm, den Faden wieder aufzunehmen.

Der Gott verzog den Mund. »Hab ich wohl.«

Doch so sehr Allegra ihn auch erwartungsvoll anstarrte, er ging nicht darauf ein. Anscheinend hatte er zu viel verraten. Sie würde ihn einfach irgendwann überrumpeln müssen. »Und wohin jetzt?« Sie sah sich noch einmal um. Überall hing dieser dichte Nebel knapp über dem Boden. Knapp über den Knochen.

»Zum Fluss. Die nächste Fähre müsste bald kommen.« Er deutete in die Richtung, in der Allegra zuvor die Schemen gesehen hatte.

Sie hob fragend die Augenbrauen, doch Metus antwortete nur mit einem: »Warte es einfach ab.«

Damit stapfte er los und Allegra stellte mit Genugtuung fest, dass auch Götter nicht davor gefeit waren, das Gleichgewicht zu verlieren, wenn sie über Knochen und Schädel liefen.

»Woher kommen die alle?« Sie deutete nach unten.

»Das sind diejenigen, die ihre Mama nicht dabeihatten.«

»Häh?« Allegra war sich nicht sicher, ob er sie vielleicht falsch verstanden hatte.

»Welch fantastische Ausdrucksweise!«, lachte Metus.

»Haha«, erwiderte Allegra trocken.

Metus seufzte. »Das sind die Überreste all jener, die versucht haben, auf Achilles Spuren zu wandeln und ein Bad im Styx zu nehmen, um unverwundbar zu werden.«, erklärte er.

»So viele?«

Der Gott nickte. »Den Ort hier gibt es ja nicht erst seit gestern. Und von überall auf der Welt gibt es Tore zur Zwischenwelt. Doch Achille hatte seine Mama dabei, die ihn festgehalten hat – du kennst die Geschichte doch sicher.«

Sein Arm packte Allegra, als sie auf einem Brustkorb ausrutschte. Sie verkrampfte sich, konnte jedoch nicht sagen, ob es an den Gebeinen oder an Metus' festem Griff lag.

»Wir sind übrigens da.« Er deutete mit der freien Hand nach vorne.

Allegra hatte es nicht gewagt, den Blick zu heben. Sie hatte nur nach unten geschaut und die nächste Auftrittsmöglichkeit gesucht. Die Schemen waren nun zu mannshohen Gestalten angewachsen, jedoch noch immer ... Schatten, keine Menschen. Sie standen meist einzeln, manche auch in Grüppchen von zwei oder drei Personen zusammen, unterhielten sich jedoch nicht.

»Tun sie schon«, antwortete Metus auf ihre Gedanken.

Sie sah ihn scharf an. Konnte er Gedankenlesen wie Luca? Sofort pochte ihr Herz aufgeregt.

»Ich bin ein Gott«, sagte Metus nur knapp.

Dieser Satz erklärte wohl alles. Auf diesen Gedanken hin erhielt sie ein breites Lächeln von Metus, in seinen Augen funkelte es. Allegra konzentrierte sich wieder auf ihre Aufgabe. »Was jetzt?«, flüsterte sie.

»Wir warten, bis die Fähre kommt.«

In dem Moment durchschnitt ein Nebelhorn die Stille. Allegra sah fragend zu Metus, der nickte und sie vorwärtsschob, vorbei an einer endlosen Reihe von gesichtslosen Toten.

»Sieht man so aus, wenn man tot ist?«, fragte Allegra flüsternd und dachte daran, wie sie Luca unter all diesen gleichaussehenden Gestalten finden sollte.

»Sie sehen nur für dich so aus, weil du sie nicht kennst. Wenn deine Seele auf eine dir bekannte Seele trifft, wird dieser Mensch für dich nicht anders aussehen als sonst.« Er deutete auf zwei Schemen, die sich an der Hand hielten. »Die beiden wollten Romeo und Julia nacheifern. Wären du und Luca nicht durch die Granatapfelkerne hierhergekommen, könntet ihr das sein. Ein gemeinsames Leben nach dem Tod.« Er schob sie um das schemenhafte

Paar herum und erklärte weiter: »Du wirst Luca erkennen, glaub mir. Du wirst jeden Toten erkennen, den du im Leben gekannt hast.«

Der Gott der Angst schaffte es tatsächlich, Allegra Hoffnung zu machen. Wer hätte das gedacht. Endlich kamen sie am Ende der Schlange an und schoben sich an den Schemen vorbei bis vor zur Kaimauer, als Allegra zweifelnd die Luft einsog und anschließend mehrmals blinzelte. Sie konnte nicht glauben, was sie vor sich sah: Das Fährschiff glich nicht ansatzweise dem Bild von Charons altem Kahn, das sie sich ausgemalt hatte. Es passte auch nicht zu dem nichtssagenden Wort ›Fähre‹, das Metus in diesem Zusammenhang benutzt hatte. Sie schüttelte entgeistert den Kopf.

»Was denn?«, fragte Metus mit einem Schulterzucken. »Die Welt dort oben hat sich verändert. Warum sollte es hier unten nicht auch so sein? Ein einzelner Mann schafft es bei der Bevölkerungsdichte doch nicht, all die Toten hinüberzufahren.«

Allegra starrte auf das mehrere Etagen hohe Gefährt, das eher einem Kreuzfahrtschiff glich denn einer Fähre und dessen Oberdeck ungefähr auf Augenhöhe lag. Sie sah die Kaimauer hinab. Doch schon nach mehreren Metern verlor sich die Sicht auf die unteren Decks und den Styx in Nebelschwaden, die sich zwischen Mauer und Schiffswand schlängelten, als wären sie lebendig.

Von der Kaimauer aus führte eine breite Rampe zum Fährschiff hinüber, gesichert von dicken Tauen an den Seiten. So viele Sicherheitsmaßnahmen hatte sie in der Unterwelt nicht erwartet. Hier waren doch schließlich alle … Allegra verwarf den Gedanken. Sie waren bei dem Steg angekommen und Metus schob sie immer weiter vorwärts. Auf dem Oberdeck folgten sie nicht dem Strom der Toten, der sich auf die anderen Decks nach unten ergoss, sondern in die entgegengesetzte Richtung. Metus führte Allegra zu einer Treppe nach oben und in einen endlos wirkenden Gang, der mehrfach abzweigte wie ein Labyrinth, und öffnete eine Kabinentür.

»Rein da!«, befahl er.

»Warum?«

»Weil du ein Mensch bist. Ein lebender Mensch. Denkst du nicht, dass das auffallen könnte?«

»Hier ist niemand.«

»Die Kontrolleure werden kommen, glaub mir. Je unlebendiger du dich benimmst, desto besser.«

»Und es fällt nicht auf, wenn ich hier in einer ... Suite untergebracht bin?« Allegra starrte an Metus vorbei in die Kabine. Sie kannte Fotos von Kreuzfahrtschiffen und die teils winzigen Kabinen, die nicht einmal Fenster hatten. Der Raum jenseits der Tür, die Metus ihr offenhielt, war das Gegenteil davon.

»Das ist der VIP-Bereich.«

Allegra hob die Augenbraue.

»Nein, das ist kein Witz«, antwortete er wieder auf ihre Gedanken. »Auf diesem Deck überqueren die Götter den Styx.« Er schnappte ihre Hand und zog sie in die Kabine hinein, um anschließend die Tür zu verriegeln.

»Was wollt ihr denn in der Unterwelt?«

Metus zuckte mit den Schultern. »Proserpina und Pluto besuchen, etwas Angst verbreiten und mich daran erfreuen? Was man in der Unterwelt halt so tut.«

»Ah ja.« Allegra lächelte gezwungen und wechselte das Thema: »Wieso bist du dann nicht einfach hierhergekommen, hast deine Suite bezogen, den Styx überquert und nach deinem Bruder gesucht, *ohne* dich an uns zu hängen?«

Es dauerte ein paar Augenblicke, bis Metus antwortete. Dabei sah er ihr nicht in die Augen. »Wir können nicht ohne Einladung von Pluto oder einen Menschen hierher«, gestand er. »Nicht einmal ich, die Angst in Person.«

»Das heißt, ihr braucht jemanden zum Dranhängen? Dann habe ich richtig gelegen?« Sie konnte es selbst kaum glauben. Das war eigentlich nur ein blöder Spruch gewesen.

»Und die Ironie des Ganzen ist, dass dieser Mensch freiwillig herkommen muss.« Metus knurrte.

In Allegras Kopf ratterten die Zahnrädchen. Metus registrierte jede noch so kleine Regung an ihr. Er musste sehen können, was ihr durch den Kopf ging, doch er sagte nichts, sondern ließ sie ihre eigenen Schlüsse ziehen. Amor war scheinbar gekommen, um Luca zu suchen. Amor war ein Gott.

Wen hatte er begleitet? Wen würden die Götter mit hineinziehen, einen Freiwilligen?

Nein! Allegra schüttelte ungläubig den Kopf, wollte nicht glauben, auf wessen Namen sie gekommen war.

Metus trat zu ihr und tätschelte ihr unbeholfen den Arm. »Er hat ihr die Erinnerung zurückgegeben und sie war bereit, wiedergutzumachen, was sie dir angetan hat.«

2. SZENE

Tränen sammelten sich in Allegras Augen. Die Sicht verschwamm, dann begann die Umgebung zu schwanken. Sie geriet ins Stolpern, doch Metus griff nach ihrem Arm und stützte sie.

Es war das Schiff, das sich in Bewegung setzte. Allegra schüttelte immer noch benommen den Kopf, dachte sofort an ihren Bruder.

»Weiß Alessandro ...?«

»Nein, es ging alles sehr schnell. Die Liebe ist sehr impulsiv, handelt oft, ohne die Konsequenzen zu bedenken. Während du nach Italien gereist bist, hat Amor ebenfalls beschlossen, nach Luca zu suchen.«

»Aber warum ist er nicht mehr zurückgekehrt?« Was konnte einen Gott schon aufhalten?

»Das müssen wir herausfinden. Ich habe da aber so eine Vermutung – nur ohne dich könnte ich nicht herausfinden, ob ich richtig liege.« Er klopfte sich auf die Brust.

Unter dem engen T-Shirt zeichnete sich eine Kette ab. Mit einem Amulett? Instinktiv griff Allegra zur Herzphiole an ihrem Hals, die Maria ihr gegeben hatte. Sie war noch da. Allegra sah sie als Glücksbringer, sie würde niemals von Venus' Heilzauber Gebrauch machen. Niemals! Lieber würde sie hier unten sterben und als Tote weiter nach der ihr am meisten vertrauten Seele suchen, als Luca jemals zu vergessen. Die Erinnerungen an die zarten Küsse hielten sie doch am Leben!

Allegra wartete auf weitere Erklärungen von Metus, die jedoch wieder einmal nicht kamen. Sie hatte es aufgegeben, nachzufragen. Da fiel ihr ein, dass sie bei Gelegenheit einen anderen Punkt noch einmal ansprechen wollte: »Du wolltest mir noch von deinem Treffen mit Psyche erzählen«, sagte sie im Plauderton.

Metus warf ihr einen fragenden Blick zu. In seinen honigfarbenen Augen blitzte etwas amüsiert auf. »Wollte ich das?«

»Mhm.« Allegra sah überall hin, um ihm nicht in die Augen schauen zu müssen.

»Ich denke, du hast ein Recht darauf, es zu erfahren.« Er fuhr sich durch die dunklen Locken und begann, in der Kabine auf und ab zu gehen. »Als damals diese Sache mit Amor und Psyche passierte und Mutter ausrastete, hat Psyche geschworen, ihren Nachkommen zur Seite zu stehen, bis der Fluch enden würde. Sie veränderte ihre Gestalt, so wie ich es jetzt getan habe, um unbemerkt zwischen den Menschen verweilen zu können. Jahrhundert um Jahrhundert verging, bis Psyches Eid vor kurzem endlich eingelöst wurde. Mein Bruder war sehr erfreut, seine Frau nun endlich wieder für sich alleine zu haben. Doch es kam nicht alles zum Guten. Psyche schwor erneut, dass sie für euch kämpfen würde, bis zu eurem Happy End. Als sie bei Jupiter scheiterte, nachdem du die Liebe nicht erkannt hattest, beschloss mein Bruder einzugreifen.«

»Es war nicht Psyche, die … Ich dachte, Lorenzo …«

Metus nickte wissend.

»Niemand konnte mir sagen, auf wessen Seite Lorenzo eigentlich kämpft …«

Der Gott nickte erneut.

»Dann wurden wir die ganze Zeit von unserer Urururahnin begleitet?« Das zu glauben fiel Allegra schwer. Sie sprachen hier von Lorenzo, dessen Name schon alleine durch seine Hilfe bei Romeo und Julia zur Legende innerhalb der Familien geworden war, ja der ganzen Welt. Dass er … Allegra schüttelte ungläubig den Kopf.

»Glaub es einfach. Diese Aufgabe hat Amor und Psyche auf eine harte Probe gestellt. Amor ist … ein Gott.« Metus verdrehte dieses Mal sogar selbst die Augen. »Er sieht die Folgen seiner Taten nicht ganz so … eng wie Psyche, die ja selbst menschlich war, ehe sie von Jupiter zur Göttin erhoben wurde. Sie litt mit euch, ihren Nachkommen, und mischte sich so sehr ein, dass Amor sogar bei Jupiter vorsprechen musste. Zu eurem Glück konnte er den Göttervater von der Rechtschaffenheit seiner Liebsten überzeugen.«

»Und Psyche kämpft seit damals gegen den Dunklen?«

Metus kniff kurz die Augen zusammen, öffnete den Mund, um etwas zu sagen, schloss ihn jedoch sofort wieder und nickte. Das Nebelhorn dröhnte wieder und brachte den Boden zum Vibrieren. Die Fahrt war zu Ende.

»Komm. Wir müssen schnell sein und das Schiff verlassen. Kein Wort. Zu niemandem! Du weißt nicht, in welcher Gestalt der Fährmann auftritt. Wenn er dich findet, schickt er dich zurück.«

»Ich dachte, ihr braucht Begleiter? Lebende Begleiter.« Allegra war verwirrt.

»Das tun wir auch. Auf diese Weise zu reisen ist jedoch nur so eine Art ... Hintertürchen. Ich habe nicht behauptet, dass es erlaubt ist.«

Allegra wurde flau im Magen.

»Tu einfach so, als wärst du tot und schau etwas ängstlich aus. Es kommt nicht selten vor, dass die Angst einem in die Unterwelt folgt. Genauso wie die Liebe. Ich gehe davon aus, dass deine Jen überzeugend genug war.« Er öffnete die Kabinentür und drängte Allegra in den langen verwaisten Flur.

Allegra würde ebenso überzeugend sein. Wenn sie nicht sofort erkannt werden würde. Sie sah ganz anders aus als diese Schemen, die sie auf dem Schiff gesehen hatten.

»Sie sehen nur für dich so aus«, sagte Metus. »Für mich sind sie alle wie du. Ich kann euch nicht unterscheiden, zumindest nicht vom Sehen. Aber verhalte dich ruhig. Hier spricht niemand.«

Allegra nickte und ließ sich von Metus durch die Flure schieben. Von der Treppe aus konnte sie die Masse an Toten sehen, die sich auf die Gangway zuschob. Es waren nicht nur Schatten. Mitten unter ihnen sah Allegra Farben. Sie wollte schon etwas sagen, da hielt Metus ihr den Mund zu. *Pscht! Kein Wort!*, hallte es in ihren Gedanken. Allegra nickte, Metus nahm seine Hand weg. *Los, runter. Lass dich von ihnen weitertragen, ich bin immer dicht hinter dir, als würde dich die Angst auch nach dem Tod noch verfolgen.* Allegra ging langsam die Treppe hinab, setzte einen Fuß vor den anderen und passte sich dabei dem Tempo der Schatten an. Sie fühlte sich wie ein Zombie, umgeben von Tausenden lebenden Toten.

Sie passierten die Gangway, die auf eine Kaimauer führte, die exakt so aussah wie die bei ihrem Start auf der anderen Seite des Styx. Die Schemen schoben sich weiter, Allegra tat es ihnen nach. Die Kaimauer schien endlos, es dauerte in dem schlurfenden Tempo gefühlte Stunden, bis sich die Masse in Reih und Glied vor einem Tor aufstellte und einer nach dem anderen hindurchging. Allegra machte sich sofort Gedanken darüber. *Das Tor zur Unterwelt*, flüsterte Metus in ihrem Kopf. *Verhalte dich weiterhin so unauffällig. Du darfst Angst haben, ich bin schließlich bei dir, aber gerate nicht in Panik, in Ordnung?*

Allegra bewegte ganz langsam den Kopf auf und ab. Die Schlange vor ihr wurde immer kürzer. Ein Schatten nach dem anderen ging durch das Tor wie bei der Sicherheitskontrolle am Flughafen. Nur noch wenige Gestalten vor ihr. Plötzlich spürte sie eine tiefe Erleichterung, als würde sie eine große Angst los. Sie hatte Mühe diese Gefühlsregung, die aus dem Nichts gekommen war, zu verbergen. Noch drei Schemen vor ihr. Sie lugte durch das Tor hindurch, konnte jedoch auf der anderen Seite nichts als Nebel erkennen. Noch zwei. Der vorderste Schatten stolperte zur Seite, sah aus, als wollte er wegrennen.

Plötzlich schrillte ein Alarm los. Instinktiv zuckte Allegra zusammen. Ihr Herz pochte, als ihr Körper von Adrenalin durchströmt wurde. Sie versuchte, sich zu beruhigen. Sie hatte es fast geschafft, als durch das Tor ein Monster gesprungen kam. Aus dem dichten Nebel heraus hastete der meterhohe dreiköpfige Hund dem geflohenen Schemen hinterher.

Allegra wollte schreien, sie hatte Angst. Angst vor Zerberus. *Beruhig dich!*, zischte Metus' Stimme in ihrem Geist. *Das ist ein Ablenkungsmanöver. Sieh nicht hin!*

Leichter gesagt, als getan. Allegra hörte ein Knurren und Fauchen rechts neben sich. Sie wollte hinsehen, alles in ihr schrie danach, es zu tun. Doch sie konzentrierte sich auf das Tor.

Der Tote in der Schlange vor Allegra ging langsam hindurch. Nun war Allegra an der Reihe. Neben ihr durchdrang noch immer ein Knurren die Stille. Allegra tat einen Schritt nach dem anderen. Sie war nun direkt am Tor. Die Angst saß ihr wortwörtlich im Nacken, sie spürte Metus' Atem und bekam eine Gänsehaut, ließ sich jedoch nichts anmerken. Der nächste Schritt, noch einer, dann ein weiterer. Sie tauchte in den dichten Nebel ein, ging weiter. Ihr Herz schlug gegen ihren Brustkorb, ihre Hände waren zu Fäusten geballt. Die Angst durch Metus' Nähe löste in ihr den Drang aus, davonzulaufen. Fluchtinstinkt. *Gleich haben wir es geschafft,* flüsterte Metus. Allegra blieb stark und lief weiter.

Nach ein paar Schritten löste sich der Nebel urplötzlich auf. Allegra sah fassungslos auf die Landschaft, die sich nun vor ihr ausbreitete.

3. SZENE

Sie standen auf einer Anhöhe, ihr Blick wanderte über ein weites grünes Tal vor ihnen. Wiesen voller Blumen, ein malerischer kleiner Bach schlängelte sich hindurch. An seinen Ufern wuchsen Gräser, vereinzelte Bäume waren zu sehen. Am rechten Rand von Allegras Blickfeld begann ein dichter Wald. In der Ferne glaubte sie ein Dorf zu sehen, zumindest waren dort ein paar Häuser.

»Wie gemütlich«, sagte Metus laut und Allegra zuckte zusammen.

»Können wir wieder sprechen?«, fragte sie vorsichtig.

»Natürlich. Jenseits des Nebels ist alles vorbei.«

Allegra trat zur Seite, brach aus der Schlange der Toten aus, die in das Tal hinabströmten. Dann drehte sie sich um. Ihre Augen funkelten vor Wut. »Du hättest mich vorwarnen müssen«, warf sie Metus vor.

»Warum? Dann hättest du gezögert, deine Angst wäre größer geworden und ich hätte es nicht geschafft, mich von dir zu lösen.«

»Das stimmt doch gar nicht.«

Er warf ihr einen vorwurfsvollen Blick zu.

»Deine Emotionen sind so stark, dass ich mich nicht hätte zurückhalten können.«

»Es war trotzdem nicht nett«, schmollte sie.

»Aber es hat funktioniert. An Zerberus vorbeizukommen gelingt nur durch Ablenkung. Mich würde ja interessieren, wie mein Bruder deine kleine Freundin an ihm vorbeigeschmuggelt hat.« Er prustete los.

Allegra schaute ihn verständnislos an.

Metus holte Luft und beruhigte sich wieder. »Es ist ein Insider-Witz«, sagte er. »Ich habe ständig die Bilder eines verliebten Zerberus' im Kopf, der sabbernd auf einen Toten zustürmt.« Er lachte wieder auf.

Allegra fand das weniger lustig. Vielleicht war das hier auch nicht der Ort, um zu lachen.

Sie verfolgte den Strom der Schemen und suchte nach der Seele, die sie gekannt haben musste. »Wer war es?«, fragte sie.

»Ich weiß es nicht. Es reicht schon aus, dass du der Person einmal bewusst begegnet bist bist. Vielleicht ein Lächeln im Bus oder eine kleine Spende, die du einem Bettler in den Hut gelegt hast. Eure Seelen erkennen sich dann wieder.«

Den Gedanken fand Allegra schon wieder schön. So würde die schattenhafte Welt hier unten selbst für diejenigen bunt und weniger einsam werden, die zu Lebzeiten allein gewesen waren. »Wo gehen wir jetzt hin?«

»Dorthin, wo ich meinen Bruder vermute«, antwortete Metus kryptisch.

Allegra kannte das Ziel nicht, also blieb ihr nichts anderes übrig, als ihm auf dem Pfad den Hügel hinab zu folgen. Unten angekommen wandte sich ihr göttlicher Begleiter jedoch in eine andere Richtung. Als sie ihn fragend ansah, erwähnte er nur, dass er schließlich wissen würde, wo sie langzugehen hatten.

Sie liefen und liefen – Allegra kam es wie mehrere Stunden vor und doch veränderte sich die Umgebung kaum. So etwas hatte sie bereits einmal erlebt, bei ihrer Prüfung mit Trip. Daran erinnert, suchte sie das Gespräch mit Metus: »Kann es sein, dass wir nicht vorankommen, ehe ich irgendeine wichtige Entscheidung treffe?«

»Was?« Metus' Augen waren skeptisch zusammengekniffen.

Allegra erklärte ihm, wie sie darauf gekommen war.

»Nein, daran liegt es nicht. Es ist nur, die Gegend ist sehr weitläufig. Es dauert einfach.«

»Haben wir so viel Zeit?«

»Natürlich. Wir haben alle Ewigkeit.«

Allegra sah ihn skeptisch an: »Ich bin nicht göttlich, vergiss das nicht.«

Der irritierte Blick, den er ihr zu warf, war alles andere als göttlich. Gleich darauf schien er über ihre Worte nachzudenken. »Wir versuchen es mit einer Abkürzung«, schlug er vor und änderte die Richtung etwas. Sie gingen nun nicht mehr parallel zum Wald über die Wiesen, sondern steuerten direkt darauf zu.

»Warum wolltest du nicht von Anfang an durch den Wald?«, sagte Allegra, als die Bäume immer näher kamen.

»Dort treibt sich meist jemand rum, der mich nicht sonderlich leiden kann.«

»Ach nein, so jemanden gibt's?« Allegra wusste selbst nicht, wo sie angesichts ihrer Lage den Sarkasmus hernahm. Aber vielleicht machte sie es mittlerweile so wie Alessandro und Mattia und schützte sich damit.

Metus schnaubte. »Ich war ein paar Mal in Wäldern unterwegs, um mich von den Ängsten der Seelen dort drin zu ernähren. Wälder sind ein guter Ort. Vor allem im Dunkeln. Doch irgendwie haben sich die Tiere erschreckt und seitdem hat ein gewisser Hüter der Natur einen weiteren Beinamen.«

Allegra versuchte zu kombinieren, über wen Metus redete.

»Selbst all das Flötespielen konnte die Tiere nicht beruhigen und *Panik* brach aus«, half er ihr auf die Sprünge.

»Pan lebt in der Unterwelt?« Allegra sah Metus ungläubig an.

»Nicht immer. Aber hier ist ein Teil der Wildnis und das ist sein Reich. Er kommt hierher zur ... Erholung.«

»O-kay.« Allegra ließ dieses Thema auf sich beruhen. Sie hatte keine negativen Erfahrungen mit Pan, vielleicht war es also nicht ganz so schlimm, wenn sie sich in sein Reich begeben mussten. Und hatte der Gott ihrer Ahnin Psyche nicht sogar geholfen, ihre Aufgaben zu bewältigen? Sie hoffte daher, dass er auch ihr wohlgesinnt war.

Sie steuerten weiter auf den Wald zu, ein dunkelgrünes, undurchdringliches Dickicht. Allegra fand nirgendwo einen Weg, der sie hindurchführen würde, und sie sah Metus schon mit einer Machete in der Hand, was dem Gott der Wildnis sicher nicht gefallen würde. »Dahinter liegt unser Ziel?«

Metus nickte. »Genau auf der anderen Seite des Waldes.«

Sie standen nun wenige Meter von den ersten Bäumen entfernt. Vielleicht würde sich Allegra durchquetschen können, aber Metus war etwas breiter gebaut als sie. Er würde es nicht schaffen. »Wie sollen wir da durchkommen?«

»Das ist kein Problem. Schau.« Metus trat nach vorne und die Bäume wichen zur Seite. Sie bildeten nun einen ungefähr zwei Meter breiten Tunnel, der sich mit jedem Schritt, den Metus tat, weiter in den Wald grub.

Es war unheimlich und aufregend, zuzusehen, wie sich erst die Äste zurückzogen und den Weg freimachten wie eine Schiebetür, die durch einen Bewegungsmelder geöffnet wurde. Allegra versuchte, zu verfolgen, wohin die Äste verschwanden, doch sie schienen wirklich rückwärts zu wachsen: Die Blätter wichen zurück, wurden zu kleinen grünen Spitzen, während die Äste dünner wurden und sich gleichzeitig zurückzogen. Irgendwann war die zum neu entstandenen Weg gerichtete Seite des Baumstamms kahl und Metus konnte zusammen mit Allegra passieren.

Hinter ihnen knirschte und raschelte es, und als Allegra zurückblickte, sah sie, wie sich der Wald wieder schloss. Allegra bekam eine Gänsehaut beim Gedanken daran, dass sie dem Wald ausgeliefert waren. Ohne ihn würden sie hier nie wieder herauskommen.

Metus sog genüsslich die Luft ein und stöhnte selig auf. »Habe ich nicht gesagt, dass ein simpler Wald für so viel Angst sorgen kann, dass ich mich nicht einmal anstrengen muss?«

»Das ist kein normaler Wald«, sagte Allegra und warf erneut einen Blick zurück. Nur knapp hinter ihnen verschränkten sich die Äste gerade wieder zu diesem undurchdringlichen Dickicht.

»Nein, ist es nicht«, gab Metus zu. »Er lebt auf ganz besondere Weise. Zumindest der äußere Ring.«

Kurz darauf erkannte Allegra, was er meinte. Denn schon nach wenigen weiteren Metern durch den Kanal aus Bäumen endete der Weg und durch die letzten zur Seite drängenden Äste sah Allegra einen ganz normalen Wald. Weitstehende Bäume, hier und da Gestrüpp oder Moos. Sofort sah sie zig Möglichkeiten, weiterzukommen, ohne sich großartig anstrengen zu müssen. Hinter ihnen schloss sich der ›äußere Ring‹, wie Metus es genannt hatte.

»Es sind Dryaden, Baumnymphen, die die Wildnis schützen. Niemand, der der Natur nicht wohlgesinnt ist, kann passieren.« Er runzelte die Stirn. »Es sei denn, sie haben Hunger«, fügte er hinzu und ließ in Allegras Kopf Bilder entstehen, auf die sie gut hätte verzichten können. Menschen, die sich schreiend in einem Netz aus Ästen wanden, das sich immer weiter zuzog.

»Du brauchst keine Angst zu haben«, sagte Metus beruhigend. »Auch Dryaden kennen die Angst.« Er grinste dabei so zufrieden, dass Allegra ihm am liebsten einen Stoß versetzt hätte.

Durch den normalen Wald kamen sie schnell voran, auch wenn sie nun Bäumen und freiliegenden Wurzeln ausweichen mussten und nicht mehr geradeaus marschieren konnten. Dennoch fiel es Allegra wesentlich leichter, da die Angst neben ihr ging und nicht ihre Gefühle vereinnahmte.

»Wie groß ist dieser Wald? Und warum ist er hier in der Unterwelt?«, fragte sie, während sie über einen umgestürzten Baumstamm kletterte.

Metus seufzte. »Du bist schlimmer als ein kleines Kind. So viele Fragen!« Er schüttelte den Kopf. »Seit vor Urzeiten erzählt wurde, dass Pan tot sei, hat der Glaube der Menschen dafür gesorgt, dass sich hier ein Reich für ihn bildete. Niemand stirbt wirklich. Es gibt nur ein Hier und ein Dort.« Metus deutete mit der Hand vage zum Himmel. »Pan kann lediglich nicht mehr ganz so einfach die Grenzen überwinden. Aber wie wir alle wissen, hat er so seine Tricks, genau wie all die anderen Götter.« Er unterbrach sich und schien zu überlegen, wie viel er Allegra erzählen sollte. »Es gibt einige Totgeglaubte, die hier untergekommen sind. Und es gibt diejenigen, die die Oberwelt leid sind und nach hier unten fliehen. Zeitweise war die Gegend hier sehr gefragt, ist es noch immer. Proserpina ist eine wundervolle Gastgeberin.«

»Willst du mich auf den Arm nehmen?«

»Die Zeiten haben sich geändert. Es gibt keine Helden mehr dort draußen, keine Schreine und Tempel, keine Gunst, die man dem Gefolge erweisen könnte. Irgendwann wurde es langweilig und Proserpina überredete ihren Gatten, ein Refugium zu erschaffen. Du wirst es gleich sehen. Und auch verstehen, warum es auf der Fähre Suiten gibt. Mit Einladung von Pluto kann man sie offiziell nutzen.« Er lachte und um seine goldgelben Augen zeigten sich kleine Fältchen, was ihn unglaublich sympathisch wirken ließ. Er sah aus, als erinnerte er sich gerade an die beste Zeit seines Lebens. Wäre Allegra nicht immer noch in Sorge um Luca, würde sie Metus neugierig darüber ausfragen. Doch im Moment gab es anderes zu tun.

Ein plötzliches Rascheln ließ sie herumfahren.

Metus stöhnte auf. »Sag mir nicht, dass wir die Mittagsruhe gestört haben.«

»Was?« Allegra verstand nicht, was er meinte.

»Ich bezweifle, dass das nicht deine Absicht war, Sohn der Venus.« Die tiefe männliche Stimme war voluminös und schien aus allen Richtungen zu kommen. Allegra drehte sich mehrmals um die eigene Achse, konnte jedoch keinen Sprecher erkennen.

»Nein, war es nicht. Ich wollte einen großen Bogen um dein Reich machen, aber sie hier ... Ihre Zeit ist begrenzt.«

Äste knackten und Blätter raschelten. Allegras Blick folgte dem Geräusch und in diesem Moment trat eine Gestalt zwischen zwei Bäumen hervor, in der Hand einen gewundenen Stab. Der Oberkörper war nackt und ging nahtlos in Hüfte und Beine eines Tieres über. Statt Füßen hatte er Hufe. Um seinen Hals baumelte eine breite Hanfkordel, an deren Ende hing eine Flöte aus Schilfrohr vor der muskulösen Brust. Sein Gesicht war schmutzig, die hellbraunen Haare standen in alle Richtungen ab, was ihn jung aussehen ließ und nicht wie einen alten Gott. Seine großen grünen Augen funkelten Allegra neugierig an.

»Eine Tochter der Psyche?« Er legte den Kopf schräg.

»Tochter ist wohl nicht das richtige Wort ...«, setzte Allegra verlegen an, doch Metus unterbrach sie.

»So genau nehmen wir es nicht. Ja, sie ist eine Tochter der Psyche. Der Frau, der du vor langer Zeit geholfen hast, die Rache der Venus zu überwinden«, machte er deutlich.

Pan nickte wissend. »Leider war ihr Zorn größer als gedacht. Psyche kämpft immer noch gegen sie, habe ich gehört?«

Metus nickte. Allegra kam sich vor wie ein kleines Kind, das versuchte, einer Unterhaltung von Erwachsenen zu folgen. Sie sah zwischen Metus und Pan hin und her wie bei einem Tennismatch und es wurde immer schwerer, das Gesagte zu verstehen. Man musste wohl Insider sein, um ihre Witze zu verstehen. Hatte Metus nicht gesagt, dass Pan nicht gut auf ihn zu sprechen war? Danach sah es jedenfalls nicht aus, wenn man die beiden zusammen lachen hörte.

Er vergisst sehr schnell. Erinnere ihn nur nicht daran, flüsterte Metus in Allegras Gedanken. Sofort bemühte sie sich, wieder interessiert zu schauen und nicht so skeptisch.

»Wo wollt ihr eigentlich hin?«, fragte Pan und seine funkelnden Augen gruben sich in Allegras Seele. Sie konnte nicht einmal blinzeln, war wie erstarrt.

»Wir sind auf der Suche nach meinem Bruder«, seufzte Metus. »Psyche ist untröstlich, ihn hier unten zu wissen.«

»Ist er bei Bacchus?«

»Ich vermute es. Und du weißt ja, wie schnell die Zeit dort vergeht.« Metus schüttelte den Kopf.

»Von was sprecht ihr?«, fragte Allegra dazwischen und zog sofort den Kopf ein, als sie von zwei göttlichen Blicken getroffen wurde, die zu signalisieren schienen, dass es eine Todsünde sei, ungefragt etwas zu sagen.

»Ich führe euch hin«, bot Pan an und Metus verspannte sich merklich.

Allegra fand das Angebot nett und wusste nicht, was ihr Begleiter dagegen haben könnte. *Ich hätte ungern, dass er sich erinnert,* flüsterte es in ihrem Kopf.

»Das ist nicht nötig«, sagte er laut. »Du hast sicher einiges … zu tun.«

Allegra nickte eifrig, auch wenn sie immer noch nicht wusste, wie der Zorn des so jung aussehenden Pan aussehen könnte. Er wirkte so sanft wie ein Reh. Metus lachte laut auf und Allegra schrak zusammen. Pan hingegen mustere ihn kritisch. Seine freundlichen Augen funkelten nun wie die eines Raubtieres. Allegra wagte es nicht, sich zu rühren, und auch Metus war wie erstarrt. Wenn der Gott der Angst so reagierte, musste es ernst sein.

Der Moment der Musterung durch Pan schien endlos. Dann glättete sich die Furche zwischen seinen Augenbrauen und der freundliche, etwas verwilderte Mann stand wieder vor ihnen. »Wie ihr wollt. Ich werde dann einfach meinen Dryaden einen Besuch abstatten. Man sieht sich!« Er tippte sich mit dem Zeigefinger an einen imaginären Hut und wandte sich ab. Blätter raschelten und Zweige knackten, während er davonging.

Metus bewegte sich erst, als sich das Geräusch etwas entfernt hatte. »Das war knapp. Jetzt aber schnell«, wies er Allegra an und zog sie am Unterarm mit sich, dass sie beinahe stolperte.

»Was ist denn los? Er ist doch ... nett.«

»Der Eindruck täuscht. Glaub mir, du willst nicht wissen, zu was er fähig ist.«

Allegra setzte an etwas zu erwidern, doch in dem Moment erreichten sie den äußeren Ring auf der anderen Seite des Waldes. Metus schob sie vorwärts und der Zauber der Dryaden begann ein weiteres Mal. Die Zweige zogen sich zurück und schlossen sich hinter ihnen wieder. Hinter den dichten Bäumen glaubte Allegra, das Ende des Waldes zu erkennen. Etwas blitzte ab und an golden hervor und Metus beschleunigte seine Schritte, die Bäume wichen schneller zur Seite. Der Gott zerrte sie immer noch mit sich, ging immer schneller und schneller, nur noch wenige Meter trennten sie vom Waldrand.

Dann durchbrach ein bittersüßer Ton das allgegenwärtige Geräusch der raschelnden Blätter und aneinanderreibenden Zweige.

»Bei Jupiter!«, fluchte Metus und rannte los. »Halte dir die Ohren zu und ... sing, schrei oder was auch immer. Hör nicht auf die Musik.«

»Welche Musik?«, fragte Allegra im selben Moment, als die Melodie erklang.

4. SZENE

Die Musik schwebte auf Allegra zu, die einzelnen Töne umwirbelten sie, tanzten um sie herum, dass sie sie sehen konnte. Goldene Noten, die glänzten wie Herbstlaub in der Sonne. Sie strichen zart über ihre Hände, streichelten ihr Gesicht, kitzelten sie am Hals, ehe sie lauter wurden, fordernder und in ihren Kopf eindrangen.

Allegra war nicht mehr in der Lage sich die Ohren zuzuhalten, wie Metus es empfohlen hatte. Ihr gesamter Körper bebte bereits unter der Melodie, die sanften Töne gaben den Takt ihres Herzschlags vor. Sie wollte tanzen, lachen, alles vergessen. Die Musik verdrängte sämtliche Probleme, Sorgen und Ängste.

Metus bewegte die Lippen, aber Allegra hörte ihn nicht. Sie wollte es auch nicht, sie wollte sich nur der Musik hingeben. Seine Augen funkelten vor Wut. Er schnappte sich Allegra und ganz gleich, wie sehr sie sich wehrte – sie wollte tanzen, fröhlich sein! –, er nahm sie auf die Arme und hielt sie in seinem eisernen Griff, während er sich gegen die goldenen tanzenden Noten wehrte, die auf ihn eindrangen. Sie bauten sich zu einer festen Mauer auf, die er nur mit Mühe durchschreiten konnte und so den Weg durch den äußeren Ring freilegte.

Dann schlug die Musik um. Die beschwingten Töne wurden zu einer melancholischen Melodie, die Allegra sofort Tränen in die Augen trieb. Sie erfassten ihr Sein, Allegra bestand nur mehr aus Schmerz und sie wollte nichts, als dass es endete. Sie versuchte, Metus' Griff zu entkommen, aber er hielt sie fest.

Metus' Kiefermuskeln traten hervor, sein Körper erbebte. War sie in ihrem Schmerz und der Trauer nicht alleine? Sie konnten dem zusammen ein Ende bereiten. Es würde schnell gehen und alles wäre vorbei.

Gerade als Allegra es vorschlagen wollte, veränderte sich der Rhythmus der Noten erneut. Vor ihnen glitt die letzte Reihe der Bäume auseinander und öffnete die Sicht auf eine hohe Mauer, überzogen mit Malereien aus purem Gold. Doch Allegra konnte sich nicht darauf konzentrieren, sah kaum durch die herumhopsenden Noten hindurch, die immer mehr von ihrer Melancholie verloren und zu etwas Großartigem, Fantastischem wurden.

Der Schmerz ebbte ab, die Trauer zog vorüber und machte einem anderen Gefühl Platz: Die Töne versprachen Romantik, eine nie endende Liebe, und der konstante Beat sorgte dafür, dass eine Welle des Verlangens durch Allegras Körper fuhr. Metus verkrampfte sich, sein Atem ging stoßweise, er spürte dasselbe wie sie. Allegra lächelte. Sie hob ihren Kopf von seiner Schulter, in die sie sich während der Trauer hatte verkriechen wollen, sog seinen göttlichen Duft ein. Ihr Herz flatterte, sie wehrte sich nicht mehr von Metus festgehalten zu werden, sondern genoss es. Er sagte irgendetwas, aber Allegra konnte ihn nicht hören. Ihr Mund näherte sich seinem Hals, sie war benebelt von Verlangen, schloss die Augen und gab sich dem Moment hin.

Dann fiel sie, landete unsanft auf den Beinen, direkt vor Metus, der sie noch immer unbeholfen stützte. Sie sah das Spiel seiner Muskeln direkt vor sich, während der Rhythmus der Musik sie beide umtanzte. Langsam blickte sie nach oben. Der Gott hatte die Augen geschlossen und presste fest die Lippen zusammen, seine Atmung ging stoßweise, wie Allegra freudig erkannte. Ihre Hände glitten wie von selbst zu seinen Hüften, spürten die stark ausgebildeten seitlichen Bauchmuskeln. Sie seufzte entzückt, als sie Metus näher zu sich zog. Die Augen des Gottes öffneten sich. Feuer brannte darin, das ihn nur noch unwiderstehlicher machte.

»Es ist nicht echt«, zischte er zwischen zusammengepressten Zähnen hervor.

Für Allegra hatten die Worte keinerlei Bedeutung. Ihre Hände kletterten von seiner Hüfte hinauf und schoben sich unter seinen zitternden Armen hindurch zu seinem Rücken. Dann zog sie ihn näher an sich, spürte seinen Körper an ihrem.

In diesem Moment endete Metus' Widerstand und er ergab sich. Allegra konnte ein siegesgewisses Lächeln nicht unterdrücken, als sich ihre Lippen seinen näherten. Die Musik war nur noch ein leises, aber konstantes Hintergrundgeräusch, ein Flüstern, das alles verhieß, was sie sich jemals erträumt hatte. Den Kuss eines Gottes. Metus stockender Atem berührte ihr Gesicht.

Die Musik schwoll zu einem Crescendo an. Metus packte Allegra mit seinen starken Armen und im nächsten Moment lag sie auf dem Rücken inmitten eines Bettes aus weichem Moos. Metus stützte sich seitlich von ihrem Kopf auf den Unterarmen ab, sein Gesicht nur wenige Zentimeter über dem von Allegra. Ihr Herz drohte aus ihrer Brust zu springen, sie bäumte sich auf, wollte ihm näher sein.

Ein schmerzhafter Ausdruck huschte über sein Gesicht. Er murmelte etwas vor sich hin, das Allegra nicht verstand, ehe er noch ein letztes Mal den Kopf schüttelte, versuchte, sich aufzustemmen und doch gegen sein Verlangen verlor. Seine lodernden Augen kamen näher. Allegra schloss die Augen und wartete auf den süßesten Kuss ihres Lebens.

Dann war da nur noch Kälte und ein entferntes Rascheln. Die Musik war verschwunden. Allegra blickte sich benommen um. Ein paar Meter entfernt lehnte Metus an einem Baumstamm und fuhr sich durch die dunklen Locken. Sein Gesichtsausdruck war so schockiert, wie Allegra sich im Moment der Erkenntnis fühlte: Sie hatte beinahe mit einem Gott rumgemacht. In aller Öffentlichkeit, auf dem Boden im Wald!

Beschämt setzte sie sich auf, warf einen weiteren verstohlenen Blick zu Metus und sah schnell wieder weg. Ihre Wangen fühlten sich heiß an. Ob vor Scham oder dem, was da eben passiert war, wusste sie nicht. Sie rappelte sich hoch, als sich eine Hand in ihr Sichtfeld schob. Sie sah schnell auf.

Grüne Augen blitzten sie verschmitzt an. Als sie sich aus der peinlichen Benommenheit schälte, überrollte sie die Wut. Nun funkelte sie Pan an, der sogleich schuldbewusst zu Boden schaute. Allegra ignorierte die angebotene Hand und stand ohne Hilfe auf. Sie klopfte sich ein paar Blätter von den Jeans und stand einfach nur da. Tiefe Schuldgefühle nagten an ihr und ihr stiegen Tränen in die Augen.

Pan kam zu ihr und hob ihr Kinn an. »Es tut mir leid. Ich bin zu weit gegangen«, sagte er ruhig, warf einen kurzen Blick zu Metus hinüber, ehe er weitersprach. »Metus hat es verdient, aber du nicht. Ich entschuldige mich aufrichtig bei dir und werde dir eine Gunst erweisen.«

Metus lachte freudlos auf. »Was hast du ihr denn zu bieten, Hirtengott?« Der Gott der Angst war auf Konfrontationskurs und Pan knirschte mit den Zähnen.

»Ich biete dir meine Hilfe an wie einst deiner Mutter«, flüsterte er, trat zurück und verbeugte sich. »Er handelt nicht uneigennützig, das weißt du. Ich hingegen will dir wirklich helfen. Wenn du bereit dafür bist, brauchst du mich nur zu rufen.« Er nickte ihr noch einmal zu und trat rückwärts mit schnellen Schritten in den Tunnel aus Geäst, der sich hinter ihm öffnete und ihn kurz danach wieder verbarg.

»Glaub ihm kein Wort.«

Allegra sah von der Stelle, an der soeben noch Pan gestanden hatte, zu Metus hinüber. Seine Augen blitzten herausfordernd. »Du ...« Nun richtete sich Allegras Ärger gegen den nächsten Gott und sie ging mit langsamen Schritten auf ihn zu.

Metus hob verteidigend die Arme. »Ich kann nichts dafür!«, sagte er schnell.

»Du hättest mich vorwarnen können!«, warf sie ihm vor. »Wenn du nicht ständig so ein Geheimnis um alles machen würdest, hätte ich mich darauf vorbereiten können.« Sie funkelte ihn wütend an.

Binnen eines Wimpernschlags war Metus direkt vor ihr, sein Gesicht nur wenige Zentimeter von ihrem entfernt. Augenblicklich von Erinnerungen überrumpelt, sah Allegra beschämt zu Boden.

»Nichts hätte dich darauf vorbereiten können«, zischte er. »Du kannst dem Willen eines Gottes nicht entkommen.« In seinen Augen loderte Zorn. »Du würdest mich küssen, wenn ich es nur wollte, ich bräuchte Pan nicht dazu.«

Seine Stimme dröhnte in Allegras Ohren, gleichzeitig hörte sie ihn in ihrem Kopf. Eine unbändige Angst überrollte sie, Bilder sagten ihr, dass sie Luca nur retten konnte, wenn sie sich Metus' Küssen hingab. Sie zitterte am ganzen Leib, Adrenalin rauschte durch ihre Adern. *Du hast dir geschworen, alles zu tun, um Luca zu retten,* flüsterte es in ihrem Inneren. *Du brauchst seine*

Hilfe, um ihn zu finden. Ihr wurde eiskalt, aber sie nickte. Dann ließ sie es zu, dass Metus' Gesicht immer näher kam. Sie genoss es nicht, blieb ungerührt und wollte es hinter sich bringen. Sie schloss nicht einmal die Augen.

Die Angst verging. Erleichterung machte sich breit, als Metus einen Schritt zurückwich. »Du bist eine größere Herausforderung, als ich dachte«, seufzte er.

Dem hatte Allegra nichts zu entgegnen. Sie wollte nur noch weg, wollte endlich Luca finden. Ihr Blick glitt zum Ende des Waldes und der Mauer dahinter. Sie lief los und ließ den Gott der Angst hinter sich stehen. Keine Schritte folgten ihr. Nur ein dumpfer Schlag erklang und das Knirschen von Holz.

Sie ignorierte Metus und trat auf die golddurchsetzte Wand zu. Die Mauer war sicherlich fünf Meter hoch. Es gab keine Möglichkeit, daran hochzuklettern, und ein Tor oder Ähnliches war auf den ersten Blick nirgends zu erkennen.

Nicht gewillt aufzugeben, wählte sie die rechte Seite und ging die Mauer entlang. Sie schien bis ans Ende der Welt zu reichen. Allegra bezweifelte, dass sie die richtige Richtung gewählt hatte und erwog umzudrehen, als sie hinter sich ein Seufzen vernahm.

»Du bist der sturste Mensch, den ich kenne. Und so nachtragend.«

Mit zusammengekniffenen Augen wandte sie sich um. Metus lehnte locker an der Mauer und glich einer Werbeaufnahme für Jeans. Die Finger hatte er locker in die Gürtelschlaufen eingehakt. Er hatte die Augen geschlossen, sein Kopf war nicht zu ihr gerichtet.

»Es tut mir leid – willst du das hören?«

»Das wäre ein Anfang«, grummelte Allegra.

Der Gott lachte auf, öffnete die Augen und wandte sich zu ihr. »Und wenn es nicht so ist, Tochter der Psyche?« Er sah sie herausfordernd an. »Der Fluch deiner Mutter ist eindeutig auf dich übergegangen. Dein Aussehen ist dem einer Göttin gleich. Es wäre eine Lüge, zu behaupten, dass ich mich deinen Reizen entziehen könnte.«

Na toll. Allegra schnaubte.

»Aber du würdest für deine Liebe alles tun und ich will niemanden zwingen, mich zu küssen.« Metus erschauderte. »Friede?«

Allegra warf ihm einen skeptischen Blick zu.

»Bitte?«

Sie verdrehte die Augen. Hatte sie denn eine Wahl? »Wo ist das Tor durch diese verdammte Mauer?«, sagte sie nur und Metus lachte. Ein ehrliches Lachen, vielleicht sogar mit einer Spur Erleichterung. Er winkte sie zu sich, und nachdem sie ihre innere Abneigung überwunden hatte, ging sie zu ihm.

Er drehte sich zur Mauer, presste die Handfläche auf eines der goldenen Ornamente und die einzelnen Mauersteine glitten zur Seite. Musik drang auf Allegra ein. Das Stimmengewirr und die einzelnen Rufe erinnerten sie an einen Jahrmarkt.

Neugierig kam sie näher, um einen Blick hindurchzuwerfen. Was sie sah, war das Gegenteil dessen, was sie erwartet hatte.

5. SZENE

Metus machte eine präsentierende Geste: »Willkommen im Paradies der Götter«, sagte er im Ton eines Verkäufers. Allegra hatte die Augen weit aufgerissen und ihr Mund stand vor Erstaunen offen.

Jenseits der Mauer war der Himmel strahlend blau, übernatürlich blau sogar, eine grelle Sonne stand im Zenit und tauchte die ... Insel in strahlendes Licht. Palmen und weißer Sand, so weit das Auge reichte. Allegra blinzelte mehrmals, um sich zu vergewissern, dass das Bild vor ihr echt war. Sie blickte zurück, sah den sattgrünen Wald auf der anderen Seite der Mauer, drehte sich wieder um und wurde erneut geblendet. Es war surreal.

»Der Grund, warum Ogygia, Kalypsos Insel, nie wieder gefunden wurde.« Metus trat durch die Mauer in den weißen Sand. Allegra folgte ihm, immer noch nicht im Stande zu glauben, was sie sah. Schwerfällig stapfte sie durch den Sand, spürte die strahlende Hitze und fing sofort an zu schwitzen.

»Bacchus' Idee«, sagte Metus leise. »Mit Hilfe von Proserpina, die Pluto schnell überzeugt hat, war es nur eine Frage der Zeit, bis sie Jupiter von ihren Plänen für einen Ruheort der Gottheiten überzeugen konnten. Einen Wink des Göttervaters später war Ogygia in der Unterwelt. Manchmal laden wir auch Menschen hierher ein.« Er sah sie verheißungsvoll an.

»Du glaubst, Luca ist hier? Warum hast du das nicht gleich gesagt?« In Gedanken sah Allegra bereits eine kitschige Szene vor sich: Luca, der über den Strand hinweg auf sie zu rannte, die untergehende Sonne hinter ihm. Sie seufzte bei dieser Vorstellung. In Anbetracht der Szenerie hier war sie jedoch gar nicht so abwegig.

Metus hingegen stöhnte auf. »Bitte verschone mich mit derlei Kitsch. Noch können wir es nicht mit Sicherheit sagen, aber ich gehe davon aus, dass Amor ihn mit hierher genommen hat.«

»Du bist dir aber sicher, dass Amor hier ist? Wieso sollte er?« In Gedanken fügte sie noch Jen hinzu.

»Weil ich weiß, dass Venus sehr oft hier unten ist und mein Bruder etwas hat, das sie schon vor Äonen haben wollte. Psyche hat gesagt, er wolle es ihr zurückgeben. Als Friedensangebot.«

»Was ist es?« Was könnte Venus haben wollen? Sie war eine Göttin!

»Du kennst den Mythos? Psyches Aufgaben?«

Allegra nickte.

»Die letzte Aufgabe bestand darin, ein Päckchen von Proserpina zu holen, das die ›Schönheit‹ enthielt.«

Allegra nickte erneut. Psyche hatte zurück in der Oberwelt das Päckchen entgegen aller Warnungen geöffnet, weil sie für Amor wieder schön sein wollte. Doch in dem Päckchen war Schlaf, der sie umhüllte und wie tot umfallen ließ.

»Genau«, antwortete Metus auf ihre Gedanken. »Die Legende sagt, Amor habe den Schlaf wieder in das Kästchen gesteckt und Psyche habe es Venus übergeben, aber das stimmt nicht. Venus hat es immer noch nicht und seit jener Zeit ist sie ... schlaflos. Und ohne Schlaf vergeht ihre Schönheit.«

Allegra sah Metus erschrocken an und fragte sich wieder einmal, ob er Witze machte.

»Proserpina weigerte sich, ihr ein weiteres Geschenk zu machen, sie war nach wie vor nicht damit einverstanden, wie Venus ihre zukünftige Schwiegertochter behandelt hatte. Und Venus' Zorn wuchs immer weiter an, was wiederum den Verlust ihrer Schönheit beschleunigte. Sie lässt sich sehr oft hier behandeln.« Metus deutete auf eine Ansammlung von Gebäuden ein Stück weit entfernt vom türkisfarbenen Meer. »Die Nymphen tun ihr Bestes, aber Venus existiert schon sehr, sehr lange.« Er senkte den Blick.

Allegra wollte sich gar nicht vorstellen, wie Venus aussah. Eine böse Stimme in ihrem Inneren flüsterte, dass Venus es nicht anders verdient hatte. Immerhin hatte Venus' Neid auf die Schönheit Psyches die Ereignisse erst ins Rollen gebracht. Doch Allegra schob den Gedanken beiseite. Sie konnte sich denken, dass es für die Göttin der Schönheit wie ein Schlag ins Gesicht war, wenn das ehemals fantastische Aussehen verblasste. Nichtsdestotrotz hasste Allegra Venus von ganzem Herzen. Und dieses Gefühl konnte sie nicht beiseiteschieben.

»Wenn Amor ihr das Kästchen gegeben hat, müsste doch alles wieder gut sein, oder nicht?«

»Du denkst zu ... menschlich«, sagte Metus gedehnt, während er über seine weiteren Worte nachzudenken schien. »Ihr göttlicher Zorn bestimmt ihr Leben seit Jahrtausenden, nur daher ist sie so verbittert. Mit einem ›Hier ist, was du haben willst‹ ist nicht gleich alles wieder gut.«

»Und Amor ist noch hier und versucht sie weiter zu besänftigen?«

»Ich fürchte, Amor hat nicht bedacht, was Ogygia mit einem macht.«

Allegra wollte nachhaken, doch Metus schüttelte den Kopf und schob sie weiter durch den Sand. »Du wirst gleich sehen.«

Sie kamen an den ersten kleinen Gebäuden vorbei, Miniaturtempel aus dem antiken Griechenland, wo Männer mit Hörnern Getränke ausschenkten. Wunderschöne zarte Mädchen mit langen Gewändern und Blumen im Haar nahmen die Getränke auf goldene Tabletts und gingen zügig um die Ecke. Metus und Allegra folgten einem dieser Mädchen.

»Nymphen«, erklärte er.

Das hatte sich Allegra schon fast gedacht. Die Nymphe schien zu schweben und überall, wo sie vorbeikam, erblühten die Pflanzen plötzlich und verströmten einen schweren, süßen Duft, der Allegras Hirn benebelte. Das Mädchen passierte einen Rosenbogen, der eine dichte Hecke durchbrach, und die Knospen explodierten.

Geräusche drangen von jenseits der Hecke zu ihnen, es klang wie eine Party. Altertümliche Musik schwebte über zahlreichen Stimmen. Allegra beschleunigte ihre Schritte und trat durch den Bogen. Sie hatte mit der Party gar nicht so falsch gelegen. Nur die Ausgelassenheit war ihr in dieser Weise noch nie begegnet.

Überall schwirrten Nymphen herum, bewirteten die Gäste, die auf schweren Chaiselonguen saßen oder lagen. Wie auf Bildern von alten römischen Kaisern wurden die Götter gefüttert und mit Flügelschlägen von – Allegra wusste nicht, was für Wesen das waren gekühlt.

Ihr Blick fiel auf einen jungen Mann, der von einer ganzen Schar Nymphen umringt war. Er hatte Locken wie Metus, nur waren sie honigblond, sein Teint war nicht bronzefarben, sondern weiß wie Porzellan.

»Ich habe es befürchtet«, stöhnte Metus und ging mit großen Schritten auf den blondgelockten Mann zu. Die Nymphen, die zuvor noch neben ihm, hinter und ... auf ihm gesessen hatten und sonst was mit ihm angestellt hatten, sprangen auf, als Metus knurrend näherkam.

»Bruder!«, rief der Blonde erfreut und lächelte Metus an.

Der Vergleich, den Allegra automatisch gezogen hatte, war nicht von ungefähr: Metus und Amor glichen einander beinahe wie ein Negativ. Der eine blass und blond, der andere dunkelhaarig mit einer gesunden Hautfarbe. Allegra konnte ihren Blick nicht von den beiden wenden. Sie hatten Amor gefunden. Ihren ... Ahnen. Sie starrte zu ihm hinüber und ihr wurde klar, warum er so oft als blondgelockter Knabe dargestellt wurde. Durch die Blässe wirkte sein Gesicht so kindlich, umrahmt von wilden Locken, die in der Sonne schimmerten und seine honigfarbenen Augen noch größer wirken ließen.

»Was bei Jupiter treibst du hier!«, donnerte Metus' Stimme über den Platz, so dass er schnell sämtliche Aufmerksamkeit auf sich gezogen hatte.

»Ich wollte nur noch kurz was trinken, bevor ich mich auf den Rückweg mache. Setz dich zu mir«, bot Amor an und drehte sich zu einer Nymphe um: »Bring meinem Bruder etwas zu trinken.«

Sofort hüpfte besagtes Mädchen herbei und reichte Amor zwei goldene Kelche. Metus schlug sie Amor aus der Hand. Ein Kelch fiel zu Boden, der andere landete auf Amors weißem Gewand. Ein goldener Fleck zeichnete sich darauf ab und sofort waren Nymphen zur Stelle, um das Chaos zu beseitigen.

»Verschwindet!«, knurrte Metus sie an.

Die Mädchen wichen erschrocken zurück. Allegra konnte es nachvollziehen – Metus sah in diesem Moment wirklich beängstigend aus. Seine Augen funkelten wie ein Feuer und vermutlich wussten die Nymphen, wer er war und was er in ihrem Kopf hervorrufen konnte. Sie huschten schnell davon und kümmerten sich um die anderen Gäste, die schnell das Interesse an dem Vorfall verloren hatten. Allegra trat langsam zu Metus, der seinen Bruder inzwischen hochgezerrt hatte.

»Komm mit. Wir müssen reden!«, sagte er barsch und ließ Amor keine Gelegenheit zu widersprechen, sondern schubste ihn vorwärts.

Allegra folgte ihnen zwischen mehreren von Nymphen umgarnten Personen hindurch zum Rand des Festes. Ganz automatisch suchte ihr Blick nach den eisblauen Augen. Wenn Luca hier wäre, von so vielen wunderhübschen Mädchen umringt ... Ein dicker Kloß bildete sich in ihrem Hals. Bisher hatte sie ihn zum Glück nirgends entdeckt.

»Was hast du dir nur dabei gedacht?«, schimpfte Metus nun leiser und Amor sah aus, als hätte man ihn in flagranti erwischt. Was ja auch stimmte.

»Ich wollte nur kurz was trinken, ehe wir wieder nach oben gehen«, antwortete er schuldbewusst. »Ich habe mit Mutter alles geklärt.« Er sah Metus mit einem Engelslächeln an und die großen Augen wirkten wie die Unschuld in Person.

»Ach ja?«, antwortete Metus barsch. »Wo ist denn dann deine Begleiterin? Und wo ist der Junge, für den du hierhergekommen bist?«

Amor sah sich verwirrt um.

Allegra wagte es nicht zu atmen. Luca. Luca. Luca. Er war hier. Sie stand so kurz davor, ihn wiederzusehen.

»Ich ... Vielleicht sind sie bei den Menschen?« Amor presste die Lippen zusammen, eine kleine Falte entstand auf seiner sonst so ebenmäßigen Stirn.

»Du weißt, dass Mutter dir alles erzählen würde, was du hören willst, nur um ihre Schönheit zurückzuerhalten. Du bist so ein Idiot.« Metus schlug gegen die Hecke, die mit einem leisen Schrei zurückwich. Lebte sie etwa ebenso wie der äußere Ring des Waldes? »Was genau hat sie dir gesagt?«

»Dass sie testen wollte, ob ich sie nicht reinlege, und ich bis dahin kurz etwas trinken gehen soll.« Der Blitz der Erkenntnis traf Amor und er riss die Augen auf.

»Die Liebe ist wahrhaft blind!«, grollte Metus. »Wo ist sie?«

»In ihrem Schrein, wie immer.«

»Los, geh. Wir werden das klären«, befahl er und der blonde Gott zog den Kopf ein, drehte sich um und ging mit schnellen Schritten am Rand des Festes auf einen großen Gebäudekomplex zu.

Jupiter hat bei Psyche Gnade walten lassen, damit er endlich heiratet und mit diesen Gelagen aufhört, erklärte Metus in Allegras Kopf. *Die Liebe verträgt keine Ambrosia, sie wirkt bei Amor um ein vielfaches stärker als bei anderen und steigert seine Inkonsequenz und sein kindisches Verhalten. Er war als Lüstling bei allen Nymphen in diesem und anderen Reichen bekannt. Die Verbindung mit Psyche sollte dem ein Ende bereiten.* Allegra fiel es schwer, sich Amor so vorzustellen, wie Metus ihn beschrieben hatte. Natürlich war ihr bekannt, dass in der Mythologie kaum Zucht und Ordnung geherrscht hatten, aber ... Metus sprach von Amor! Das passte einfach nicht.

»Glaub es oder nicht«, sagte Metus laut, als sie die Stufen zu einer Art Tempel hinaufstiegen. Zahlreiche Säulen säumten den Aufgang und durch eine weit geöffnete Tür gelangten sie in den Empfangsbereich. Zumindest sah es so aus wie die Lobby in einem Hotel. Hinter einem steinernen Tresen standen drei Nymphen und lächelten bezaubernd.

»Metus!«, rief die einzige Dunkelhaarige unter ihnen, umrundete den Tresen und sprang auf den Gott zu.

Dessen Augen leuchteten, wie Allegra es nie zuvor gesehen hatte, während er plötzlich ganz schüchtern wirkte. Allegra lächelte.

Die Nymphe küsste Metus auf die Wange. »Was tust du hier?«, fragte sie ihn, die Überraschung und Freude waren ihr noch immer ins Gesicht geschrieben.

»Wir suchen nach unserer Mutter«, antwortete Metus.

Er wirkte nervös. Lag es an dem Mädchen? *Das geht dich nichts an,* zischte es in ihrem Kopf, doch sofort straffte sich Metus und sah wieder aus wie eh und je.

Die Nymphe wirkte enttäuscht. »Sie ist abgereist. Die Medizin hat gewirkt«, sagte sie distanziert. »Aber sie hat eine Nachricht für ihn hinterlassen.« Sie warf einen kurzen Blick zu Amor und wandte sich dann den anderen Nymphen zu.

Sofort bückte sich eine von ihnen nach etwas und legte eine Schriftrolle auf die Theke. Metus griff danach, doch die dunkelhaarige Nymphe ihm gegenüber legte ihre Hand auf seine. Er zuckte zurück, als hätte er sich verbrannt.

»Die Nachricht ist für deinen Bruder«, sagte sie bestimmt, wobei sie ihre Hand nicht zurückzog. Genauso wenig wie Metus.

Amor verdrehte mit Blick auf Metus und die Dunkelhaarige die Augen und ging zur Theke. Er schnappte sich gelangweilt die Schriftrolle, brach das Siegel und öffnete das pergamentartige Papier. Sein Blick glitt über die Zeilen, während Allegra immer nervöser wurde. Dann verengten sich seine Augen zu Schlitzen.

»Was?«, fragte Allegra, die das erste Mal das Wort an den fremden Gott richtete.

Er hob den Kopf und sah Allegra fragend an, als hätte er sie nun erst registriert. »Wer bist du?«, fragte er mit schräg gelegtem Kopf.

»Das ist Allegra. Du weißt schon, diejenige, die den Fluch gebrochen hat, den du ihr und all ihren Vorfahren eingebrockt hast. Du wolltest hierherkommen, um ihren Liebsten zurückzuholen«, knurrte Metus.

»Aaaah! Allegra! Wie schön, dich kennenzulernen.«

Metus seufzte und grummelte etwas von ›blind‹. Allegra registrierte, dass er seine Hand noch immer nicht bewegt hatte. Genauso wenig wie die Nymphe.

»Schon gut, schon gut.« Amor hob ergeben die Arme, in einer Hand noch immer das Pergament.

»Was hat Mutter geschrieben?«, wollte Metus wissen.

»Sie hat die beiden Menschen zu den anderen gebracht. Dort wartet eine Überraschung. Danach wäre die Sache aus der Welt.« Erneut runzelte Amor die Stirn.

»Was bedeutet das?«, fragte Allegra und ihr Magen zog sich erneut zusammen. Das Stirnrunzeln konnte nichts Gutes bedeuten. Doch sie wagte nicht sich auszumalen, wer mit diesen ›anderen Menschen‹ gemeint war.

»Wirklich?«, hakte Metus im selben Moment nach. »Sie gibt so einfach auf?« Nun legte auch er die Stirn in Falten und Allegras Knoten im Bauch wurde größer. Niemand antwortete auf ihre Fragen.

»Soll ich euch begleiten?«, fragte die dunkelhaarige Nymphe und lächelte Metus verliebt an. Er nickte gedankenverloren, schaute sie dabei aber nicht einmal an. Das Gesicht von Enttäuschung gezeichnet zog sie ihre Hand zurück. Erst jetzt sah Metus zu ihr.

Warum nur benahm er sich so blöd? Jeder konnte sehen, dass die beiden sich mochten. Allegras Nacken kribbelte, ihr Herz fing an, wie wild zu schlagen, und Gänsehaut breitete sich auf ihren Armen aus. Sie sah zu Metus hinüber, der sie mit warnendem Blick ansah, und sie schaute böse zurück. Das Angstgefühl ließ kurz darauf nach.

»Folgt mir«, sagte die Nymphe und ging voran, tiefer in das Gebäude hinein, das von außen weit weniger imposant gewirkt hatte. »Sie sind im Garten«, sagte sie irgendwann und deutete mit der Hand auf einen Ausgang, zu dem die grelle Sonne hereinschien.

Allegra wusste noch immer nicht, was das alles bedeutete, malte sich ein Gefängnis oder Schlimmeres aus. Als sie jedoch ins Freie traten, erwartete sie etwas völlig anderes: Im Gegensatz zur Strandszenerie auf der anderen Seite des Gebäudes war hier im Innenhof alles so grün, als wären sie inmitten eines Urwaldes gelandet. Ein Weg führte mitten hindurch und lenkte Allegras Blick auf einen Wasserfall, der an schwarzen Felsen hinab und in ein naturseeähnliches Becken plätscherte, in dem zahlreiche Personen ausgelassen plantschten. Am Rand des kleinen Gewässers befanden sich mehrere zeltähnliche Gebilde, aus denen Füße herauslugten.

Allegras Herz klopfte, Metus sog laut die Luft ein und sah sofort zu ihr. Sie verbot sich, sich auszumalen, was in diesen Zelten vor sich ging.

»Wo sind sie, Leandra?«, fragte Metus schnell und beim Klang ihres Namens aus Metus' Mund erstrahlte die Nymphe.

»Einen Moment«, sagte sie und schloss immer noch lächelnd die Augen. Kurz danach verschwand das Lächeln und sie schlug die Lider auf. »Dort hinten«, sagte sie in einem Tonfall, der Allegra sofort alarmierte.

Als sie Leandra folgten, legte Metus ihr kurz die Hand auf den Arm und vertrieb sofort die Angstgefühle, die sie nach den Worten der Nymphe überkommen hatten. Wirklich beruhigen konnte er sie jedoch nicht. Er senkte den

Kopf und ging etwas schneller, um zu Leandra aufzuholen. Nun ging Allegra allein neben Amor her. Sie spürte seinen Blick auf ihr und bemühte sich, stur nach vorne zu sehen.

»Es tut mir leid, was du alles hast durchmachen müssen«, sagte er leise. »Ich hätte nicht auf das Angebot meiner Mutter eingehen dürfen, ich hätte ... Alles wäre gut geworden.«

»Vielleicht wird es das ja noch«, presste Allegra hervor, glaubte ihren Worten jedoch selbst nicht. Zu schlimm waren die Bilder von den Göttern und Nymphen. Ganz zu schweigen von den privaten Zelten und dem, was darin abging: Luca, der eine andere küsste, zärtlich im Arm hielt oder vielleicht noch Schlimmeres anstellte. Sie passierten Zelte, aus denen unmissverständliche Geräusche drangen, die Allegra erschaudern ließen.

»Sie sind belohnt worden«, erklärte Amor. »Sie haben den Göttern gehuldigt und sie erwiesen ihnen eine Gunst. Du kannst dir nicht vorstellen, wie viele die Liebe mit dem dort verwechseln.« Mit abfälligem Blick deutete er zu den Zelten. »Auch wenn mir nachgesagt wird, noch unreif zu sein, viel zu impulsiv zu reagieren, und mich daher zu schnell auf etwas einzulassen, so weiß ich doch, dass es mehr braucht als meine Gabe, um etwas Großes entstehen zu lassen.« Er seufzte. »Ich bin nur der Wegbereiter, streue den Samen. Was die Menschen daraus machen, ist ihre Entscheidung. Pflegen sie das Saatgut, wächst daraus vielleicht ein kleiner Setzling, bemühen sie sich weiter, wird daraus ein Baum, der allen Widrigkeiten trotzen kann. Das liegt jedoch nicht mehr in meinen Händen.«

Allegra war so tief in Gedanken versunken, dass sie gegen Metus lief, der vor ihr stehengeblieben war. Sie schälte sich aus ihrer Benommenheit und sah nach vorn. Neben dem kleinen Gewässer, wenige Meter entfernt von dem Wasserfall, saß eine gebeugte Gestalt mit dem Rücken zu ihr auf einem der schwarzen Felsen am Ufer. Sie war im Schatten des Felsens kaum auszumachen. Direkt daneben stand ein Mädchen mit weißblonden Haaren und redete auf die Gestalt ein.

Als würde sie die Blicke auf sich spüren, sah das Mädchen auf und Allegra schaute in Jens strahlende Augen. Doch anstatt sich zu freuen, riss Jen den Mund auf und starrte sie entsetzt an.

Die ausgelassene Heiterkeit um sie herum und die Geräusche drangen in weite Ferne. Allegra sah nur noch Jen. Sie folgte der Bewegung ihrer Hand, die auf die Schulter der zusammengekauerten Gestalt tippte. Nur langsam reagierte die Person mit den kurzen schwarzen Haaren und sah zu Jen auf, die daraufhin etwas sagte.

Allegra wagte nicht zu hoffen. Sie verbot sich jeglichen derartigen Gedanken und der Moment wurde zur Unendlichkeit. Wie in Zeitlupe drehte sich die Person um, blieb nach wie vor auf dem Felsen sitzen. Jen half nach, indem sie am Arm des Mannes zog, so dass er aus dem Gleichgewicht geriet, und ehe er abrutschte, auf den Boden sprang. Er stellte sich direkt vor Jen und schien etwas zu sagen. Sie redete wild gestikulierend und in Allegras Richtung deutend auf ihn ein.

Es dauerte, bis Allegra endlich Gewissheit hatte. Ihre Hände wurden feucht, ihr Puls raste. Alles in ihr schrie loszurennen, als die so vertrauten eisblauen Augen zu ihr blickten. Dennoch bemühte sie sich um Fassung, wagte nur einen Schritt nach dem anderen, wollte, dass Luca sie begrüßte, wie sie es sich vorgestellt hatte.

Irgendwann konnte sie sich nicht mehr zurückhalten. Ihre Schritte wurden erst länger, dann rannte sie los. Metus rief ihr hinterher, sie solle warten, doch wie könnte sie? Freudentränen verzerrten ihren Blick, nur die eisblauen Augen verschwammen nicht. Sie hatte es geschafft. Sie hatte Luca wiedergefunden! Nun würde wirklich alles gut werden. Sie wollte schreien vor Freude.

Der Schrei blieb ihr jedoch im Hals stecken, als sie bei Luca ankam und ihm ins Gesicht schaute. Er lächelte höflich, doch das, was sie suchte, fand sie nicht. Sie blinzelte, suchte ein weiteres Mal. Ohne Erfolg.

Lucas Lächeln wurde zu einer Grimasse. Endlich konnte sie den Ausdruck auf seinem Gesicht deuten und all ihre Hoffnungen fielen in sich zusammen wie ein Kartenhaus im Wind. Luca erkannte sie nicht.

6. SZENE

Allegra wich langsam zurück. Tränen sammelten sich in ihren Augen. Bittere Tränen. Sie schüttelte unentwegt den Kopf. Irgendwann stieß sie mit jemandem zusammen, der ihr irgendetwas zuflüsterte. Sie verstand kein Wort, wollte nicht verstehen.

Alles, was sie sehen konnte, war die leere Phiole, die wie ein Signalfeuer vor Lucas Brust baumelte. Ein winziges Glasfläschchen, das funkelte wie das Herz, das Allegra an ihrer Kette trug. Venus' Überraschung.

»Tu etwas!«, sagte eine Stimme.

Allegra hörte sie nur schwach durch das dumpfe Rauschen in ihrem Kopf. Etwas Helles flog auf sie zu, sie wurde gedrückt, getätschelt, doch all das musste jemand anderem passieren. Nicht ihr. Nicht Allegra Capulet, die für die Liebe in den Tod gegangen war, die ihre zweite Chance verbockt hatte und doch den Kampf nicht aufgegeben hatte. Wenn *das* göttliche Gerechtigkeit war, wollte sie weder an Götter noch an Gerechtigkeit glauben. »Sie hat ihn mir weggenommen«, flüsterte sie, zu niemand Bestimmtem.

»Allegra«, sagte die süßeste Stimme der Welt. Nur sie drang wirklich zu Allegra durch und sie sah auf. Luca lächelte sie an. Für einen kurzen Moment ließ sie sich täuschen, glaubte, dass es nur eine Verwirrung gewesen war, ein böser Scherz, doch die Betroffenheit, die sie in Lucas Gesicht sah, sagte etwas anderes.

Allegra hatte jedoch keine Kraft mehr sich gegen die Umarmung zu wehren, die Luca ihr aufzwang. Sie presste sich an ihn und sog seinen so vertrauten Geruch ein, obwohl sie ihn so lange vergessen hatte. Fabios Bild entstand vor ihrem inneren Auge. Ihr Herz hatte immer gewusst, wer er war. Wieso hatte sie nur nicht darauf gehört? Ihre Schultern bebten, während Luca ihr unbeholfen den Rücken tätschelte. Er hatte Mitleid mit ihr, dieser Fremden, die offensichtlich unsterblich in ihn verliebt war. Der Gedanke brachte sie noch mehr zum Weinen.

»Lasst uns gehen. Sofort. Du musst mir helfen.« Metus machte noch weitere Anweisungen, aber Allegra weigerte sich, aus ihrer Vorstellung eines Happyends aufzutauchen. Sie klammerte sich daran fest wie an Luca, dessen T-Shirt mittlerweile nass von ihren Tränen war.

***

Ein schneidender Wind fuhr durch Allegras Haar. Jemand rief ihren Namen, doch sie wollte nicht darauf reagieren. Es erklangen noch mehr Rufe, dann wurde sie von Luca weggerissen.

»Was hast du ihr angetan?«, schrie Alessandro Luca an, als Allegra sich irritiert umsah.

Sie befanden sich nicht mehr im Grün des Dschungels, sondern wieder auf der steilen Klippe, auf der sie Luca in ihrer Vision gesehen hatte. Luca. Sie schluckte. Doch Alessandros Zorn umwirbelte Allegra und überlagerte die Trauer und Enttäuschung. Den rechten Arm hatte ihr Bruder um Jen geschlungen, mit seiner linken Hand versuchte er beruhigende Wellen zu Allegra zu schicken, indem er ihr immer wieder über den Rücken strich. Alessandro schien noch nicht über die Zusammenhänge nachgedacht zu haben. Nicht überlegt zu haben, warum Jen, die eigentlich in Deutschland sein sollte, plötzlich hier stand. Vermutlich war er von Allegras Trauer umnebelt.

Metus mischte sich ein: »Er hat nichts getan. Venus hat ihm den Heiltrank gegeben.« Er ging mit schnellen Schritten zu Luca und riss ihm die Phiole vom Hals. Achtlos warf er sie beiseite. Das Glas zerbrach an einem Felsen.

Erst jetzt sah sich Allegra bewusst um. Wie waren sie so schnell hierhergekommen?

»Zwei Götter können sich anders durch die Welt bewegen als Menschen«, erklärte Metus. »Amor und ich haben euch hergebracht.«

Alessandros Kopf ruckte zu der blonden Version von Metus und er riss die Augen weit auf. »Amor?«

Der Gott der Liebe nickte, sah dann jedoch sofort beschämt zu Boden.

»Lasst uns in die Welt der Sterblichen gehen. Vielleicht finden wir dort eine Lösung«, schlug er vor.

»Was ist passiert? Mattia? Alessandro?« Luca warf einen Blick zu Allegra, der nur eines besagte: Wer zum Teufel ist dieses Mädchen?

Mattia freute sich Luca wiederzusehen. Das konnte er nicht verbergen, auch wenn er es versuchte. Um Allegra nicht noch weiter in die Verzweiflung zu treiben, erkannte sie. Auch Alessandro schien Luca nicht vergessen zu haben. Venus' Trank hatte ihm lediglich die Erinnerung an Allegra genommen, seine Liebe zu ihr geheilt. Und das funktionierte nur durch Auslöschung.

»Kommt alle her!«, befahl Metus und die Gruppe sammelte sich um ihn. Amor, Metus, Mattia, Luca, Alessandro, Jen und Allegra.

»Wo ist Trip?« Allegra sah sich um, konnte ihren Ahnen jedoch nirgendwo entdecken.

»Es gab einen Angriff«, erklärte Alessandro. »Trip hat uns verteidigt und wurde von der Harpyie mitgenommen.«

Allegra schüttelte den Kopf. Das konnte nicht sein, das war nicht richtig. Er war geblieben, um ihr zu helfen. Er und Elena. Sie beide ... *Sie sind jetzt zusammen,* flüsterte Metus' Stimme in ihrem Kopf. »Aber was, wenn er in den Styx gefallen ist, wenn er verletzt ist?« Allegras Stimme überschlug sich. Sie hatte wieder nur an sich selbst gedacht, an ihr Schicksal und das von Luca und darüber hinaus alles andere vergessen. Wie konnte Metus sich so sicher sein?

»Er ist der Gott der Angst«, sagte Amor und warf einen abfälligen Blick zu seinem Bruder. »Metus erzählt einfach alles, um sich zu stärken. Den beiden ist nichts passiert. Selbst wenn sie verletzt wurden, heilen sie beim Durchschreiten des Tores. Mach dir keine Sorgen.«

Er lächelte sie so aufmunternd an, dass Allegra für einen Moment wirklich erleichtert war. Zumindest wurden nicht andere bestraft für ihre Fehlentscheidung bei der zweiten Chance. Es war schon schlimm genug, dass sie selbst mit den Konsequenzen leben musste. Die Schuld, auch noch die gemeinsame Ewigkeit von Trip und Elena zerstört zu haben, hätte es noch schlimmer gemacht.

Sie sah verstohlen zu Luca, der sie aus eisblauen Augen musterte. Sie erkannte Neugierde für die Situation darin, doch nicht einmal den kleinsten

Hauch von Interesse an ihr. Alles, was in Verbindung mit der Liebe gestanden hatte, war ausradiert.

Schnell korrigierte sie ihren Gedanken: Nichts konnte ihre Situation noch schlimmer machen. Die Sehnsucht nach Lucas Nähe zerriss Allegra das Herz. Die Bilder der wenigen zärtlichen Küsse, die sie hatten austauschen dürfen, zerfraßen sie von innen. Etwas brannte in ihrer Brust und sie hieß den Schmerz willkommen, wollte sich in ihr Elend stürzen. Dann spürte sie, dass es nicht von innen kam. Das brennen kam von außen. Sie sah an sich hinab und entdeckte die herzförmige Phiole, die verheißungsvoll aufblitzte. Nie zuvor hatte sie geglaubt, dass sie die Lösung sein könnte. Dass sie vergessen wollen würde. Allein der Gedanke daran brach ihr Herz ein weiteres Mal und Tränen verschleierten ihre Sicht. Sie griff blind nach der Phiole und hielt sie fest in der Faust.

In diesem Moment brachten Amor und Metus sie in die reale Welt zurück.

7. SZENE

Auch der strahlende Sonnenaufgang über dem Monte Baldo vermochte es nicht, Allegras Laune zu heben. Nach allem, was geschehen war, hatte sie auch die letzte Hoffnung tief in sich begraben. Sie dachte an die vergangenen beiden Tage, an die Zeit nach ihrer Rückkehr aus der Unterwelt.

Metus und Amor hatten sie in den *Palazzo dei Capitani* gebracht, wo Lorenzo schon auf sie wartete. Sofort stürzte er sich in die Arme von Amor, was ein durchaus suspektes Bild abgegeben hatte. Doch schon bei der ersten Berührung verwandelte sich der alte Padre in die schönste Frau, die Allegra jemals gesehen hatte. Psyches Schönheit war so blendend, dass sie nicht lange hinsehen, die Details anfangs nur im Augenwinkel erfassen konnte. Ihr Gesicht hatte etwas Zeitloses und die strahlenden Augen waren so voller Liebe, wenn sie ihren Gatten ansah, dass Allegra sofort wieder Tränen in den Augen standen. Die blonden Locken umschmeichelten ihr Gesicht und fielen bis zur schmalen Taille hinab.

Alessandro, der von Lorenzos wahrer Identität nichts wusste, starrte die Göttin mit offenem Mund an, ehe Jen ihn zu sich zog und ihm zuflüsterte, was genau geschehen war.

Psyche schien von innen heraus zu leuchten. Zumindest bis zu dem Moment, da sie sich bewusst wurde, dass sie nicht mit Amor allein war. Schnell wandte sie sich um, ihr Blick glitt über die gesamte Gruppe und blieb erst an Luca, dann an Allegra hängen. Sofort wurden ihre Augen traurig. Sie sah zu Amor, der langsam den Kopf schüttelte.

»Venus?«, fragte Psyche und die Ungläubigkeit in ihren Zügen verlieh ihrer Schönheit etwas Bedrohliches. Sie ballte die zarten Hände zu Fäusten. »Du musst ihnen helfen.«

»Ich kann nicht. Es war Teil des Deals. Wenn ich gewusst hätte …«, setzte Amor verzweifelt an.

»Du kennst sie«, sagte Psyche bestimmt. »Als hätte sie uns einfach so gewinnen lassen.«

»Das nennst du gewinnen?«, antwortete Amor. »All das Leid, das sie über die Menschen gebracht hat ... Ich musste es beenden und hoffen.«

»Du bist ein Träumer«, mischte sich Metus ein. »Was musstest du ihr versprechen?«

»Dass ich niemals wieder einen Montague oder einen Capulet treffen werde.« Er deutete hinter sich, wo für einen kurzen Moment ein Köcher mit goldenen Pfeilen erschien. Ein Bogen hing über seiner Schulter. Beides verschwand sofort wieder und Allegra kam es vor wie eine optische Täuschung. »Da der Fluch gebrochen ist, schien mir das ein guter Handel zu sein.«

Psyche schlug die Hände vor dem Gesicht zusammen. Eine völlig übertriebene und theatralische Geste, doch zu ihr passte es. Sie schluchzte laut und nahm dankend die Brust an, die Amor ihr bot.

Liebevoll umschlang er sie. »Ich konnte nicht wissen, dass Mutter ... Ich dachte, dann wäre alles wieder gut.«

»Ja, wir sind alle glücklich«, sagte Metus trocken.

Allegras Hand verkrampfte sich. Sie hielt noch immer Venus' Heilmittel fest umschlossen. Woher die Tränen immer noch kamen, wusste sie selbst nicht. Sie hätten längst versiegt sein müssen.

Am darauffolgenden Tag hatte es Amor versucht. Immer und immer wieder hatte er Pfeile auf Luca abgeschossen, doch wie von einem unsichtbaren Schild prallten sie kurz vor ihm ab, fielen zu Boden oder änderten ihre Flugbahn. Niemand kümmerte sich darum, wen diese ersten Liebesfunken trafen, die Amor in die Gegend streute. Das Verliebtsein war jedenfalls sehr präsent an jenem Tag.

Allegra seufzte. Sie stützte sich auf dem Geländer des Balkons ab. Wieder einmal stand sie allein hier. Sie wollte sich die Bilder noch ein letztes Mal einprägen, ehe sie nach Deutschland zurückkehren würde.

Federica, ihre echte Mutter, hatte ihr angeboten, in Limone zu bleiben, doch die Erinnerungen, die sie hier ständig überkamen, waren zu schmerzhaft. Als Luca dann noch mit höflicher Distanz angeboten hatte, dass sie sich kennenlernen könnten, war Allegras Schmerzgrenze erreicht gewesen. Sie war davongestürmt, hatte sich in der Suite eingeschlossen und war weinend auf dem Bett zusammengebrochen.

Wenn sie versuchen wollte, ein normales Leben zu führen, würde das nicht hier am Lago di Garda stattfinden. Sie atmete ein letztes Mal den vertrauten Geruch des Sees ein. Wasser, der allgegenwärtige Zitrusduft, der nahe Wald. Einfach alles assoziierte ihr Kopf sofort mit Luca. Nein, hier würde sie nicht überleben können.

Und genau das war es, worauf sie hoffte. Sie wusste, sie könnte niemals glücklich werden, auch wenn Amor ihr angeboten hatte, sie zu begleiten und für eine neue Liebe zu sorgen. Aber sie hatte abgelehnt – sie hatte ihre wahre Liebe gefunden. Ohne Luca konnte sie nicht glücklich sein, sie konnte nur hoffen zu überleben. Es irgendwie zu schaffen. Die immer wieder hell pulsierende Phiole um ihren Hals würde ihr eine Warnung sein, sie hoffentlich durchhalten lassen. Denn diesen letzten Triumph gönnte sie Venus nicht.

Sie schloss die Augen, speicherte die Bilder in ihrem Kopf ab, ehe sie in die Suite zurückkehrte und ihren Koffer nahm.

8. SZENE

»Allegra!«, rief es von unten, doch Allegra konnte sich nicht aufrappeln. Am späten Abend war ihr Zug in München angekommen und irgendwann in der Nacht war sie endlich heimgekehrt – heim zu Maria. Ihre Mutter hatte sie wortlos in die Arme genommen und sie nicht mehr losgelassen, ehe auch die letzte Träne versiegt war. Draußen hatte es schon gedämmert, als Allegra erschöpft in ihr Bett gefallen war.

Das konnte höchstens vor Minuten gewesen sein. Sie öffnete ihre zugeschwollenen Augen und suchte nach dem Handy, um auf die Uhr zu sehen. Es war neun Uhr. Sie war wirklich erst vor kurzem eingeschlafen. Sie wollte sich schon wieder zurück ins Bett fallen lassen, als eine Nachricht einging:

Wenn du nicht in fünf Minuten hier unten bist, kommen wir hoch.

Allegra stöhnte. Sie liebte Jen, aber ihre beste Freundin konnte anstrengend sein. Und das Letzte, was Allegra jetzt gebrauchen konnte, war eine vor Liebe strahlende Jen. Schnell tippte sie eine Antwort.

Bitte Jen, ich brauche etwas Ruhe.

Die Reaktion kam prompt:

Noch vier Minuten.

Allegra seufzte. Warum war Jen nur so stur? Konnte sie nicht verstehen, dass Allegra niemanden sehen wollte? Doch, konnte sie, beantwortete sie sich selbst die Frage. Und genau deshalb verhielt sie sich so. Allegra brachte ein trauriges Lächeln zustande, ehe sie sich aufrappelte und ins Badezimmer schlich. Wenn sie schon kein Glück in der Liebe hatte, sollte sie nicht das verschmähen, was der Liebe am nächsten kam: Freundschaft.

Ihr Handy piepte. Allegra wusste, ohne hinzusehen, was in der Nachricht stand:

Noch drei Minuten.

Nach dem Zähneputzen klatschte sie sich eiskaltes Wasser ins Gesicht, doch wirklich fitter sah sie danach nicht aus. Wie könnte sie auch? Die traurige Gestalt im Spiegel glich ihrem Inneren.

Zwei Nachrichten später schlüpfte Allegra in ihre Klamotten und verließ das Zimmer. Langsam ging sie nach unten und versuchte nebenbei herauszufinden, wer unten im Restaurant so lautstark diskutierte. Um diese Zeit war es noch geschlossen, es dürften also keine Gäste da sein.

Neugierig öffnete sie die Tür zum Restaurant und zuckte bei dem lauten »Überraschung!« so sehr zusammen, dass sie beinahe einen Herzinfarkt bekam. Jen sprang auf sie zu, umarmte sie fest und gratulierte ihr zum Geburtstag.

Allegra hatte den Gedanken daran immer und immer wieder von sich geschoben. Für ihr wissendes Ich war der zwanzigste Geburtstag der Anfang vom Ende gewesen. An diesem Tag hätte der Fluch auch sie treffen sollen, hatte der Padre gesagt. Luca hatte sich an seinem zwanzigsten Geburtstag aus Angst vor Amors Pfeil, der ihn mit der Falschen verlieben würde, selbst mit einem Granatapfelkern in die Unterwelt befördert. Heute wäre ihr Ultimatum abgelaufen, ihre Chance auf die wahre Liebe. Der Fluch hatte sie dennoch getroffen, ob er gebrochen war oder nicht.

Nichtsdestotrotz genoss sie die feste Umarmung ihrer Freundin, das Gefühl, zumindest auf diese Art geliebt zu werden, und bemühte sich, nicht wieder in Tränen auszubrechen. Erst als sich neben ihnen jemand räusperte, ließ Jen sie los. Alessandro stand erwartungsvoll vor ihr, als wüsste er nicht, was genau er tun sollte.

»Alles Liebe zum Geburtstag, Schwesterherz«, sagte er leise und zog sie kurzerhand an die Brust.

Von der Seite trat Mattia zu ihnen und Allegra wurde weitergereicht, bis sich auch Maria dazwischenschob.

»Darf ich vielleicht auch endlich?«, fragte ihre Mutter mit gespielter Empörung.

Allegra lächelte. Zumindest versuchte sie es. Im Restaurant war gerade so viel Liebe, dass sie der Trauer keinen Platz ließ. Dennoch war der kalte Fleck in ihrem Herzen präsent. Er würde es für immer bleiben. Doch vielleicht würde er sich eines Tages ein wenig erwärmen. Allegra seufzte beim Gedanken an ihre Freunde und Maria, die versuchten, sie aufzumuntern, ihr in diesen dunklen Tagen Halt gaben. Die sogar aus Italien angereist waren, um ihr an ihrem Geburtstag zur Seite zu stehen.

»Wir haben da noch was für dich, aber du musst die Augen schließen«, sagte Jen leise.

Allegra wusste, was kommen würde. Sie sah es so deutlich vor sich, als wäre es eine Vision. Doch sie wollte ihn nicht sehen, die Wunde nicht wieder aufreißen, noch bevor sie die Chance hatte zu heilen. Sie presste die Lippen zusammen und rannte in den Innenhof. Dort setzte sie sich in der hintersten Ecke auf einen der Stühle und ließ ihren Tränen freien Lauf. Sie zog die Beine auf den Stuhl und legte die Stirn auf ihre Knie, atmete tief ein und aus. Sie wollte sein Mitleid nicht, wollte sich nicht selbst belügen und daran glauben, dass es funktionieren könnte. Alles, was sie verbunden hatte, war verloren. Sie wollte, dass er das akzeptierte – und das gleiche erwartete sie von Jen und den anderen.

Der Wind frischte auf und eine starke Brise wirbelte ihr Haar auf. Die Kälte tat gut, lenkte sie ab. Doch der Wind wurde stärker, riss an ihrem Shirt, zerrte an ihrer Kette. Allegra berührte das gläserne Herz, ohne aufzusehen. War es ein Wink der Liebesgöttin? Am liebsten hätte sie aufgelacht. Der Wind beruhigte sich. Venus hatte aufgegeben.

Da erklangen Schritte auf dem Pflaster des Innenhofes. Eindeutig Schuhe mit Absätzen. Jen. Allegra verharrte in ihrer Position. Doch plötzlich zog jemand fest an der Kette und Allegra spürte nur noch ein Brennen am Hals. Nun sah sie auf und blickte in das vorwurfsvolle Gesicht ihrer besten Freundin, die das gläserne Herz vor ihren Augen baumeln ließ.

»Ich werde es nicht nehmen«, sagte Allegra.

»Sollst du auch nicht.« Jen hielt die Phiole zur Seite und ein Windstoß riss sie mit sich.

»Was …«, setzte Allegra an, wollte aufspringen und ihre Kette wieder zurückholen. Sie war ihre Warnung, das Mahnmal, das sie brauchte, um zu überleben.

Doch Jen drückte sie auf den Stuhl zurück. »Es ist nicht für dich! Das war es nie!«, sagte Jen nur.

Keinen Wimpernschlag später, Allegra wollte gerade wieder aufstehen, drangen dumpfe Schritte über das Pflaster. Schnelle Schritte. Jemand rannte zu ihnen. Ein siegessicheres Lächeln erschien auf Jens Gesicht, dann zog sie Allegra hoch und trat zur Seite.

In genau diesem Moment hielt Luca vor ihr an. Mit höflichem Abstand wie zuvor – dennoch hatte sich etwas verändert. Sein Körper schien Allegra entgegenzustreben, nur mit Mühe konnte er sich zurückhalten.

Allegra wollte sich jede Hoffnung verbieten und erlag ihr doch. Sie holte tief Luft und sah nach oben. In eisblaue Augen, aus denen nichts als Liebe sprach. Sie öffnete den Mund, um etwas zu sagen, versuchte, es zu erklären, stets auf der Hut sich zurückzuhalten. Angst kroch ihr in den Nacken, gefolgt von einem polternden Herzklopfen. Er war so nah, so unerträglich nah. Sie versank in seinen Augen, die plötzlich wieder alles zu wissen schienen. Warum?

Luca lächelte und biss sich auf die Unterlippe. Automatisch blieb ihr Blick daran hängen. Die Sehnsucht zersplitterte ihr gebrochenes Herz nur noch weiter. Wie gerne würde sie noch ein letztes Mal …

»Hörst du jetzt endlich auf zu denken und küsst mich?«

Allegra lachte laut auf. Sie konnte es immer noch nicht fassen.

»Wenn du nicht willst, werde ich es tun.« Mit einem schnellen Schritt überwand Luca die Distanz zwischen ihnen, zog Allegra an sich und küsste sie. In diesem Kuss lag alles, was sie gemeinsam durchgestanden hatten. Der Kuss war so bittersüß, dass erneut die Tränen rollten und sich in den Kuss mischten.

Atemlos zog sich Luca zurück, die Augen noch immer genießerisch geschlossen. »Ich habe so lange darauf gewartet.« *Und ich erst!*, dachte Allegra und Lucas Mund wurde zu einem breiten Lächeln, ehe er die Augen öffnete und sie so sehnsüchtig ansah, dass alle negativen Erinnerungen und Erlebnisse zu einem Rauschen verblassten.

Jetzt hielt sie ihre Gefühle nicht weiter im Zaum, zog ihn zu sich und küsste ihn noch einmal, dass Romeo und Julia dabei neidisch geworden wären.

Nun ist alles, wie es sein soll, seufzte eine Stimme in Allegras Kopf, die sie als die von Amor identifizierte, und für einen kurzen Moment glaubte sie, zwei ähnlich aussehende Götter im Innenhof stehen zu sehen, die zufrieden nickten, ehe der Liebesgott fortfuhr: *Vielleicht solltest du das Kriegsbeil mit Pan begraben. Ohne ihn hätten wir nicht herausgefunden, was wir tun müssen. Außerdem sollten wir auch Mutter danken.*

Oder sie dafür verfluchen, dass das wahre Heilmittel die ganze Zeit bei Allegra war, grummelte eine andere Stimme, Metus. Dann war das Bild verschwunden.

Anschließend ertönte ein jungenhaftes Lachen zwischen leisen Flötenklängen: »Meine Schuld ist beglichen.«

EPILOG

»Du hast ja doch ein Herz«, sagte Psyche, als sie in das Haus des Dunklen trat.

Die Gestalt in der Mönchskutte, die mit dem Rücken zu ihr stand, wandte sich um. Der Dunkle verzog das Gesicht, ehe es zu schmelzen begann und eine wunderhübsche Frau zum Vorschein kam, deren Schönheit Psyche blendete und zugleich vor Ehrfurcht erstarren ließ.

Psyche dachte an all die Jahrhunderte, die sie mittlerweile damit zugebracht hatte, Venus' Zorn zu besänftigen. Stets geplagt von Schuldgefühlen, hatte sie alles in ihrer Macht Stehende getan, um den Fluch zu brechen. Wenn also Venus Allegra damals das Heilmittel gegeben hatte, war sie den ewigen Kampf vielleicht auch Leid gewesen? Hatte sie damals schon gewusst, dass Psyche in Gestalt von Lorenzo Allegra gar nicht getötet hatte?

Es gab so viele Fragen, doch fürs Erste begnügte sich Psyche damit, dass ihre Nachkommen nicht mehr Zielscheibe von Venus' Zorn waren. Sie und ihre Schwiegermutter hatten alle Zeit der Welt.

Dann wanderten ihre Gedanken zu Amor, den sie nun endlich wieder bei sich haben konnte. Sie rechnete nicht mehr mit einer Antwort ihres Gegenübers und schrak bei den Worten zusammen.

»Ich bin die Liebe«, antwortete Venus nur. »Ich habe niemals gesagt, dass man es leicht mit mir hat.«

DANKSAGUNG

Als Allererstes möchte ich mich bei allen bedanken, die Allegras Geschichte bis zum Ende verfolgt haben – ja, auch bei denjenigen, die mich nach dem Ende von »Liebe keinen Montague« am liebsten getötet hätten. Wenn ich an die vielen Nachrichten denke, waren das sicher einige.

Dafür, dass ihr diesen zweiten Band überhaupt lesen konntet, müsst ihr euch alle – wie ich mich ebenfalls – bei unserer Impress-Mama Pia bedanken, die sofort Feuer und Flamme für meine Idee einer Fortsetzung war. Danke, dass Luca und Allegra ihre zweite Chance bekommen haben.

Der nächste Dank geht an meine großartigen Testleser: Mein Mann Kay (auch wenn er immer noch ständig die Augen verdreht, wenn es um Kuss-Szenen geht), Zwergi, Anni, Katja und alle, die ich jetzt vergessen habe – ihr habt mir Mut gemacht, dass ich auf dem richtigen Weg war (trotz augenverdrehendem Mann).

Ein extra Gruß geht an meinen NICHT-Testleser Colin, dem »eine Geschichte über Romeo und Julia« zu kitschig war, um sie überhaupt lesen zu wollen. Falls du das hier liest, habe ich dich ja vielleicht doch überzeugen können, mein Großer. An dieser Stelle auch noch einen Gruß an meinen Jüngsten: Nico, vielleicht wirst du das hier auch irgendwann lesen. Es sei denn, du weigerst dich wie dein Bruder.

Aber ich schweife ab …

Rica von Cover & Books hat einen extra Dank verdient – denn sie hat Allegra und Luca mit ihren fantastischen Covern zum Leben erweckt.

Natürlich darf auch die allerbeste Redakteurin der Welt nicht fehlen: Elisabeth, die mit jeder noch so kleinen Korrektur die Geschichte zu dem gemacht hat, was ihr zu lesen bekommen habt – Italienischkurs für mich inklusive. Ich freue mich schon auf die nächste Zusammenarbeit.

Der allergrößte Dank geht aber an euch, die Leser. Mit euren zahlreichen Feedbacks sorgt ihr bei mir für Röte im Gesicht oder sogar für Tränen in den Augen. Ihr glaubt gar nicht, was es mir bedeutet, dass so viele tolle Menschen meine Bücher lesen und für andere Leser ihre Meinung kundtun. Ich lese wirklich jede einzelne Rezension und Lesermeinung, auch wenn ich es nicht immer schaffe, darauf zu reagieren.

Ich danke euch und werde dafür sorgen, dass Metus' Bruder noch ein paar Pfeile für diejenigen übrig hat, die bislang ihre große Liebe noch nicht gefunden haben – und wenn ich ihn dafür von ihr-wisst-schon-wem wegzerren muss.

Ich hoffe, wir lesen uns bei »The Evil Me« wieder – wenn die dunkelsten Seiten der Menschen zum Vorschein kommen.

Bis dann
Eure Steffi

Stefanie Hasse lebt mit ihrem Mann und zwei Söhnen im Süden Deutschlands. Als Buchbloggerin taucht sie stets in fremde Welten ein und lässt ihrer eigenen Kreativität in ihren Romanen freien Lauf. Ihre zwei fantasybegeisterten Kinder machen ihr immer wieder aufs Neue deutlich, wie viel Magie es doch im Alltag gibt und dass mit einem kleinen Zauber so vieles einfacher geht.